STUART REARDON &
JANE HARVEY-BERRICK

DOCE
Confusão

Traduzido por Wélida Muniz

1ª Edição

2023

Direção Editorial: Anastacia Cabo
Revisão Final: Equipe The Gift Box
Tradução: Wélida Muniz
Arte de capa: Bianca Santana
Preparação de texto e diagramação: Carol Dias

Esta é uma obra de ficção. Nomes, personagens, lugares e acontecimentos descritos são produtos da imaginação da autora. Qualquer semelhança com nomes, datas ou acontecimentos reais é mera coincidência.

Este livro segue as regras da Nova Ortografia da Língua Portuguesa.

CIP-BRASIL. CATALOGAÇÃO NA PUBLICAÇÃO
SINDICATO NACIONAL DOS EDITORES DE LIVROS, RJ
Meri Gleice Rodrigues de Souza - Bibliotecária - CRB-7/6439

H271d

Harvey-Berrick, Jane
Doce confusão / Jane Harvey-Berrick, Stuart Reardon ; tradução Wélida Muniz. - 1. ed. - Rio de Janeiro : The Gift Box, 2023.
298 p.

Tradução de: The world according to vince
ISBN 978-65-5636-313-4

1. Romance inglês. I. Reardon, Stuart. II. Muniz, Wélida. III. Título.

23-87171 CDD: 823
CDU: 82-31(410.1)

Dedicatória
Para Pip, Rocket e Winnie, e todos os membros de quatro patas da nossa família.

Grace

Era quase meia-noite quando meu celular tocou. Eu já tinha trabalhado catorze horas no escritório e mais duas em casa, e estava de pijama, com um chocolate quente na mão, pronta para dar a noite por encerrada e me arrastar para a minha cama enorme e confortável. Aí quando vi "Cabeça de Vento" surgir na tela, deixei ir para a caixa de mensagem. Mas aí ele ligou de novo, e de novo, e de novo, e no quinto toque, contrariando tudo o que acredito, atendi.

— Faith... quer dizer, Grace! Não desliga!

Aff, cabeça de vento! Aquele britânico idiota nunca acertava o meu nome. Por que eu atendi? Ah, sim, porque ele é o melhor amigo do noivo da *minha* melhor amiga.

— Está tarde, Vincent — falei, curta e grossa.

Pelo menos consegui lembrar que o nome dele era "Vincent", e não "Cabeça de Vento".

— O que você quer?

— Eu fui preso. Preciso de um advogado.

— O quê? Ai, meu Deus, o quê?! Você conseguiu ser preso faltando três semanas para o casamento da Cady e do Rick! O que você fez?

Posso ter entrado um pouquinho em pânico, mas a voz de Vince estava irritantemente calma.

— É, eu, sim. Uma puta de uma lástima. Falei isso para as policiais, mas elas eram umas sacanas duronas. Disseram que tinham que me levar sob custódia, pediram algumas selfies e me ficharam mesmo assim. Mas me deixaram usar meu celular, arrasaram, meninas!

Ouvi uma mulher rir ao fundo e me perguntei se essa era uma das pegadinhas ridículas de Vince.

— Você fez o que para ser preso? — perguntei, cética.

— Isso não vem ao caso, mas...

— Isso vem muito ao caso, Vince! Até demais.

— Hum, só um segundo — resmungou —, eu tenho uma lista em algum lugar.

Ouvi um farfalhar e, ao fundo, bêbados gritavam. Meu estômago revirou — não era uma pegadinha, que tinha sido meu primeiro palpite e pelo que eu torcia fervorosamente. Então a voz dele surgiu de novo na linha:

— Certo, vamos lá: assalto à propriedade e apropriação indébita, seja lá o que isso signifique. Acho que é só.

Arregalei os olhos. Parecia sério.

— Conheço alguns advogados criminalistas que você pode...

— Não! Eu preciso de você, Fa... Grace. Por favor! Estou no vigésimo distrito de polícia, mas vão me transferir para a Central e depois para a Tombs. Puta que pariu! Como não desconfiar de um lugar que chamaram de túmulo?

— Vince, eu trabalho com direito corporativo. Lido com fusões e aquisições. Não sou criminalista. Não posso te ajudar.

— É, mas eu não sou um criminoso, então está tudo bem.

— Vince, não! Me escuta para variar! Você precisa...

— Por favor, Grace! Pelo bem do Rick! Pelo bem da Cady! Pelo bem de todos os cachorrinhos e gatinhos... especialmente dos cachorrinhos. Por favor! Você é a minha única esperança!

Ele fez parecer que estava prestes a ser levado e trancafiado por uma centena de anos, o que talvez poupasse o mundo de uma baita angústia.

Soltei um longo suspiro resignado.

— Tudo bem. Eu vou. Farei o que puder... só... não fale com ninguém. Não diga nada. Nem mesmo faça comentários sobre o tempo.

— Está fazendo uma noite agradável?

— Cale a boca, Vince! — Respirei bem fundo para me acalmar. Não deu certo. — Algo mais que queira me dizer?

Foi sarcasmo, mas eu deveria ter sabido.

— Sim, valeu. Você poderia passar no meu apartamento e levar meus cachorros para mijar? — Ele fez uma pausa. — E, se eles tiverem cagado no chão, você poderia jogar a coisa no quintal dos fundos?

— O quê?!
— Isso aí, Gracie. Você é muito parceira.
E desligou.
Não sei nem expressar o quanto não suporto esse tal de Vince Azzo.

Grace

Não sabia nem expressar o quanto não suportava esse tal de Vince Azzo. Espera, me deixa voltar e começar do início.

Minha melhor amiga nesse mundo é um ser humano excepcional chamado Cady Callahan. Ela é gentil, inteligente, engraçada pra cacete, e ano passado correu a maratona de Nova Iorque e arrecadou uma bolada para organizações de caridade que apoiam veteranos de guerra. Sério, a minha garota é fantástica. Ela também é a apresentadora do programa matinal de rádio mais badalado da costa atlântica e por acaso está noiva do quase igualmente incrível Rick Roberts, que é dono da melhor academia de Manhattan e que já foi atleta profissional. Ele também é britânico, e está mais para quieto e reservado, assim como eu. E, para ser justa, Cady cria caos e barulho suficientes por nós dois.

Era praticamente perfeito, tão perfeito quanto a vida podia ser, no caso. Nós todos nos dávamos muito bem, e eu estava muito animada para ser a dama de honra de Cady no casamento deles, que seria dali a três semanas.

Eu quis mesmo dizer *praticamente perfeito*. Exceto por uma coisa: a conhecida mosca na sopa, a pedra no meio do caminho, o pé no saco que era Vincent Azzo, o melhor amigo de Rick.

O problema era que o cara achava que o mundo girava ao redor dele, o mundo sob a confusão que era o ponto de vista de Vince. Bem, eu tinha muito a dizer sobre o Sr. Vincent Estou-Sempre-Certo Azzo.

Primeiro, ele era um otário.

Segundo, ele me deixava muito brava, porque nunca dava ouvidos a nada.

Terceiro, ele era um babaca.

Quarto, ele nunca acertava o meu nome.

Quinto, ele era um cabeça de vento.

Ele simplesmente não me dava ouvidos... e eu era advogada dele... e ai, meu Deus do céu, como isso foi acontecer?!

Ah, eu vou te dizer, mas você não acreditaria em mim: Vince seguia a própria lei, e eu deveria ser a guardiã da lei. Mas ele dificultava demais as coisas. Aquele homem... aquele *imbecil* me deixava louca da vida.

Ele é cheio de opinião, mal-educado, grosso, cabeça de vento e, a cada dez palavras que diz, nove são "puta", "puta merda" ou "puta que pariu". Sim, era isso que ele era: um gigantesco cabeça de vento. E um galinha, não se esqueça disso. O Tinder foi inspirado nele. A conta dele no Tinder inclui "encontros" com dúzias de modelos, atrizes e celebridades superbadaladas, as mais ou menos e as subcelebridades.

"Encontros"? Isso mesmo, um eufemismo para "ir para a cama", que é um eufemismo para "fez gritar de prazer", alegadamente. E é ele quem alega, é claro, então a prova é circunstancial, subjetiva e, portanto, deve ser eliminada dos autos. Eu pediria anulação de julgamento. Ele diria que "é só para rachar o bico". Porque ele é um britânico idiota e cabeça de vento. Caso encerrado. Ou foi o que pensei.

Alguma característica redentora, Meritíssimo?

Ele é bondoso com os animais. E é aí que essa história começa. Com um cachorro. Dezessete deles, para ser precisa. Você meio que deveria estar lá. Ver para crer, sabe? E isso resumia Vince: ele precisava ser visto para ser crido, e então a pessoa precisaria olhar de novo e se certificar de que não estava vivendo um pesadelo, e que ele não era tão babaca assim.

Era necessária a versão completa de 360° para realmente entender a que extremos chegava a "cabeça de ventice" dele. Foram as palavras que ele usou para descrever a si mesmo, a propósito, mas, caramba, combinam com ele!

Ah, a aparência dele? Bem, um e noventa e três com uma barriga tanquinho que daria para usar como escada. Me doía dizer, mas o cara é lindo, ex-modelo de passarela da Armani (é, sério). Contudo, quando ele abria a boca, o que invariavelmente fazia sempre na hora errada, a personalidade dele gritava cabeça de vento.

Na maior parte do tempo, eu simplesmente o ignorava, ou tentava, mas, no momento, ele era problema meu.

Ele foi preso sob acusações sérias, e eu sabia que ele deveria ir provar o terno do casamento com Rick na Armani da Quinta Avenida amanhã à tarde, e eles não reagendavam horário para ninguém.

A hora estava passando, e eu corri para me vestir.

Estava frio lá fora, a temperatura despencava conforme o vento congelante uivava do Ártico, ameaçando trazer neve, e eu não gostava nada de caminhar pela cidade a essa hora da noite, para ir dar uma olhada em cães indisciplinados e depois perambular de volta para o Centro de Detenção de Manhattan na White Street.

Apesar de tudo, a possibilidade de nevar era a menor das minhas preocupações. Além do quê, tendo sido criada no meio-oeste, neve era simplesmente parte da vida durante quatro meses do ano.

Fato fascinante: todos os anos, neva em média 110 dias em Minnesota.

Eu ficava igualmente feliz dirigindo com correntes nos pneus da caminhonete. Até mesmo conduzi um limpa-neve no inverno em que namorei o Paul Lund.

Mas em Nova Iorque era diferente. Granizo, neve e poças lá fora; um calor de savana no metrô e nos prédios. E o próximo vórtice polar poderia chegar a qualquer momento até o mês de abril.

Resumindo: era frio pra cacete.

Vesti várias camadas de roupa, calcei minhas confiáveis botas Ugg e coloquei um casaco acolchoado que mais parecia um edredom do que uma peça de vestuário. O gorro de tricô e as luvas vieram a seguir, mas era minha maleta marrom da Maxwell Scott que completava o modelito e gritava: *advogada*. Não, eu não a ganhei dos meus pais quando me formei em Direito há mais de uma década, porque, embora eu tenha recebido abraços e desejos de sucesso, eles teriam achado que gastar uma quantia dessas em uma bolsa era frivolidade. Concordava, mas ainda curtia o frisson da culpa gostosa que vinha toda vez que eu tocava o couro macio como manteiga. Era uma maleta masculina, ou foi o que a vendedora me disse quando a comprei.

Mas, senhora, "A Lorenzo" é uma maleta para cavalheiros!

O que fez com que eu a amasse ainda mais, e agora ela ia comigo para toda a parte, e especialmente para delegacias frias no meio da noite. Era parte da minha armadura, meu escudo da justiça... e dizia isso com apenas um pingo de ironia.

Nunca trabalhei com Direito Penal, era bagunçado demais, imprevisível demais, feio demais. Eu preferia o Direito Corporativo, ramo de que eu entendia as complexidades, as brechas, as formas de o outro advogado tentar me conduzir durante um julgamento, em que eu me debruçava sobre contratos prolixos de centenas de páginas, em que fazia a revisão da diligência prévia que tinha dois dedos de espessura. Eu tinha um escritório grande e confortável, com uma imensa mesa de cerejeira e três assistentes. Combinava comigo.

Perambular por Nova Iorque à uma da manhã para ver o que o Cabeça de Vento fez *não* combinava comigo.

— Você fica me devendo por essa, Cady — resmunguei comigo mesma, quando entrei em um táxi amarelo.

Vince havia se mudado recentemente de Los Angeles e agora alugava um minúsculo apartamento de porão com pátio anexado em Brooklyn Heights, não muito longe do Museu do Trânsito.

O taxista só aceitou me esperar depois de eu ter prometido lhe dar uma gorjeta de cinquenta pratas, metade agora, metade quando eu voltasse.

Digitei o código de acesso e acordei os cães quando a porta abriu. Eu gosto de cachorros, sério, mas não curtia muito ficar coberta de baba ou quando eles pulavam e tentavam lamber o meu rosto.

Pelo menos eu sabia o que esperar, já que tinha me encontrado com eles uma vez, no parque, então graças a Deus que eles me conheciam e não tentariam me morder. Na verdade, eles pareciam desesperadamente gratos por me ver, ganiam e choravam, e dispararam para a porta dos fundos e imploraram para sair. Levei alguns segundos para abrir todas as trancas, momento em que eles ficaram quase frenéticos, arranhando a madeira polida e deixando marcas de arranhão.

— Certo, garotos! — Perdi a paciência. — Vamos nos acalmar um pouco, vocês não querem acordar os vizinhos.

Fiquei surpresa quando eles parecerem entender e pararam de ganir, mas assim que a porta abriu um trisco, se espremeram por ela, Tap saiu por último, o que não me surpreendeu.

Todos fizeram longos e satisfatórios xixis, e fiquei tão aliviada quanto eles quando não vi poças nem bagunça em lugar nenhum da cozinha brilhante e branca de Vince.

Tap foi a primeira a voltar, tremendo de frio. Ela era uma coisinha magricela com três pernas, mas muito carinhosa enquanto me cutucava com o nariz, me espiando com aqueles olhos grandes e bonitos que sem dúvida nenhuma me perguntavam por que era eu ali e não o Vince.

— Estou indo tentar salvar o seu pai — disse a ela, afagando suas orelhas macias. — Basicamente, estou tentando salvá-lo de si mesmo. Me deseje sorte.

Os outros dois passaram mais tempo farejando lá fora, e por fim precisei chamá-los.

Tyson era um vira-lata enorme de linhagem indefinida cuja longa língua rosada estava sempre dependurada na lateral da boca, como se ele estivesse sorrindo para você. Mas ele era grandão com ombros volumosos e muito fortes, e se não fosse tão bonzinho, seria bastante intimidante.

Zeus era o que estava no comando, um Yorkshire minúsculo, com um latido alto e agudo, que cabia perfeitamente na palma de duas mãos, mas parecia convencido de que era um Rottweiler. Mas, bem, ele tinha Tyson para protegê-lo.

Ele me olhou desconfiado, em seguida foi bem incisivo ao encarar a tigela vazia de comida.

Vince não falou para alimentá-los, então torci para que eles não tivessem uma dieta complicada quando, com cuidado, coloquei um petisco para cada um e enchi o pote de água que eles compartilhavam.

Juro que a expressão deles ficou desanimada quando voltei a trancar a porta dos fundos, e Tap tentou me seguir quando saí, mas, com cuidado, eu a empurrei para dentro da cozinha, me sentindo horrível quando seus ganidos baixinhos me alcançaram lá fora.

Paguei o resto da gorjeta ao taxista, depois me recostei com os olhos fechados enquanto passávamos de novo pelo rio, em direção a Manhattan.

"Tombs" era como os nova-iorquinos chamavam o imponente, e cinza, Complexo de Detenção de Manhattan, uma construção tão deprimente que poderia ter sido planejada durante o período soviético.

Levando em conta que eram quase três da manhã, o lugar estava surpreendentemente cheio. A entrada fervilhava com policiais usando uniformes azul-marinhos, todos armados, todos com aquela expressão de quem já tinha visto de tudo, experimentado cada aspecto da humanidade e das falhas da sociedade. Eu não sabia bem onde Vince se encaixava nisso.

Apresentei-me ao sargento de plantão, que foi educado e eficiente e me entregou a ficha de Vince, a qual eu li com descrença enquanto meus olhos se arregalavam cada vez mais.

Olhei para o sargento que obviamente segurava um sorriso. Ele ergueu as sobrancelhas e assentiu. As minhas já estavam quase chegando ao céu, aproximando-se da altitude de cruzeiro.

Sentei-me com tudo em uma das cadeiras de plástico de visitantes, suando ao tirar uma camada de roupa por vez, até ser levada para me encontrar com o meu "cliente" em uma sala abafada e sem janelas, mobiliada com uma mesa e duas cadeiras chumbadas no chão.

Vince entrou escoltado por uma policial cujo comportamento feliz e o sorriso paquerador pareciam um contraste com a bizarrice de toda a situação. A outra coisa surpreendente foi que Vince usava um terno sob medida e uma camisa branquíssima, ambos estavam agora cobertos com pelos de cachorro e marcas de pata.

— Gracie! — Vince gritou, me espremendo em um abraço de urso. — Você veio!

— Boa sorte com esse aí! — A policial riu e saiu da sala, balançando a cabeça.

— Humpf! — Gemi com a voz abafada, tentando me desvencilhar do aperto ferrenho de Vince. — Me coloque no chão! Agora!

Aprendi que Vince entendia melhor quando a gente falava com ele como se fosse um de seus cães: com comandos claros e frases curtas.

Ele sorriu para mim.

— Você está bonita. Suas bochechas estão completamente rosadas... cai bem em você.

Ignorei o comentário, rilhei os dentes, então peguei meu bloquinho e um lápis na maleta.

— Por que você não começa do início?

Vince

Ela veio! Gracie veio! Puta merda, eu não conseguia acreditar na minha sorte! Eu tinha quase certeza de que ela ligaria para Rick e o mandaria para cá. Ele era o meu melhor amigo, mas não era advogado. E eu tinha me enfiado em um monte de merda dessa vez. Mesmo tendo sido preso por uma dupla de gatas, não fui capaz de usar a lábia para me safar dessa.

Mas ali estava ela, bem no meio da noite, tranquila e calma, com os suaves olhos castanhos tentando parecer irritados. Mas ela não me enganava. Grace *se importava*. Eu sabia que ela tentava com afinco esconder esse pormenor lá na firma de raposas em que trabalhava, mas não conseguia esconder dos próprios amigos.

Estendi a mão sobre a mesa e segurei a dela.

— Como estão os meus cachorros?

Ela abriu um sorrisinho relutante ao puxar a mão.

— Bem, estavam todos muito bem, não havia nenhum acidente, mas estavam loucos para sair. Tap não demorou a voltar, mas Zeus e Tyson deram uma boa farejada lá fora. Eu, hum, dei um petisco para cada um, está tudo bem? Não sabia se eles tinham alguma alergia ou algo assim. E reabasteci a tigela de água.

Ela parecia tão preocupada e aflita que quis dar beijo alegre bem no meio daqueles lábios bonitos, mas eu sabia que isso me renderia um tapa, o que não seria a primeira vez. Ninguém beijava Gracie sem a permissão dela.

— Eles são bons cachorros. — Assenti. — Como Tap estava?

Todos os três foram resgatados da rua, e eu os amava, mas Tap era especial. Eu a tinha encontrado vagando por um canteiro de obras quando estava fotografando em Dubai. Sua perna esquerda traseira estava com um corte feio, e eu podia dizer que ela sentia muita dor. Então a atraí de seu esconderijo com alguns salgadinhos de legumes e a levei ao veterinário. Ele não conseguiu salvar a perna dela, e foram quatro meses para juntar a papelada para trazê-la para casa. Ela ficava agitada quando eu a deixava sozinha por muito tempo, mas era muito boazinha. Gostava de me cutucar com a patinha da frente quando queria carinho, e foi daí que tirei inspiração para o nome dela, já que *tap* é cutucar em inglês. Ela era a minha garota especial.

O sorriso de Gracie sumiu.

— Tap estava mais agitada que os outros. Eu me senti muito mal por deixá-la de novo. Mas vou passar lá de manhã, quando estiver a caminho do trabalho, e dar comida para eles... só me diga o que eles comem.

Eu a olhei, confuso.

— Tudo bem, Gracie, farei isso eu mesmo.

Ela me lançou aquele olhar irritado que era sua marca registrada.

— Vincent — ela falou devagar e com uma pronúncia clara, como se eu tivesse cinco anos. — Vince, você foi acusado de dois crimes, há uma chance muito boa de o promotor insistir em te mandar para a prisão. O único lugar para onde você vai agora é para a sua audiência de acusação, e talvez eles nem estipulem uma fiança porque você é britânico, alguém com risco potencial de fugir. No mínimo, você terá de entregar o seu passaporte.

Eu me recostei na cadeira, franzindo a testa.

— Então a polícia está um pouco chateada comigo?

Ela esfregou a testa.

— Sim, Vincent. A polícia está chateada contigo. Assim como o diretor do canil. — Ela me olhou feio, e bateu o lápis no bloquinho em branco. — Enfim, para que essa noite não seja um completo desperdício do meu tempo, por que você não me conta *exatamente* o que aconteceu depois que saiu do seu apartamento essa noite? Não deixe *nada* de fora.

— Tem certeza?

Os lábios dela se contraíram de irritação. Foi meio estranho o tanto de tesão que senti quando ela fez isso.

— Certo — falei, ajustando a calça quando minha cobra de um olho só se ergueu e notou o rosto meigo de Grace e seus peitinhos gloriosos.

— Para de encarar o meu busto! — ela disse, aborrecida.

— Ah, sim, desculpa. É força do hábito.

Ela esfregou a testa de novo. Eu esperava que não estivesse com dor de cabeça.

— Que horas você saiu do seu apartamento?

— Às oito.

Ela suspirou e encarou o teto antes de rabiscar no bloquinho.

— E para onde você foi?

— Eu ia me encontrar com uma mulher do Tinder no hotel em que ela estava, lá pelas oito e meia. Então a gente conversou um pouco; tomou alguns drinques; fizemos as coisas, duas vezes; tomei uma ducha rápida e fui embora.

Grace esfaqueou o bloquinho, deixando rabiscos pretos por toda a parte. Talvez os advogados fossem iguais aos médicos e tinham uma caligrafia horrorosa.

— Que horas você saiu do hotel?

— Às nove.

O queixo dela caiu.

— Você fez sexo duas vezes e saiu do hotel meia hora depois de ter chegado? Alguém pode confirmar isso?

Sorri para ela.

— Roxy poderia confirmar… ela estava contando os próprios orgasmos. As duas mãos foram necessárias. Para contar, no caso.

Grace bateu o lápis na mesa em um ritmo rápido e irritado.

— E, no caso, *eu* quero dizer alguém além de *Roxy* pode confirmar a que horas você saiu do hotel?

— Ah, certo, sim. Perguntei ao porteiro se havia restaurantes veganos na região, e ele sugeriu alguns, então dei a ele uma gorjeta de vinte dólares. Ele vai se lembrar de mim.

Ela anotou aquilo também, e olhou para mim.

— E depois que você saiu do hotel, para onde foi?

— Bem, eu estava morrendo de fome, então fui dar uma olhada nos lugares que o camarada do hotel indicou, mas não cheguei a ir.

— Por quê?

A raiva se agitou dentro de mim de novo quando me lembrei do que aconteceu.

— Eu estava passando por esse prédio e conseguia ouvir cães latindo, como se estivessem chorando e muito bravos. Acabou que o lugar era um canil, mas não tinha ninguém lá. Havia um aviso de que precisavam de lares para cinco dos cães, do contrário eles sofreriam uma eutanásia dali a 72 horas! Puta que pariu, foi a palavra que usaram, *eutanásia*, como se não fosse nenhum assassinato. E tudo em que eu conseguia pensar era que aqueles cães precisavam ser salvos! Então pulei o muro, arrombei a porta e comecei a liberá-los das gaiolas. Foi quando as policiais apareceram.

Grace me encarou; em seguida, olhou para a minha ficha.

— Aqui diz que você tinha colocado coleira em cinco cães e que estava com seis filhotinhos enfiados no bolso do paletó.

— Eles estavam com frio — falei, e me inclinei para a frente. — Eram umas coisinhas minúsculas, pequenos demais até para a coleira.

Os lábios de Grace se moveram como se ela quisesse dizer alguma coisa, mas as palavras não saíam. Por fim, ela suspirou.

— Vincent, o que você ia fazer com onze cães adultos e seis filhotes?

— Levar para casa comigo. — Sorri para ela, que piscou várias vezes.

— E depois?

— Ah, sim, eu não tinha chegado nessa parte ainda, mas tenho certeza de que teria arranjado lares para eles. Todo mundo ama cachorros, não é mesmo? Cada família deveria ter um, a gente pode aprender muito com os animais.

Ela balançou a cabeça, mas eu não achava que estava discordando de mim.

— Você tinha alguma intenção de vendê-los?

— É claro que não! — falei, um pouco insultado. — Eu só queria que eles tivessem um lar adequado, não que vivessem em gaiolas. Não é certo, eles não fizeram nada para merecer isso. — Precisei engolir o nó na minha garganta. — Não é culpa de nenhum deles ter nascido na hora e no lugar errados.

Os olhos de Grace brilharam.

— Então, posso contar isso ao juiz e ele vai me liberar? — perguntei.

Grace suspirou de novo.

— Ah, Vincent — ela disse.

— É o meu nome, vê se não gasta! — sorri.

Grace não sorriu. Queria eu que ela fizesse isso, a mulher tinha um sorriso espetacular.

— Certo, isto é o que vai acontecer. Amanhã de manhã, você será levado a um juiz para uma audiência preliminar. Estarei lá como sua advogada, que Deus me ajude. Vai ser a acusação e é quando o juiz decide se você será levado sob custódia ou se será liberado sob fiança. Também te perguntarão se você se considera inocente ou culpado das acusações. Sugiro, dada a evidência, que você se declare culpado de assalto à propriedade, e inocente de apropriação indébita. O juiz vai estabelecer o valor da fiança, vamos torcer, e você sai de lá. O promotor não vai querer perder o tempo dele ou dela preso no tribunal por causa disso, então tentaremos um acordo. Isso quer dizer que vou tentar convencer a ele ou a ela de reduzir a sua pena, tipo com uma multa ou com serviço comunitário.

Franzi a testa, tentando entender o que ela estava me dizendo.

— Aí eu vou poder ir para casa depois que me encontrar com o juiz amanhã de manhã?

— Vamos torcer por isso. Só se atenha aos fatos... e, Vincent, tente falar o mínimo possível.

— Talvez o juiz seja um amante dos animais? — perguntei, esperançoso. — Ele vai ficar do meu lado!

— O juiz está do lado da lei — disse ela, severa. — Agora, vamos falar de dinheiro. A fiança deve ficar entre cinco e dez mil dólares, talvez menos, se o juiz for um amante dos animais. — E ela sorriu maliciosamente para mim ao dizer isso. — E você deveria saber que meus honorários são de 750 dólares por hora.

Eu sorri para ela.

— Sério?

— Sério.

— Que bom para você! Isso é do cacete!

— Obrigada.

— Eu não tenho dinheiro.

As sobrancelhas dela dispararam para cima.

— Espera que eu te atenda *pro bono*?

— O que o vocalista do U2 tem a ver com isso?

— *Pro bono*, com letra minúscula. Significa "de graça".

— Arrasou! Você é um amor.

— Espera! Foi uma pergunta! — Ela me encarou. — Ah, deixa.

Dei uma piscadinha.

— E como você vai pagar a fiança? — ela perguntou, baixinho.

— Você pode ligar para o Rick por mim? Ele cuida disso.

Ela assentiu e rabiscou algo com um garranchinho minúsculo.

— Algo mais que queira me dizer? — indagou, cansada.

— Eu não comi nada — falei, esperando que ela captasse a mensagem. — E estou morrendo de fome, se eu não fosse vegetariano, provavelmente estaria mastigando a minha própria perna.

Ela deu um aceno de cabeça curto e contido.

— Acho que tem biscoito e batata na máquina de venda automática; talvez alguma fruta.

— Arrasou! — Sorri para ela. — Um montão, por favor! Não se esqueça de que estou em fase de crescimento.

Ela enfiou o bloquinho de volta na maleta, como se tentasse enforcar a coisa.

— Eu te vejo amanhã — falou. — E comporte-se!

Recostei-me na cadeira dura e dei uma piscadinha para ela, sorrindo quando Gracie bufou com impaciência e disse ao policial lá fora que já tinha acabado.

Fui levado de volta para aquela cela imunda, mas minutos depois vieram trazer um saco cheio de batata chips, biscoitos, maçãs, laranjas e um pote de manteiga de amendoim para mim.

Ataquei, faminto. Devorei tudo e só depois me perguntei se eu deveria ter poupado algo para o café da manhã. Os policiais ali eram bastante decentes, mas até então não foram capazes de arranjarem nada vegano para eu comer. Mas a minha Gracie veio ao meu socorro.

Desejei de novo que ela fosse a *minha* Gracie, mesmo que ela fosse areia demais para o meu caminhãozinho. Foi quando algo surgiu na minha cabeça: eu tinha bastante certeza de que, com o tempo, ela sucumbiria aos meus encantos. Mas nos nove meses desde que a conheci, ela me evitou o máximo possível, o que era estranho. As gatinhas geralmente se uniam em bando ao chamado de acasalamento do Vince.

Talvez eu só precisasse fazer merda lá no tribunal para que ela tivesse que passar mais tempo comigo; mas não merda o suficiente para que eu passasse mais tempo em cana.

Fosse o que fosse que Gracie pensasse de mim no momento, eu sabia que ela jamais abandonaria um amigo em necessidade. E embora eu fosse amigo de Rick e não dela nem de Cady, eu ainda me qualificava ao título. Rick e eu éramos melhores amigos, Cady era legal, e a Grace? Puta merda, ela era gostosa.

Grace

Deitei na cama com os olhos completamente abertos. Não importava o quanto eu tentasse dormir (o que nunca dava certo, como os insones de todo o mundo bem sabem), não conseguia obrigar o meu corpo a relaxar ou o meu cérebro a parar de dar voltas.

Meu trabalho no Grupo Kryll era 99% na firma, raramente os casos chegavam ao tribunal e, quando chegavam, eu nunca era a advogada principal. Os sócios pegavam esses casos, e sem dúvida eu não era vista como advogada de tribunal. Sempre me perguntei se eles estavam certos. Porém, mais importante, dado o contexto atual, eu nunca defendi um crime em toda a minha vida, e jamais esperei fazer isso. Estava confiante de que sabia o suficiente para ajudar aquele cabeça de vento gigante que havia se enfiado nessa confusão, mas, em vez de dormir, pontadas de dúvidas me fizeram me sentar e começar a fazer anotações no bloquinho que ficava na mesa de cabeceira.

Por fim, parei de lutar e me arrastei da cama. Preparei-me com meu jeito metódico de sempre: conferi e reconferi fatos, estatutos e precedentes em um dos diversos bancos de dados jurídicos ao qual eu tinha acesso. Era improvável que eu fosse precisar desse tipo de detalhe em uma acusação, mas não conseguia *não* me preparar com o máximo de afinco possível, e era por isso que eu estava ligada.

Sentei-me ao pequeno balcão de refeições, encarando a neve rodopiando na escuridão granulada da noite. Estava úmido demais para ela parar, e esse seria um dia frio e triste. Enquanto eu esperava a luz tênue da manhã se infiltrar através da minha janela no décimo andar, eu já tinha deixado mensagem com o meu assistente, Gary, para avisar que tiraria a manhã de folga, mas que era para ele pegar meu almoço na delicatéssen como sempre, obrigada.

A American Bar Association — a ordem dos advogados dos Estados Unidos — recomendava que todos os advogados atendessem cinquenta horas *pro bono* por ano, e isso se tornou um ponto obrigatório para qualquer um que quisesse se juntar à ABA. Parecia que esse ano eu atingiria o número de horas mais cedo.

Às 5h30min, decidi que Rick precisava compartilhar da minha infelicidade. De qualquer forma, já devia fazer uma hora que Cady saiu para trabalhar, e logo, logo estaria começando seu programa matinal. Havia 50% de chance de Rick ter voltado para a cama e 50% de ter ido para a academia.

Liguei para o celular dele e sua voz mal-humorada estava ligeiramente ofegante quando atendeu. Presumi que estivesse na esteira, e estremeci ao pensar nisso. Eu fazia aula de hot-ioga uma vez por semana para desestressar, mas esteiras, academias e levantamento de peso eram uma maldição para mim; e mesmo Rick tendo me dado mensalidades grátis vitalícias para a sua academia, hot-ioga foi a única aula que conseguiu me atrair. Era janeiro em Nova Iorque, e quando Rick disse "hot", que é quente em inglês, não precisou explicar mais nada.

— Grace, tudo bem, amor?

— Tudo maravilhoso, Rick. É o seu amigo cabeça de vento que está encrencado.

Ouvi Rick gemer.

— O que aquele idiota fez agora?

— Conseguiu ser preso.

— O quê?!

— Por dois crimes, a audiência de acusação será daqui a cinco horas. Ele invadiu um canil e tentou sequestrar os cães. Ele estava com filhotinhos enfiados nos bolsos do paletó quando a polícia o prendeu. Falou que você cuidaria da fiança.

Por um momento, houve silêncio, e verifiquei se a ligação não tinha caído.

— Rick? Alô?

— Desculpa... eu só... mas que inferno! Ele fez o quê?! Não posso acreditar que ele foi tão burr... na verdade, posso, sim. Aquele cabeçudo sentimental. Tudo bem, o que você precisa que eu faça?

— A acusação vai ser no Tribunal Criminal da cidade de Nova Iorque na Center Street. Consegue estar lá às dez? Teremos que esperar até chamarem o caso de Vince, e não sei quanto tempo vai levar. Leve o seu cartão de crédito.

— Droga! Sim, tudo bem. Hum, quanto você acha que vai ser a fiança, Grace? Fico feliz, mais ou menos, de pagar, mas com o casamento e tudo o mais, o dinheiro está curto.

Segurei um suspiro. Ninguém sairia ileso dessa.

— Para ser sincera, não faço ideia, Rick, mas creio que por volta de uns cinco mil. Pode ser menos, pode ser mais. Mas só me confirme uma coisa: Vince me disse que nunca foi preso antes, ele está me contando a verdade, apenas a verdade e nada mais que a verdade? Porque se eu descobrir que ele estava sendo econômico com a verdade supracitada…

— Nada, está tudo certo quanto a isso, Grace. Ele não tem nem uma única multa. O cabeçudo duro não tem carro e vai a pé para toda a parte.

— Que bom, vai ajudar. O juiz vai ser mais brando com uma primeira contravenção. — Soltei o fôlego que estava segurando. — Certo, te vejo às dez.

Nós nos despedimos e senti um pequeno alívio no meu fardo. Saber que Rick estaria lá para me apoiar com toda a sua formidável severidade era um alento.

Rick tendia a pensar demais em tudo, o que fazia dele o completo oposto de Vince, e de Cady também, diga-se de passagem. Na verdade, para quem olhava de fora, Cady e Vince pareciam fazer mais sentido juntos devido a atitude livre com que abordavam a vida. Rick e eu éramos pensadores e planejadores. Talvez os opostos se atraiam. Embora não seja o meu caso. Não com o cabeça de vento.

Vesti meu terninho cinza-chumbo preferido com uma blusa de seda cereja. Sempre me sentia confiante com aquele modelito: poderosa *e* feminina. Guardei um par de sapatos de salto na minha maleta e calcei as confortáveis botas Ugg, coloquei casaco, cachecol, luvas e gorro de lã.

Cabelo amassado era uma parte inevitável da vida na cidade no inverno.

A primeira parada, mais uma vez, seria no apartamento do Vince.

Ele havia me dado instruções estritas quanto a quantidade de comida que teria que dar a seus cães, e pediu, ou melhor, implorou, para que eu passasse dez minutos lançando uma bola para o Tyson no pátio. Aceitei: contanto que aquela besta peluda não babasse em mim. Ele tinha muito em comum com Vince.

O trânsito se arrastava e, com olhos cansados, observei o taxímetro subir sem parar. Embora eu tivesse prometido a mim mesma que repassaria minhas anotações mais uma vez durante a corrida, o clima estava me deixando sonolenta.

Acordei de supetão quando o táxi parou com um solavanco do lado de fora do apartamento de Vince, e saí cambaleando, com olhos turvos, sem ter lido uma única página.

Como era de se esperar, os cães ficaram delirantemente animados e saltaram ao redor como se tivessem molas nas patas. Tap ganiu e choramingou, me dizendo da noite terrível que teve, preocupando-se com Vince.

— Eu também. — Suspirei e os deixei sair. — Eu mal dormi, mas com um pouco de sorte e uma ótima advogada, no caso, eu, seu pai vai voltar em breve. Só aguente firme, docinho.

Enchi a tigela deles de comida, seguindo as instruções detalhadas de Vince, e a de Zeus parecia de brinquedo ao lado do cocho de Tyson.

Enquanto eles devoravam tudo, entrei no quarto de Vince, com os nervos em frangalhos. Não sei o que esperava encontrar: espelho no teto, chicotes e acessórios para bondage, lençóis de seda e fotos emolduradas dele mesmo, mas era tudo muito "homem solteiro urbano". Exceto, talvez, pelas três camas de cachorro ao lado da dele, ordenadas por tamanho.

As únicas fotos sobre a cômoda eram dos cães. Eu tinha esperado ver uma parede cheia com o legado da sua época trabalhando na indústria da moda, mas as paredes estavam vazias e pintadas de um tom suave de cinza. Percebendo que estava embromando, abri a porta do closet... do seu closet *imenso* com dezenas de lindos ternos sob medida feitos de lã, algodão, linho e até mesmo seda de qualidade. Eu meio que esperava que surgisse uma chama de luz sagrada e que anjos começassem a cantar, era incrível *assim*.

Achei o passaporte dele no fundo do closet, enfiado em uma gaveta de cuecas com um maço de notas de vinte libras grosso o suficiente para sufocar o Vince. *Tentador*.

Começar o dia revirando a gaveta de cueca dele nunca tinha figurado na minha lista de tarefas. *Nunca mesmo*.

Então tive cinco minutos para brincar com os cachorros antes de ter que ir. O trânsito não havia melhorado nessa última meia hora.

Mais uma vez, Tap tentou vir comigo, e mais uma vez me senti um verme quando a empurrei com cuidado para dentro.

Tentei não estremecer quando vi um número com três casas no

taxímetro, ainda mais porque eu não poderia cobrar isso de ninguém. Ah, bem, seria a minha boa ação... pelo resto do ano.

Cheguei cedo ao tribunal, e esperei Rick. Roguei para que Vince estivesse apresentável, em vez de parecer o tipo de idiota que pensaria que resgatar dezessete cachorros sem ter nenhum plano do que fazer depois era uma boa ideia.

Calcei os sapatos de salto e guardei minhas fiéis botas Ugg; em seguida, estudei as anotações, certificando-me de que sabia exatamente o que diria ao juiz (o mínimo possível), e o que Vince diria ao juiz (menos que isso).

Quando senti uma presença sombria pairando sobre mim, olhei para cima.

— Graças a Deus você está aqui, Rick!

Dei a ele um estranho abraço rápido de um braço só, que parecia apropriado para o namorado da minha melhor amiga, e então melhorei a situação com um rápido beijo em sua bochecha, já que agora ele era noivo de Cady e havia vagado para o território inexplorado de "homem confiável".

O único outro homem que eu beijava na bochecha era o meu pai.

— Eu trouxe o meu cartão de crédito. — Ele suspirou. — Não posso acreditar que aquele idiota fez isso. Em que ele estava pensando?

— Vince? Pensando? Não sei do que você está falando.

Ele fez careta.

— É, é esse o problema. É sério?

— O pior cenário envolveria uma sentença, mas como é a primeira vez dele, estou confiante de que vou conseguiu um acordo para serviço comunitário e uma multa. Só preciso que Vince *não fale*, então ficaremos bem.

— Devo me oferecer para nocauteá-lo? — Rick perguntou, com sinceridade.

— Tentador, mas, não. Porque aí terei vocês dois diante do juiz, e mais uma Cady puta pra caramba, e ninguém quer isso.

Nós nos sentamos em silêncio, observando o ir e vir dos advogados vestidos de terno, policiais fardados e outros oficiais de segurança pública, incluindo um guarda florestal (ou oficial de conservação, como agora eram chamados em Minnesota), e uma grande variedade de clientes.

Logo antes de o tribunal entrar em sessão, fomos conduzidos até a sala três. Rick se sentou perto dos fundos, e me juntei ao banco com um grupo de defensores públicos cansados.

A juíza Herschel tinha cinquenta e tantos anos e olhos escuros que enxergavam tudo, do tipo que viam além de você. Ela me lembrava da minha professora mais assustadora da faculdade, e logo me empertiguei quando seu olhar esquadrinhador parou em mim e ela franziu levemente a testa por cima dos óculos.

Seria o terninho? A maleta? Ou o fato de ela não ter me reconhecido como uma das advogadas de defesa? Verifiquei minhas anotações de novo, embora pudesse repeti-las de cor a essa altura.

Ela leu a súmula, e eu soube que teria uma longa espera pela frente, pois Vince era o terceiro da lista. Mas acabou que a juíza foi bem rápida. Isso era bom?

O primeiro caso foi uma reincidência de dirigir sob efeito de álcool, sete pontos acima do permitido.

Fato fascinante: o recorde de teor alcóolico no sangue foi de 32 vezes acima do permitido, feito alcançado por um ladrão de ovelhas na África do Sul. Ele foi pego dirigindo uma Mercedes, e entre os passageiros estavam uma mulher, cinco meninos e quinze ovelhas.

O Sr. Sete-vezes-acima-do-limite fez careta para o oficial, que o ajudou a atravessar a sala. Eu nem sabia como ele tinha sido capaz de ficar de pé com a quantidade de álcool que havia nele, que dirá dirigir. No momento, ele não parecia muito sóbrio.

Fiança foi solicitada, e negada.

O segundo caso era de uma mulher que foi pega traficando metanfetamina, também reincidência.

Fiança foi solicitada, e negada.

Resguardei qualquer expressão e olhei para a porta quando um Vince algemado foi conduzido à sala pelo xerife adjunto.

Ele usava o macacão e as sandálias dos detentos, mas sua altura e rosto bonito o faziam se destacar. A barba por fazer parecia proposital, o que só adicionou um pouco de crueza ao seu encanto.

Ele viu Rick primeiro e abriu um sorriso largo para ele e fez joinha com os dois polegares, depois me notou e deu uma piscadinha. A juíza reparou nisso também, e ergueu as sobrancelhas.

Eu quis arrancar aquele sorriso do rosto dele à base de tapas.

— O estado de Nova Iorque *versus* Vincent Alexander Azzo, acusado de assalto à propriedade e apropriação indébita — declarou a juíza Herschel.

— É, mas eles eram umas formiguinhas de nada — Vince disse, sério.

— Formigas? — a juíza repetiu, olhou para cima e franziu a testa. — Você roubou formigas?

— Hum, eu sou a advogada do Sr. Azzo — interrompi, e fiquei de pé.

— Então, por favor, controle o réu — ordenou a juíza Herschel.

— Eu faria isso, se tivesse uma focinheira — resmunguei comigo mesma.

— Tem algo a dizer, advogada? — perguntou a juíza, em tom de advertência.

— Não, meritíssima. Peço desculpas. — *Meu cliente está me enlouquecendo.*

Pediram a Vince para confirmar o seu nome, data de nascimento e endereço, confirmando que ele morava lá há somente um mês. Eu sabia que seria um demérito aos olhos da juíza.

Ela, então, leu a acusação, e fez a mesma cara de espanto de todo mundo até o momento, já o promotor estava curvado em sua cadeira, obviamente desinteressado.

— O réu tentou roubar *dezessete cachorros? Sozinho? A pé?*

— Uma tentativa de arranjar um lar para os cães que não fosse o canil que, agora, o réu reconhece ter sido uma imprudência — falei, com firmeza.

— Veja bem, senhora — Vince interrompeu. — Três deles estavam prestes a ser assassinados, e eu não podia passar reto e não fazer nada. Vou cuidar deles e…

— Sr. Azzo — disse a juíza, contundente. — Você usa óculos?

— Hum, não, senhora — Vince respondeu, sinceramente. — Visão perfeita.

— Então deve ter visto a mulher de pé diante de você que diz ser a sua advogada?

— Sim! — Vince disse, feliz. — É a Gracie. Ela é minha parceira!

Pelo canto do meu olho trêmulo, vi Rick largar a cabeça nas mãos. Ele parecia estar com dor de cabeça. Eu sabia que eu estava.

A juíza lançou um olhar gelado e nada divertido para Vince.

— Ela é paga para falar por você. Sugiro veementemente que a deixe fazer isso.

— Ah, entendi! Cala a boca, Vin! — Riu, bem-humorado.

O promotor encarregado do processo finalmente acordou e olhava boquiaberto para o show se desenrolando diante de si.

— Advogada, por favor, aproxime-se — a juíza Herschel falou para mim.

Sentindo trepidação até a sola dos meus sapatos de grife, me dirigi até lá para que ela pudesse falar comigo em particular.

— O réu está em gozo de suas faculdades mentais para entender o processo de acusação e apelo, Srta. Cooper? — perguntou, com bastante clareza.

Ah, há tantas formas de responder a essa pergunta.

Soltei um longo suspiro.

— Sim, meritíssima. Ele só é… diferente. E britânico.

— Não quero ouvir mais nenhuma palavra da parte dele, ou desacato será adicionado à ficha criminal. Entendido?

— Sim, meritíssima.

— Você consegue fazer o réu entender?

Assenti, firme, tentando parecer competente, confiante e profissional.

— Humm — soltou, e seu olhar penetrante me fez me contorcer igual a um inseto sob um microscópio.

Eu me aproximei de Vince na tribuna e me inclinei para frente. Ele cheirava surpreendentemente bem depois de uma noite na cela. Talvez fosse o aroma do perfume caro que se agarrava à pele dele. Eu queria pegá-lo pelo colarinho daquele macacão laranja e arrancar a tapa aquele sorriso bobo do seu rosto.

Vincent Azzo desenterrou a minha Alexa Bliss interior, e o homem diante de mim estava prestes a levar uma surra.

Espalmei a tribuna de cada lado dele e disse bem baixo e com clareza:

— Não fale nada. Assinta se você me entendeu.

Parecendo confuso, Vince assentiu.

— Aquela senhora gentil sentada lá em cima é a juíza. No momento, ela está considerando adicionar desacato à coleção de delitos que você já cometeu. Bico fechado, assinta se entendeu.

Ele finalmente compreendeu, e um olhar aflito atravessou o seu rosto.

— Pelo resto da audiência, não fale comigo, não fale com o Rick, não fale com o xerife adjunto e, acima de tudo, *não* fale com a juíza *a menos que eu te diga que pode*. Assinta se entendeu.

Os grandes olhos azuis de Vince pareciam feridos, mas ele fez o que pedi e assentiu.

Respirei fundo.

— Quando você fala, piora as coisas. Entendeu?

Ele assentiu de novo, seus lábios carnudos se repuxando para baixo.

— Que bom. Deixe a conversa comigo. Ok?

Ele se inclinou para a frente, para que a juíza não o visse.

— Você está brava comigo, Gracie?

Inspirei pelo nariz e expirei pela boca três vezes antes de responder:

— Sim, estou brava com você.

— Desculpa.

— Vincent?

— Sim?

— Cale a boca.

Ele abriu um sorrisinho e fez gesto de fechar a boca.

Como se fosse possível.

Foi naquele momento que o estômago dele roncou tão alto que foi como ter outra pessoa no recinto.

— Desculpa, senhora — Vince disse, sério. — O café da manhã foi escasso.

Fagulhas dispararam dos meus olhos quando ele sorriu para a juíza Herschel, e eu fiz um gesto de cortar a garganta.

Vince captou a mensagem e calou a boca.

Passamos pelo resto da audiência sem mais intercorrências, embora o roncar do estômago dele fosse uma trilha sonora contínua. Houve outro momento ligeiramente complicado quando a juíza Herschel perguntou sobre o status residencial de Vince, mas fui capaz de confirmar que, antes de se mudar para Nova Iorque, ele morou cinco anos na Califórnia.

Então chegamos à parte em que Vince teria que fazer sua declaração.

Ele se levantou, com as costas retas, elevando-se acima de mim e do promotor.

— Sr. Azzo — disse a juíza —, quanto à acusação de assalto à propriedade, como você se declara?

— Culpado, dona, hum, senhora, hum, meritíssima.

A juíza apertou os lábios, mas a mim pareceu que ela estava prendendo o sorriso.

— E quanto à acusação de apropriação indébita, como você se declara?

— Inocente, meritíssima.

A juíza Herschel olhou para o promotor que simplesmente assentiu.

Apaziguada, ela ordenou que o passaporte de Vince fosse apreendido.

— Não sou um risco de fuga — Vince disse pelo canto da boca.

— É melhor não ser mesmo — murmurei. — Vou te algemar ao aquecedor se for necessário.

— É meio que perversão, Grace. Isso aí!

— Cale a boca.

A fiança foi de dez mil dólares.

Pensei que Rick fosse chorar, mas Vince simplesmente sorriu e deu a entender que estava prestes a falar. Fiz outro gesto de cortar a garganta. Ele captou a mensagem e deu uma piscadinha em vez disso.

Todos nos reunimos na entrada dos prisioneiros, onde Vince apareceu trajando um terno de marca todo amassado e coberto de marcas de patas e de pelo de cachorro, e me puxou para um abraço apertado que eu com certeza não queria.

— Você foi fabulosa! — gabou-se. — Pensei que a juíza Hershey fosse me mandar para as galés.

— E por que você pensou que ela te mandaria para um navio? — perguntei, confusa.

— Ele se refere aos navios de trabalhos forçados. — Rick suspirou. — Ele anda assistindo a episódios demais de *Spartacus*.

Vince ergueu o punho e gritou bem alto:

— *Eu* sou Spartacus!

Tive um sobressalto, e todo mundo se virou para encarar.

— Cala a boca, Vince! — sibilei, pegando-o pelo braço e puxando-o para o elevador.

— Filmaço. — Ele sorriu, todo pateta.

Quando encontramos o agente de fiança, Rick entregou o cartão de crédito, parecendo meio enjoado quando lhe entregaram o recibo de dez mil dólares.

— Arrasou, cara! — disse Vince, batendo no ombro dele. — Eu vou te pagar.

Suspirei de novo. Eu parecia um pneu furado quando estava perto desse criança incrivelmente irritante.

— Vincent, isso não é uma multa. Desde que você volte ao tribunal para receber a sentença na data marcada, vão devolver o dinheiro do Rick.

— Ah, muito bom! — Ele sorriu para o amigo.

— Embora haja muitas chances de que no futuro você seja multado e tenha que pagar as custas do processo, mas terá um prazo razoável para isso. Entendido?

Ele assentiu.

— Sabe, você fica uma puta de uma gostosa quando dá uma de advogada pra cima de mim.

Balanço a cabeça e me viro para Rick.

— Ele é todo seu. Certifique-se de que não se meta em mais encrenca.

Mas, é claro, era do Vince que estávamos falando.

Enquanto descíamos as escadas da Suprema Corte, havia duas equipes de reportagem se aprontando lá embaixo. Não sei por quem estavam esperando, mas acabaram com Vince.

— Quero fazer uma declaração — anunciou, em uma voz alta e carregada, fazendo cara séria.

Os jornalistas se viraram para olhar, e mesmo que não tivessem ideia de quem ele era, o câmera começou a gravar. Talvez fosse a forma como o tom da voz de Vince chamava atenção, ou o modo como ele se portava em seu terno de grife, ou o fato de que tinha um metro e noventa e três e parecia ser *alguém*.

— O que ele está fazendo? — sibilei para Rick.

— Não faço ideia — sussurrou em resposta.

Vince esperou até cada olhar estar nele. O homem parecia lindo e sério, e eu não tinha ideia do que aconteceria.

— Neste momento, na nossa cidade — disse, com a voz clara e cheia de propósito —, animais estão sendo assassinados. Cães e gatos, nossos animais de estimação estão passando por "eutanásias". — Ele curvou os lábios quando cuspiu a palavra. — Estão no corredor da morte, apesar de não terem feito nada para merecer isso. Daqui a vinte e quatro horas, cinco dos cães mais fofos que vocês já viram vão ser assassinados com uma injeção letal. Cinco criaturinhas que vão levar prazer e alegria para o lar de vocês. Isso está acontecendo na nossa cidade agora mesmo! — ele retumbou. — Porque não há canis suficientes, porque não são tantas as pessoas que se importam. Você se importa? — ele desafiou as pessoas que o observavam, medindo cada um com o olhar. — Se importam?

Meu queixo foi parar no chão, e observei enquanto ele hipnotizava a audiência com sua paixão e discurso convincente.

— Do outro lado da cidade, nossos amigos peludos estão morrendo em abrigos apertados e superlotados onde doenças como tosse dos canis correm à solta. E quem se importa? Não as autoridades locais, isso é certo. Se se importassem, cumpririam a lei que a câmara municipal aprovou em 2000 para que tivesse um canil em cada bairro. Mas eles fizeram isso? Deram para trás! E por não terem cumprido suas promessas, animais estão sofrendo neste momento! Neste canil em particular, 20% dos animais são assassinados, o que significa que são seis mil todo ano, *em um único canil*. Animais que têm o direito a uma vida longa e saudável estão sendo assassinados. Nós deveríamos proteger os mais fracos! Deveríamos proteger aqueles que não podem falar por si mesmos! Que tipo de gente nós somos quando assassinatos em massa estão ocorrendo bem debaixo do nosso nariz e não estamos nem aí? Bem, eu estou aí! Puta merda, eu estou aí! E estou pedindo para vocês estarem também.

"Ontem à noite, tentei salvar dezessete cachorros. Invadi um canil não muito longe daqui quando os ouvi chorando. De partir o coração, foi sim. Cinco deles estavam na lista para serem mortos. Eu quase consegui sair quando a polícia me prendeu. Não culpo os policiais, estavam só fazendo o trabalho deles.

"Se fizer uma única coisa para alguém hoje, vá a um canil e veja as condições em que aqueles animaizinhos vivem, aquelas formiguinhas de nada, cachorrinhos minúsculos, e me diga que nos importamos! Me confirme isso!

Os olhos dele estavam pegando fogo quando desceu os degraus comigo e Rick logo atrás.

— Quem é esse cara? — perguntou um dos jornalistas.

— Vincent Alexander Azzo — respondeu Vince, orgulhoso. — E essa é Gracie Cooper, minha advogada.

Vince

Estamos sentados no banco de trás do táxi, e Gracie e Rick estão me encarando.

— O quê? Eu peidei? Meus peidos estão, tipo, uma arma de destruição em massa. Foi o feijão que me deram no café da manhã, passei um tempão no trono.

— Parceiro — Rick disse, inclinando-se para frente —, o que foi aquele discurso?

Sorri.

— É, bem, eu vi a equipe de filmagem e aproveitei. Não posso ver uma câmera, né? Todo oportunista, eu mesmo.

— Foi maravilhoso — Grace disse, baixinho.

— É? Arrasou, Gracie!

Fiquei surpreso e feliz por ela ter me feito um elogio. Talvez minha estratégia estivesse funcionando.

— Jantar essa noite, por minha conta? — perguntei, esperançoso, decidindo atacar enquanto a mulher ainda estava na onda.

— Não se você me pagar com barras de ouro — respondeu, e os olhos voltaram para o telefone.

Ela nem olhou para cima. Rick, sim, e o sorriso que ele me abriu foi bem irritante.

— Se deu mal — murmurou.

— O que você disse? — Grace falou, ríspida, virando a carranca para Rick.

— Nada — ele mentiu.

E se encolheu no banco enquanto os olhos dela o perfuravam.

Ela se virou e bateu na divisória do táxi.

— Você pode me deixar aqui. — Então se virou e olhou para nós dois. — *Você* — ela disse, fincando o dedo no Rick —, mantenha esse aqui longe de confusão. — Então apontou para mim como se quisesse enfiar o dedo no meu olho.

Lançando-me outro olhar de desgosto, ela deslizou do táxi como se fosse um membro da realeza. Gostosa pra cacete, puta que pariu!

— Tem certeza de que vai continuar tentando sair com ela? — Rick perguntou. — A mulher é um pouco assustadora.

— Nada, é uma fofa, na verdade, dá para ver.

Eu a observei marchar pela rua e suspirei quando entrou no prédio.

— Certo, quer ir lá em casa e passear com os cachorros?

— Não — Rick fez careta. — Tenho que repassar a papelada lá na academia. Ainda vamos experimentar os ternos às três?

— Claro, a gente se vê lá. — Eu estava prestes a dispensá-lo quando percebi que não tinha dinheiro. — É, por acaso você não poderia nos emprestar cinquenta para a corrida, poderia?

Rick resmungou.

— Claro. O que são cinquenta dólares no meio de dez mil? Você acaba comigo, parceiro.

— Eu vou te pagar, não esquenta.

Sorri e fiz joinha quando ele saiu do táxi e seguiu para a academia.

Olha, eu passo bastante tempo na academia. Perfeição física, esse sou eu; leva tempo e esforço para deixar o meu corpo tão incrível quanto ele é, mas eu não *vivo* na academia igual ao Rick. O cara mora em um apartamento em cima do seu centro fitness. Até conhecer Cady, ele não tinha mais nada na vida. Eu o convenci a tentar o Tinder uma vez, mas não deu muito certo. *Cof-cof, perseguidora!*

As crianças ficaram felizes ao me ver quando abri a porta e entrei no corredor. Zeus ganiu alto, me dizendo em termos inequívocos que não ficou impressionado com a minha ausência. Tyson ficou para trás, me dando um sorriso pateta, o rabo batendo na parede. E a doce e pequena Tap tentava escalar a minha perna e saltar nos meus braços, mas não conseguia. Então a peguei no colo e a deixei lamber o meu rosto, lhe dando a segurança de que precisava.

Não havia nada como a recepção da sua família de quatro (e três) patas. Sempre ficavam felizes em te ver. Sempre davam amor. Melhor sensação da vida.

Eu os deixei sair para mijar e cagar enquanto vestia minha roupa de corrida. Mas Tap me seguiu pelo quarto, cutucando meu calcanhar de tempos em tempos, como se verificasse que eu estava mesmo em casa.

— Tadinha da minha menina — falei, afagando o pelo macio. — Mas, não se preocupe, o papai está em casa agora. Então, o que achou da Gracie? Sei que comeu o petisco que ela te deu, então acho que você gosta dela. Você não aceita petisco de qualquer um, não é? — Puxei suas orelhas quando ela me olhou como se eu fosse seu tudo.

É outra parte boa de ter cães na sua vida, *você* é tudo para eles. Não é como se eles fossem escrever um livro enquanto você está por aí. Havia razão para eles serem animais de matilha, e eu era o líder, era tudo para eles. E eles, por sua vez, me amavam incondicionalmente. Seres humanos nunca são legais assim. Cães não te apunhalam pelas costas.

Era uma responsabilidade incrível, e eu não a encarava de modo leviano. Se não conseguisse uma boa babá quando ia fotografar, não aceitava o trabalho. Simples assim.

E eu ainda estava preocupado com aqueles cães do canil. Precisava ir lá e ver como estavam, mesmo Gracie tendo me dito para ficar longe do lugar.

Olhei ao redor do apartamento e me perguntei como enfiaria mais cinco cachorros ali, mesmo que temporariamente. Suspirei, desejando ter espaço para todos os dezessete; agora que estava completamente sóbrio, não parecia a melhor ideia que já tive, mas eu conseguiria lidar com mais cinco até conseguir um lar para eles. Ficaria apertado, e os meus filhos ficariam com ciúme, mas eu não podia permitir que vidas inocentes fossem perdidas. Eu iria lá depois da prova de terno.

Tyson e Zeus entraram correndo no quarto, me deixando saber que estavam prontos para a corrida deles.

Tranquei a porta dos fundos, peguei as três coleiras e o pet sling para quando Zeus e Tap se cansassem. Eu ficava igual a um idiota, mas não me importava.

Era quase um quilômetro até o parquinho de cães no Pier 6. Era bem longe para Zeus e Tap, mas Tyson simplesmente continuava e amava encontrar outro cachorro do seu tamanho para brincar. Tap era muito assustadiça para brincar com cães que não conhecia, então se aconchegava nos meus joelhos e Zeus dormia no carregador.

Assim que me sentei, uma gatinha com um belo par de peitos faltou pouco para se esfregar em mim.

— Ai, meu Deus, que fofo! São seus?

Ela se inclinou para afagar Tap, o que me garantiu um bom ângulo do seu decote, mas Tap se encolheu para longe dela, me fitando com o olhar preocupado.

— Ela fica um pouco tímida com estranhos — falei. — Zeus é mais safado, aceita carinho de qualquer um.

Ela riu e jogou o cabelo para trás.

— Amei o seu sotaque. Você é escocês?

Eu ouvia muito isso. Americanos ouviam meu sotaque do norte e achavam que eu usava kilt.

— Não, de Derby, nascido e criado.

Ficou óbvio que ela não tinha ideia do que eu estava falando, mas já estava acostumado com isso. Ela afagou Zeus que ergueu a cabeça e bocejou, fazendo a Srta. Tetas recuar quando sentiu o cheiro do seu bafo.

— Ah, eca! — ela bufou, abanando-se e fazendo careta.

E, naquele momento, perdi o interesse. Eu sabia que Zeus tinha mau hálito, mas não havia necessidade de magoar os sentimentos dele.

Ame a mim, ame a meus cães.

Depois de pegar Tyson no cercadinho de brincar, onde ele deu uma ombrada no Jack Russell com quem estava se divertindo, fazendo o camaradinha sair rolando feito uma bola, pedi desculpa ao dono que finalmente entendeu que não foi por maldade. Tyson só se empolgava demais e esquecia que era do tamanho de uma carreta, e ele não gostou nada de deixar o companheiro de brincadeira para trás. O Russel já estava de pé e se sacudindo, abanando o rabo com força. Sem mágoas.

Corremos devagar na volta, enquanto Tap e Zeus estavam aconchegados juntos no carregador. Ficar com os meus cães era a minha felicidade. Embora sexo gostoso com uma loba voraz viesse logo em seguida. Meus pensamentos voltaram para Grace. Ela estava começando a gostar de mim?

Olhei o relógio e suspirei; hora de voltar, alimentar os cães e me encontrar com Rick para provar os ternos com o tio Sal.

O nome de tio Sal era Signor Salvatore Finotello. Ele era um sujeito bacana e o melhor alfaiate da Armani. Quando jovem, em algum momento do século passado, foi o alfaiate de todos os desfiles e sem dúvida nenhuma era o melhor com os ternos sob medida. Boa parte das pessoas precisava esperar seis meses ou mais para conseguir um horário com ele, mas o homem achava que eu era muita merda e fez questão de abrir espaço para resolver a questão dos smokings com Rick e comigo.

Alguns modelos são muito babacas e acham que só os costureiros contam e que alfaiates e ajustadores como o tio Sal não são importantes. Mas é como um carro de Formula 1: um bom design vai fazer os fãs babarem, mas são os mecânicos que os fazem voar. O mesmo vale para as roupas de grife: respeita os outros, filho da puta.

As crianças ficaram sonolentas depois que as alimentei, por isso não me senti muito mal por sair de novo. Mesmo assim, Tap tentou.

— Já chega desses olhos pidões — falei, e beijei o topo de sua cabecinha peluda. — Seu pai tem responsabilidades. Volto logo, prometo.

Ela soltou um suspiro profundo, como se minhas promessas não valessem de nada, o que era um pouco duro, e foi mancando para a cama.

Eu já estava ficando atrasado, como sempre, então não olhei meu telefone enquanto atravessava a porta correndo.

Estava tocando quando encontrei Rick me esperando do lado de fora da *Emporio*. Eu já estava alguns minutos atrasado, então deixei cair na caixa de mensagens de novo.

— Você poderia ter esperado lá dentro, seu idiota. — Sorri para ele. — Está congelando aqui fora.

Ele deu de ombros, parecendo desconfortável, e fez careta para a imensa parede de vidro da entrada, de vários andares de altura.

— Caramba, é só uma prova de terno, você não será posto contra uma parede para ser alvejado, seu pateta! É para o seu casamento. Anime-se um pouco!

Ele fez careta, embora talvez tenha sido um sorriso.

— Vamos acabar logo com isso — disse o desgraçado mal-humorado.

Tio Sal parecia ter uns cem anos, talvez mais. Ele estava com Giorgio desde o início e ninguém queria adivinhar o que aconteceria quando ele falecesse. Tinha vindo para Nova Iorque para a abertura da loja da Quinta Avenida dez anos atrás e ficou porque disse que a cidade era o seu lar espiritual.

— Ciao, Vincent! *Come sta il mio bellissimo ragazzo? Vieni a dare a papà um bacio!*

Ele era supergay, extravagante feito um flamingo, sempre usava coletes que ofuscariam os olhos de qualquer um e os combinava com gravata plastrão laranja, amarelo ou salmão. Parecia ter saído de um filme dos anos 1950 de Doris Day. Puta merda, eu adorava aquele homem.

Curvei-me para que ele beijasse minhas duas bochechas, então ele pressionou as mãos no peito.

— Você é um danado, Vincent! Parte o meu coração quando fica tão longe!

Dou uma piscadinha e não me incomodo de lembrar a ele que passei lá semana passada para marcar a prova dos ternos.

— E quem é esse belo brutalhão? — ele perguntou, olhando Rick da cabeça aos pés.

A cara que meu amigo fez foi impagável.

— Esse é o meu parceiro, Rick Roberts, o noivo feliz — eu os apresentei. — Rick, esse é o Signor Salvatore Finotello, melhor alfaiate do ramo.

— *Bellissimo*! — Tio Sal suspirou, puxando Rick para baixo para beijá-lo. — Mas por que vocês são tão grandes? Você parece *un toro*.

Tio Sal me conhece há anos. Ficávamos juntos em Milão quando eu desfilava. Eu ainda era bem novinho e magro feito um graveto. Tinha tônus muscular, porque fazia kickboxing na época, mas nunca cheguei a ganhar peso. Meus dentes eram tortos pra cacete, porém, mesmo assim, foi quando fui visto por um caça-talentos e chamado para ser modelo. Desde que eu não sorrisse.

Modelos de passarela são altos e magros feito alienígenas: homens e mulheres. Na passarela, éramos reis, mas ao nos ver na vida real, parecia que fomos feitos de massinha e esticados, só braços desengonçados e joelhos nodosos.

Era com isso que tio Sal estava acostumado, e era do que ele gostava. Ele não aprovava os músculos que ganhei desde que parei de ser modelo de alta moda. Agora, a vida de modelo *fitness*... era um mundo completamente diferente, e um que eu ainda explorava.

— Eu sei, tio Sal. — Sorri para ele. — Parecemos um armário hoje em dia, mas sei que você vai nos consertar.

— Não sei como vou trabalhar com esse monte de *mooscle* — choramingou e pegou a fita métrica. — Tirem a roupa! *Adesso!*

Rick parecia horrorizado, eu só dei de ombros. Estava acostumado a ficar só de roupa de baixo, ou menos ainda, na frente de umas duas dúzias de caras, de garotas também. Não havia glamour nos bastidores de um desfile.

Meu telefone começou a tocar de novo, mas ignorei, me despi e me preparei para ser medido por um profissional.

Rick levou mais tempo, me olhando de soslaio enquanto eu deixava tio Sal encaixar a ponta da fita métrica perto da minha cenoura e dos ovos e medir até o chão (estou falando da minha perna, não das joias da coroa, embora a minha pica chegue quase lá). Tio Sal resmungou alguma coisa e o assistente dele anotou no caderno, então Sal mediu a circunferência da minha coxa.

— Não, é impossível! — ele disse, jogando as mãos para o alto. — Você está com carne demais, Vincent! A calça não vai ficar boa.

— Nada, vai ficar tudo bem, tio Sal. — Sorrio para ele. — Você é o mago do ateliê.

— Mago, sim; milagreiro, não — ele resmunga, infeliz.

Então vira a fita métrica para Rick.

— Pende para a direita — ele comentou, e o assistente anotou no caderno enquanto um rubor começava a aparecer no pescoço de Rick.

— Não se preocupe se ele fizer cócegas no seu carinha aí — falei, animado. — É parte do serviço.

— Você é um danado, Vincent — tio Sal disse, balançando o dedo para mim. — Por que eu me submeto a isso?

— Porque eu sou o seu preferido. — Dei uma piscadinha.

Tio Sal resmungou consigo mesmo, mas consegui vê-lo sorrindo.

Rick parecia tão infeliz quanto um peru em novembro enquanto tio Sal se agitava ao seu redor, medindo, resmungando e se divertindo pra caramba.

Meu amigo desligou por completo quando eu e tio Sal começamos a discutir se os smokings teriam lapelas de bico, gola xale ou lapela notch; algo mais justo foi vetado, falamos do corte tradicional, mas nos decidimos por algo mais moderno.

Rick simplesmente assentiu quando falei, o cara estava a um milhão de quilômetros da sua zona de conforto. No fim, ele entregou o cartão de crédito e disse que não queria saber, a menos que custasse mais que a minha fiança. Chegava perto. Qualidade era caro.

— É, confie em mim, parceiro. Você não quer saber. Mas tio Sal vai te garantir um bom negócio.

Rick estremeceu e colocou o recibo na carteira sem nem olhar.

Marcamos o horário para a próxima prova, então abracei tio Sal e lhe dei um baita beijo estalado. Rick tentou apertar a mão dele, mas acabou ganhando um beijo.

Enquanto descíamos as escadas até o térreo, estava vagamente ciente de que meu celular mal parava de vibrar com notificações de mensagens de texto e de voz. Mas eu estava com pressa para chegar ao canil.

Rick voltou para a academia (que surpresa), e eu segui pelas ruas lotadas, mas quando me aproximei do canil, a rua estava parcialmente bloqueada por equipes de reportagem e grupos de pessoas. Policiais frenéticos tentavam manter o trânsito fluindo, e estavam perdendo a batalha.

Enquanto me aproximava mais, a multidão ficou maior, então ouvi alguém gritar:

— Lá está ele! O Cruzado Canino!

Olhei para trás para ver de quem estavam falando, mas de repente uma repórter com um microfone do tamanho de um coala entrou na minha frente.

— Vincent Azzo! Você está de volta à cena do crime!

— Ah, bem…

— Como é saber que cada cachorro deste canil foi adotado por sua causa?

Um sorriso largo se espalhou pelo meu rosto.

— Sério? Todos eles? Mesmo o velhinho com a orelha rasgada? Foram todos adotados?

— Sim! Você não sabia? Gostaria de nos dar uma declaração, sr. Azzo?

— Puta merda, isso é fabuloso! Estou muito feliz por todos os cachorros terem conseguido um bom lar.

— Todos os canis do estado de Nova Iorque estão declarando o mesmo fenômeno, e cachorros estão sendo adotados por toda a cidade. Eles estão te chamando de Cruzado Canino!

— Nossa! Consegui um nome de super-herói! Que legal! Posso usar uma capa?

— Ah, eu não sei. Mas sem dúvida nenhuma você é um herói para esses cães.

— Fico feliz demais por isso.

— Creio que você foi acusado por ter invadido o canil, não foi?

— Sim, tive que ir ao tribunal hoje de manhã, mas não foi tão ruim assim. A juíza me liberou sob fiança.

— Você violaria a lei de novo para salvar um amigo peludo?

Respondi com seriedade:

— Se um cachorro estiver na lista de assassinato, então, sim, eu violaria. Nenhum cachorro merece estar no corredor da morte só porque não tem um lar. Que tipo de gente deixa algo assim acontecer? É errado!

A repórter se virou para a câmera.

— E aí está. O Cruzado Canino violaria a lei de novo para salvar a vida de outro cachorro. E dizem que não temos mais heróis de verdade.

Dei uma piscadinha para a câmera, porque eu não sabia o que dizer, então abri caminho em direção à entrada do canil.

Perturbei a mulher com a prancheta que não queria me deixar passar, mas quando ela me reconheceu, tive autorização para entrar. Eu me vi cara a cara com um homem de terno: o diretor do canil.

— Você sabe o que causou aqui? — sibilou para mim. — Passamos o dia sob um cerco. Eu fui pessoalmente ameaçado!

Olhei para ele, confuso.

— Mas pensei que todos os cachorros tinham sido adotados. Qual é o problema?

O homem ficou roxo e cuspe voou de sua boca.

— O *problema* é que as pessoas estão me chamando de assassino de cães!

Meu olhar ficou sério.

— Cinco cães estavam na sua lista da morte. Cinco cães que agora têm um lar. Puta merda, se você estivesse fazendo o seu trabalho, em primeiro lugar, isso não teria acontecido.

— Mas tem que ter muita coragem! — gritou, apontando um dedo trêmulo para mim. — Você não faz ideia da pressão que fazem na gente! Os custos aumentam ano a ano, mas nosso orçamento, não. Perdemos outro funcionário de meio-período, e agora temos que pagar por uma porta quebrada, não graças a você!

Eu me senti um pouco culpado por isso.

— Vou pagar pela sua porta.

— Com certeza vai! — vociferou. — Vou me certificar disso. — Ele respirou fundo e os olhinhos de porco se estreitaram. — Sabe, nada disso é fácil, temos canil em cinco vizinhanças em toda a cidade e recebemos trinta mil animais todo ano. Um a cada cinco precisa passar pela eutanásia porque *nós não temos espaço*! Sabemos quais animais podemos ajudar e quais são os que ninguém quer. Mesmo se tivéssemos espaço, o que não é o caso, é melhor um animal passar três, quatro, cinco anos aqui sem ter a esperança de conseguir um lar?

Ele me pegou de jeito. Eu não fazia ideia de que cães abandonados fossem um problema tão grande na cidade. E eu tinha que considerar a ideia da lista da morte *versus* manter o bichinho na prisão por anos. Não queria nenhum dos dois na minha consciência.

— Você precisa de mais dinheiro, parceiro — falei. — E de uma publicidade melhor. Já que sou o sabor do mês pelos próximos quinze minutos, por que não aproveitar e tentar conseguir algumas doações?

Ele me lançou um olhar cético e respondeu, severo:

— Todas as doações serão bem-vindas.

— Certo. O Cruzado Canino está dentro! — Voltei lá para fora. — Certo. Pessoal, doem cinco dólares para o canil. É, e vocês, jornalistas! É o preço de um café e um muffin, não vai fazer falta. Qual é, passa para cá!

Vinte minutos depois, eu tinha um punhado de dinheiro, centenas de dólares, que entreguei para o diretor do canil que simplesmente me encarou.

— Haverá mais de onde esse veio — garanti a ele.

Então deu a minha hora de ir para casa e cuidar da minha própria matilha. Além do que, eu precisava pensar um pouco. Sabia que não era a pessoa mais brilhante do mundo, mas precisava bolar um plano para angariar mais dinheiro.

Meu celular tocou de novo, mas ignorei. Talvez me lembre de dar uma olhada nas mensagens quando chegar em casa, talvez não. Trabalho segundo o princípio de que, se for importante, vão ligar de volta.

O que acabou sendo um erro tático na minha conquista pela Gracie, mas, naquela hora, eu não sabia.

Grace

Eu queria matar Vincent Azzo tão lenta e dolorosamente quanto fosse possível, mas, no momento, estava ocupada demais atendendo ligações por ele. Claro, Vince não estava atendendo o celular, nem lendo as mensagens ou os e-mails, o cabeça de vento estava me levando à loucura.

O ardil dele lá fora do tribunal tinha viralizado, e todo mundo queria saber mais. E já que ele disse que eu era sua advogada, a imprensa havia me caçado no trabalho e até arranjado o número do meu celular pessoal.

Meus três assistentes estavam atendendo uma ligação atrás da outra, e tive que dar a eles algo a dizer além de "meu cliente não tem comentários a fazer".

Eu havia redigido uma declaração em nome de Vince e enviado para ele por e-mail, mas o babaca não havia visto nem respondido a meia dúzia de mensagens que eu tinha enviado para ele. Como eu poderia representar o cara se ele não atendia a droga do telefone?

Mas, para ser justa, jamais passou pela minha cabeça que as redes sociais entrariam nessa tão rápido. Fui pega de surpresa, e creio que Vince também. Então engambelei todo mundo dizendo que o Sr. Azzo faria uma declaração mais tarde.

Todo mundo queria saber se os cães foram salvos. Eu também queria saber a resposta para isso, e tentei ligar para o abrigo, mas só dava ocupado. Eu não sabia o que pensar.

Tinha acabado de encerrar outra ligação, dessa vez com uma emissora da costa oeste que queria saber se meu cliente iria até lá para dar uma entrevista, quando Carl McCray, um sócio sênior, bateu na minha porta e entrou antes que eu pudesse dizer qualquer coisa.

Eu me sentei, empertigada. Visitas de membros do alto escalão a um dos asseclas era algo inédito. Geralmente, éramos convocados até o décimo quinto andar pelo assistente do assistente do sócio sênior.

— Srta. Cooper, ouvi dizer que está bastante ocupada hoje. Um cliente incomum.

— Sim, senhor. Ele é... meu trabalho *pro bono* para a ABA. Eu gostaria de juntar as horas.

— Bom saber, mas estamos fechando o acordo de Rogers & Cranston essa semana. Precisamos que você acelere.

Ferida, ajeitei com cuidado meu bloquinho diante de mim.

— Já enviei a terceira minuta para ser despachada para todas as partes. Houve um erro no acordo que versava sobre futuras declarações de imposto de renda. Já retifiquei. Do meu lado, o projeto *já está acelerado.*

Ele abriu um sorriso frio e assentiu.

— Sei que podemos contar com você, Grace. Agora... seu trabalho *pro bono* está trazendo certa publicidade para a nossa pequena empresa. Espero que ela continue sendo positiva.

Foi fácil ler as entrelinhas: *seu caso* pro bono *está na TV, o que significa que o Grupo Kryll está na TV, não faça nada que reflita mal na empresa: não estrague tudo.*

— É um caso interessante — falei, minha resposta evasiva de propósito.

Ele bateu as juntas dos dedos na minha mesa.

— Traga o seu cliente para a festa dos funcionários na sexta-feira... eu gostaria de conhecê-lo.

Meu queixo foi parar no chão.

— Festa dos funcionários? — falei, baixinho e profundamente horrorizada.

— Sim, os sócios seniores gostariam de conhecer o homem que está gerando tanto bafafá no noticiário.

Ele me abriu um sorriso gelado e saiu da minha sala.

Esfreguei o rosto duas vezes antes de lembrar que eu estava de maquiagem. O dia de hoje estava se revelando um pesadelo completo. Meu telefone tocou de novo antes de eu ter tempo de pensar.

Às seis da tarde, o rosto de Vince estava em cada canal de televisão, e o vídeo havia tido mais de cento e cinquenta mil visualizações no YouTube. Ele já era uma celebridade instantânea, e todo mundo estava entrando em contato *comigo*, a advogada dele.

Fato fascinante: o homem que interpretou o Robin na série Batman *de Adam West conseguiu arranjar um lar para mais de quinze mil cães através de seu trabalho de caridade, e ele é especializado em cães como o dogue alemão, que são maiores que ele.*

Não consegui descobrir as intenções de McCray, mas supus que os sócios sêniores não estavam nada satisfeitos comigo... a menos que eu transformasse a situação em um golpe midiático para a empresa. Meio que os odiei um pouco por isso, porque o caso deveria se resumir a cães abandonados, não a como advogados muito ricos poderiam virar a situação a favor deles. Mas eu era cínica o bastante para saber como funcionava o mundo corporativo.

Vince ainda não tinha respondido as minhas mensagens, e eu precisava de um respiro. Por sorte, me encontraria com a minha melhor amiga para jantar e depois voltaria para o escritório para fazer o meu trabalho *de verdade*.

Cady estava fabulosa como sempre quando entrou desfilando no restaurante, se sentou à minha mesa de canto e logo passou para o próprio prato um dos blintzes que eu havia pedido.

— Grace, amor, você está com uma cara de "ai que saco". O que foi?

— Cara de "ai que saco"?

— Para de enrolar. O que está pegando?

— Nada — resmunguei.

Ela espiou através da mesa e ergueu uma sobrancelha.

— Sou sua melhor amiga há dezenove anos, e eu te conheço. Pode parar de graça.

— Não posso te contar.

— O quê? É claro que pode!

— Não posso, de verdade! — choraminguei, me sentindo profundamente patética.

— Humm, bem, faça mímica, então.

— Fazer mímica?

— Sim, sabe, tipo charada.

— Você está falando sério?

— Tão sério quanto o meu amor por rosquinhas com cobertura de limão.

— Tudo bem.

Eu me recostei no meu assento e ergui cinco dedos, então fiz a mímica simbolizando o prenúncio da minha desgraça.

— Hum... cinco letras... hum... tem chifre? É um rinoceronte? Não? Hum, unicórnio? Não é um unicórnio. Dinossauro?

— Aff, não! Você está me provocando! — gani.

— Hum... poderia ser... *cabeça de vento*?

Assenti.

— Então é o Vince?

— É claro que é! Você estava se divertindo, não estava? Você é terrível!

— Nada, sou sua melhor amiga.

— Dá no mesmo.

— Se você diz. Então, o que aquele cabeça de vento fez agora? Além de ter conseguido ser preso e o rosto dele aparecer em cada canal e site de fofoca.

Apoiei as cabeça nas mãos.

— E não é o bastante? Mas fica pior. Ele nunca atende ao telefone e eu tinha prometido que ele enviaria uma declaração para a imprensa. Pensei que quatro horas seriam o bastante, mas até o momento ele nem sequer leu o meu e-mail nem retornou as minhas ligações! E isso *ainda* não é pior!

Cady fez careta.

— Tem mais? O que está pegando, Grace? Você está me afastando dos meus blintzes, e isso nunca acontece.

— Nada importante. — Ri, histérica.

— Está incomodando você; e você é a minha melhor das melhores amigas...

— Quantos anos a gente tem? Doze? — comentei, sarcástica.

— ... então se é importante para você, é importante para mim.

— Patético...

— Por favor! Você me ouviu choramingar por causa do Rick no ano passado, toda amuada com o fato de ele gostar ou não de mim.

— Você nunca fica amuada.

— Obrigada, mas essa não é a questão. Você está reconduzindo, advogada.

— Eu sei. Tá, tudo bem. Eu não tenho companhia para a festa anual dos funcionários. De novo.

Cady piscou.

— Você odeia a festa anual dos funcionários. Geralmente fica cinco minutos e inventa uma desculpa para fugir de lá.

— Eu odeio porque sempre sou a única pessoa que não tem um acompanhante. Todo mundo me encara com pena.

— Eles que se danem! Você é forte, bem-sucedida, linda...

— Obrigada. Você está certa, eu sei. Mas é só que me sinto...

— Eu vou com você — respondeu Cady, animada. — Vou ser a sua acompanhante.

Soltei uma gargalhada relutante.

— Obrigada, mas os sócios seniores já pensam que eu sou uma lésbica enrustida.

— Sério? Eu já falei "eles que se danem"? Então apimente as coisas. Que eles continuem achando! De qualquer forma, eu te acho gostosa. Mas, sério, importa o que eles pensam?

— Infelizmente, sim, se eu quiser me tornar sócia em algum momento da próxima década.

— Isso é coisa da Idade da Pedra!

— Bem-vinda ao Direito Corporativo. Mas Carl McCray apareceu na minha sala hoje e isso *nunca* acontece. Então mencionou o Vince e a cobertura da imprensa e agora ele quer conhecê-lo… na festa dos funcionários! E não foi um pedido!

Cady se recostou na cadeira, chocada.

— Você está me dizendo que o *Vince* vai ser o seu acompanhante na festa?

— SIM!

— Nossa! Isso foi… inesperado.

— Pode apostar! O que eu devo fazer? Vai ser um desastre.

Cady terminou o blintz.

— Pelo menos será memorável.

Descansei a cabeça nos braços e gemi.

Então meu telefone tocou.

— É ele! *Cabeça de vento*! — Encarei o telefone como se a coisa fosse me morder.

Cady o pegou e atendeu por mim.

— Vince, é a Cady. Espero que você esteja bem longe da Katz's Deli, porque a Grace quer te esganar. É. Você falou. Uhum. Bem, veja só: para começar, ela não dormiu nada na noite passada porque estava ajudando você; aí não conseguiu fazer nada no trabalho porque estava ajudando você; e, para coroar, te enviou uma tonelada de e-mails e mensagens e você nem se deu o trabalho de responder até o momento. É. Isso mesmo. Uhum. Isso, porra! Sua vida está por um fio, camarada. É melhor que seu pedido de desculpas seja memorável.

Ela me devolveu o celular com um sorrisinho.

— Vincent — falei, seca.

— Oi, Gracie! — disse ele, com a voz só um pouquinho arrependida. — Desculpa. Eu esqueci de olhar esse filho da puta do meu telefone. Acontece o tempo todo. Mas não se preocupe, eu tenho boas notícias! Todos os cães conseguiram lares! Cada um deles! E o cara do abrigo diz que cães ao redor de toda a cidade estão sendo adotados. Estão me chamado de Cruzado Canino!

Meu queixo caiu.

— Todos os cães? Que fantástico!

— É, é sim! Mas todos os abrigos estão funcionando com um orçamento mínimo, então eu disse que os ajudaria. Vou organizar o desfile de moda do Cruzado Canino! Vou arranjar para os meus camaradas doarem as coisas.

— Um desfile de moda canino? — falei baixinho.

Os olhos de Cady dispararam para cima ao ouvir o meu lado da conversa.

— É! Moda e cachorros. Puta merda, estou em uma maré de sorte, tenho certeza! Pretendo fazer o desfile durante a Fashion Week de Nova Iorque.

— Vai ser uma semana antes do casamento da Cady e do Rick — resmunguei, incapaz de continuar aquela conversa.

— Sim, legal, né? Então você pode colocar isso na declaração e enviar para todos os jornalistas com quem você esteve em contato? Arrasou, Gracie! — Sua voz animada ficou mais calma e se tornou mais íntima. — Então, se algum dia eu puder fazer algo por você, é só falar.

Respirei bem fundo. Naquele exato momento, eu me odiava o mesmo tanto que o odiava.

— Preciso de um acompanhante para a festa anual dos funcionários na sexta-feira. Você vai comigo. — Fiz careta quando Cady praticamente se matou de tanto rir.

— Acompanhante? Na sexta? Claro, Gracie! Vai ser incrível. Diga a Cady que ela e o Rick vão ser babás dos cachorros para a gente, sim? Puta merda, vai ser fabuloso! Eu sabia que você cairia em si em algum momento, linda.

Apoiei a cabeça nas mãos quando o desespero me percorreu.

— Que morte horrível — choraminguei.

Cady cuspiu metade do blintz de tanto que ria.

— Que bela amiga você é — resmunguei.

Vince

Eu era o acompanhante de Grace na festa do escritório, as coisas estavam evoluindo.

Os últimos dias foram uma loucura, e eu estava dando entrevistas por toda a cidade, assim como algumas pela internet. Às vezes, levava as crianças comigo; embora Tap ficasse tímida com estranhos, era isso ou deixá-la sozinha em casa, o que eu não faria de jeito nenhum. Estive no programa matinal da Cady na rádio, e Tap ficou aconchegada no joelho dela o tempo todo, a traidora.

E as notícias não paravam de melhorar: os abrigos da cidade estavam praticamente vazios, e mesmo os cães que tinham mais dificuldade de conseguir um lar, como os mais velhos e maiores, estavam encontrando famílias para o todo o sempre. Estavam até importando cães abandonados de outros estados. A ideia do desfile tinha emplacado e eu estava confiante de que conseguiria as pessoas que queria. O Cruzado Canino estava no caso! Mandei fazer um monte de camisetas com o meu novo logo de Cruzado Canino, e os meus seguidores do Instagram e do Facebook estavam comprando-as aos montes. Tinha pedido mil e já estavam quase esgotadas. Paguei ao filho de um vizinho para enviá-las por correio, então todo mundo ficou feliz. Melhor ainda, o garoto trabalhou lá de casa e Tap, Zeus e Tyson gostaram bastante dele.

Eu tinha começado a cobrar uma cacetada de favores para o desfile e fiz mais um tanto de promessas. Mas sabia que valeria a pena. Tio Sal já tinha falado com Giorgio por mim, e havia outras pessoas da área que eu sabia que ajudariam. Para ser sincero, era fantástica pra cacete a quantidade de gente que queria entrar nessa.

Sorri para Rick enquanto observava meu reflexo no espelho.

— Eu sou um deus, e as mulheres não conseguem se fartar desse belo espécimen de masculinidade.

— Você é um idiota, e mulher nenhuma que seja certa da cabeça vai querer algo com você — rebateu, jogando algum joguinho no celular.

— Oi! Era para você ser o meu melhor amigo!

— E sou. O mundo está condenado.

Eu me olhei no espelho e gostei do que vi. Flexionei os músculos, contei os gomos do tanquinho, então me virei de lado para verificar os globos aveludados do meu incrível traseiro.

— Gato! — Sorri para o meu reflexo. — Puta que pariu, um puta gato! — Ergui uma sobrancelha e me virei para encarar Rick. — E você deveria estar convencendo Faith a sair comigo e fazer essa noite vai ser maravilhosa, mas não vi ajuda nenhuma da sua parte.

— O nome dela é Grace.

— Foi o que eu disse.

— É, bem, não posso te ajudar.

— Por que não?

— Grace é a melhor amiga da minha noiva.

Arqueei uma sobrancelha para mim mesmo no espelho e respondi:

— E?

— Eu gosto dela. Não vou convencer a mulher a sair com um otário igual a você.

— Por que somos melhores amigos? — Eu ri.

— Falta de opção.

— Nada, na verdade você me ama, parceiro.

— Eu sinto pena de você.

Naquele momento, Cady veio do pátio dos fundos com Zeus e Tyson em seu encalço. Tap seguiu parecendo triste. Ela sabia que Rick e Cady ficariam de babá essa noite e odiava quando eu saía.

Rick puxou Cady para o colo.

— Cady, diga ao Vince que Grace não está interessada nele — falou.

— Claro que está! — rebati.

— Desculpa, grandalhão — disse Cady, sorrindo. — Ela te acha idiota, sabe, um cabeça de vento.

Rick assentiu concordando, mas me virei de volta para o espelho, ignorando os dois.

— Nada, ela está na minha, dá para ver. Do contrário, por que me convidaria para a festa do escritório?

Cady suspirou.

— Não queria ser eu a te contar... espera, na verdade eu queria muito te contar... ela te acha um grandessíssimo idiota, e a única razão para ter te convidado foi porque o chefe dela mandou.

— Um garanhão de primeira, eu mesmo.

Cady estremeceu.

— Nada mais a declarar.

Olhei para frente e sorri para ela. A mulher usava um agasalho vermelho que caiu muito bem nela.

— Seus peitos estão bonitos hoje, Cady. Bem firmes e suculentos.

— Ai, meu Deus! Não posso acreditar que você falou isso! — ela gritou.

— Não fale dos peitos da minha noiva — Rick disse, em tom de aviso.

— O quê? Foi um elogio.

— Não — respondeu Cady, com paciência. — Elogiar é dizer que me cabelo está bonito ou que você gostou do meu vestido. Elogios não envolvem encarar garotas com malícia.

— Não posso evitar — confessei. — Seus peitos são tão grandes que é como se tivesse outra pessoa na conversa.

Cady bateu na testa enquanto Rick fazia careta.

— Você é um caso perdido.

— Nada, eu só preciso do amor de uma boa mulher para me colocar nos trilhos. Igual a Faith.

Cady e Rick gritaram ao mesmo tempo:

— *É Grace!*

— É, ela. Muito gata. — E disfarcei o sorriso.

Cady se virou para Rick.

— Por que você é amigo dele?

— Ele é tipo um cachorrinho perdido. Não consigo mandar embora.

— O cara tem mais de um metro e noventa! — ela gritou.

— E ainda é um idiota — resmungou Rick. — E um perigo para si mesmo.

— Fato. — Cady suspirou.

Dei uma piscadinha para os dois através do espelho.

— Eu sou irresistível.

Cady tentou mais uma vez me desencorajar.

— Não, Vince. A Grace não quer sair com você porque ela tem bom gosto.

— Ela quer uma provinha desse pernil.

— Eu desisto. — Ela suspirou.

Olhei-me mais uma vez no espelho, depois olhei para cima quando minha campainha tocou.

— Meu táxi chegou. Cuidem das crianças por mim e se comportem, nada de se pegar na minha cama, a menos que eu possa me juntar a vocês.

— Dá o fora daqui! — Cady riu. — E seja bonzinho com a minha amiga!

— Sempre! — Eu sorri, então em ajoelhei para dar um beijo de despedida nas crianças. — Abraço em grupo!

Tap lambeu o meu rosto. Era o jeito dela de me perdoar e dizer: *volta logo, pai!*

O percurso de táxi até o apartamento de Grace pareceu durar uma eternidade enquanto o veículo se arrastava pelo trânsito de sexta-feira à noite. Eu tinha ficado surpreso quando ela me pediu para ser seu acompanhante na festa do escritório, e meu entusiasmo só foi ligeiramente abafado quando soube que foi só porque o chefe dela queria conhecer o Cruzado Canino, mas saltei à oportunidade. Grace, eu e uma noite fora… não dava para desperdiçar.

Ao chegar, toquei a campainha e Grace me deixou entrar. Estava curioso para ver sua casa. Imaginei que seria muito limpa, mas elegante e um pouquinho empertigada, igual a ela.

A mulher me encontrou à porta, já trajando o casaco por cima de um vestido preto que ia até o joelho.

— Estou pronta — ela disse, quase me empurrando para trás.

— Nada, trouxe algo para você usar — falei, entreguei a bolsinha que eu levava e passei por ela. — Muito bacana a sua casa. Pensei que fosse ter cabeças de alce ou algo assim, já que você é do Minnesota.

Ela ficou me encarando lá da porta.

— Cabeças de alce?

— Sabe, tudo isso de caça, tiro e pesca. Fico feliz por você não ter, acho que as cabeças ficam melhores nos animais.

— Você está tentando me insultar ou só sai naturalmente mesmo?

Meu sorriso escorregou quando experimentei uma breve e incomum perda de confiança.

— Não. Nunca estive no Minnesota.

Ela continuou me encarando, com a expressão tensa de irritação.

— Ah, bem, quer experimentar? — perguntei, ao apontar para a bolsinha, esperando que eu pudesse fazê-la esquecer a irritação.

— Já estou vestida — retrucou ela. — E sou uma mulher adulta que pode escolher as próprias roupas e já estou pronta para ir. Agora.

— É, e você está linda, mas, por favor, experimente — roguei. — Peguei emprestado com a Stella e sei que vai ficar incrível em você.

Ela fez uma careta como se tivesse chupado limão.

— Você trouxe para mim uma roupa que você pegou *emprestada* de uma mulher chamada *Stella*?

Eu lambi os lábios, percebendo que aquilo não saiu muito certo.

— Stella McCartney — falei, rapidamente. — A designer. Ela é uma amiga. É da nova coleção.

Grace piscou, depois olhou para baixo.

— Ah — ela falou, baixinho.

— Vai experimentar? — perguntei, esperançoso.

— Eu geralmente uso um vestido de coquetel preto.

— Nhé. Chato. Experimenta. Prometo que você vai ficar incrível.

Ela assentiu bruscamente e foi para o quarto. Eu queria muito ir atrás dela, mas nosso encontro não começou muito bem, então só perambulei pela sala, olhando as fotos e reparando nas coisas.

Não levou muito, tendo em mente que estávamos em Manhattan, e uma caixa de sapato custava o mesmo que um palacete lá em Derby.

Eu me espalhei no sofá cor de café enquanto esperava, folheando uma cópia do periódico *American Journal of Comparative Law*, uma leitura empolgante, não é mesmo?

Tirei uma selfie que mostrava meu nó de gravata Windsor e postei nos stories do Instagram, logo depois da foto de cueca que tirei quando estava me arrumando. Meus seguidores amaram, e eu amava os meus mais de cem mil seguidores. O patrocínio estava rolando, o que significava mais biscoitos de cachorro para as crianças e mais moedas no banco para mim.

Então Gracie entrou na sala parecendo fabulosa, puta merda, mas sua expressão estava incerta. Stella havia me emprestado um macacão de lamê com decote trapézio que transformou Grace de gostosa a sensacional.

— Um macacão? — disse ela, com a voz vacilante. — Eu não sei... geralmente uso vestido nos eventos do escritório...

— Nada. Eles já sabem que você usa calça na sua sala, pode muito bem mostrar a eles e ficar uma puta de uma gostosa ao mesmo tempo.

— Eu sou magra demais — ela sussurrou. — Só tenho perna e braço. Tipo… tipo um bicho-pau.

— Nada, está mais para um cão whippet. Eu gosto de whippets.

— Nossa, obrigada — ela bufou, soando como a Gracie de novo. — Posso pelo menos ser um galgo?

— Pequeno demais.

— Obrigada, Vincent! — ela retrucou, com os olhos faiscando.

Lá estava a minha garota!

— A gente vai formar um casalzão da porra. — Sorri para ela.

— Você dá pro gasto, eu acho — ela disse, altiva, tentando esconder o sorriso.

— Nada, você me acha um arraso que eu sei. Me dá dez com louvor, talvez até onze.

— Não, você está mais para um nove equino.

— É? Acha que eu sou um cavalo? Não, amor, sou só dotado como um… um puta jumento, eu mesmo.

— Não estou nem aí se você é um pônei Shetland ou um cavalo Shire — declarou entre dentes. — Não estou interessada!

Total que ela estava.

Grace

O macacão era maravilhoso e o tecido tinha um toque incrivelmente suntuoso, quase extravagante contra a minha pele nua. Não havia como usar sutiã, não que eu tivesse muito para preencher até mesmo um PP. Um (muito ex) namorado tinha descrito meu colo como dois ovos fritos em um prato. Um encanto de pessoa.

Mas esse macacão me fez me sentir incrivelmente sexy. O decote trapézio cobria todo o peito, mas deixava minhas costas nuas e se agarrava à cintura, o tecido caía com suavidade nas minhas coxas e brilhava igual prata líquida.

Eu entendia muito pouco de moda, mas mesmo eu poderia dizer que o corte e o design eram sensacionais.

Nunca ousei muito no que dizia respeito a roupas. De certa forma, isto era parte de trabalhar com direito corporativo: um terninho bem-ajustado cinza, azul-marinho ou preto, e um toque de cor nas blusas ou sapatos, com bem pouca variação. Mas *isso*! Isso era outro patamar.

Fui da confiança à preocupação enquanto o taxi se aproximava inexoravelmente do bar no Village que o Grupo Kryll havia reservado para a noite.

— Não mencione a sua conta no Instagram — adverti Vince —, menos ainda o seu *Fans Only* e, acima de tudo, não mostre nenhuma foto sua naquelas cuecas apertadas.

Ele se inclinou para mim, seu perfume perdurava de leve em sua pele bronzeada.

— Você andou olhando.

— Você é *meu cliente* — falei, indiferente. — Preciso estar a par das bobagens que você posta nas redes sociais.

Aquilo provavelmente foi um pouco mais rude que o necessário, mas Vince simplesmente piscou para mim e se recostou com um sorriso satisfeito. Ele era irritantemente difícil de perturbar.

— Posso mostrar minha foto usando nada além da minha camiseta do Cruzado Canino e um sorriso?

— Não.

— E a nova linha de roupas despojadas de sadomasoquismo para a qual posei?

— Não!

— E aqueles fios dentais com pedrinhas que aquele estilista me deu?

— Não, não, não!

— Estraga-prazeres.

— E não xingue — falei, séria. — Esses seus "p" qualquer coisa estão proibidos. Assim como "merda", "tetas", "peitinhos", "peitos", "caceta/cacete" e "rola". Acha que consegue se abster disso por uma noite inteira?

— Devidamente considerado, advogada — ele disse, ao pegar a minha mão e beijá-la.

Eu o afastei na mesma hora.

— Isso aqui não é um encontro — falei, severa.

Ele simplesmente sorriu.

Toda vez que eu tentava manter minha distância profissional, ele parecia se aproximar um pouco mais. Era irritante. E preocupante. Mas, acima de tudo, irritante.

Quando o táxi parou em frente ao bar, Vince me surpreendeu ao pagar a corrida.

— Você pode arcar com a despesa? — perguntei. — Eu não esperava que você…

— Posso ser um cavalheiro — disse ele, então segurou a porta para mim.

Perplexa, tropecei na calçada congelada, e Vince segurou meu braço para me equilibrar.

— Tenho certeza de que pode — menti —, mas você me disse que não tinha dinheiro.

— Consegui um novo patrocínio — ele falou, com um leve sorriso. — Roupas casuais para sadomasoquismo. As fotos estão no meu *Fans Only*, mas mostro para *você*. Tenho amostras-grátis também.

— Ah. — Mal consegui colocar para fora. — Certo. Obrigada, mas não.

Um sorriso divertido iluminou a sua expressão, e eu não sabia se ele estava ou não me provocando. Talvez não.

Respirei bem fundo quando entramos de braços dados no bar mal iluminado.

Eu detestava esses eventos. No trabalho, eu tinha um papel e um propósito e estava ocupada demais para me preocupar com o que pensavam de mim. Eu era muito boa no que fazia, justa com os meus assistentes e educada com todo mundo. Em ocasiões como essa, me sentia em queda-livre. Nunca sabia o que dizer nem o que fazer. Odiava só ficar perto de um grupo, mas também odiava na mesma medida ter que circular pela sala, esperando encontrar uma conversa de que participar. Eu me sentia desencaixada, pouco à vontade, julgada. As pessoas gostavam de mim, mas eu não era popular. E era só uma entre um punhado de mulheres que também estavam tentando se tornar sócias. A competição era feroz. Eu competia sendo a melhor no que fazia. Mas era esperta o bastante para saber que isso raramente bastava. Era esperado que sócios fossem especialistas em fazer contatos. E eu era um horror nisso.

Olhei para Vince, que estava fazendo caretas para si mesmo em um dos pilares superpolidos da entrada, verificando os dentes.

— Ah, Senhor, eu nunca vou conseguir ser sócia — resmunguei, sentindo meu coração começar a acelerar.

— Você está bem, Gracie? — perguntou, ao se virar para mim. — Você parece prestes a ser convidada para uma festinha de lavagem intestinal.

— Eles fazem isso em Los Angeles? — perguntei, distraída.

Ele riu ao entregar nossos casacos, e pegou duas taças de champanhe com um garçom de passagem e entregou uma a mim.

— Estou feliz por ter me mudado para a costa leste, só tem doido em La La Land.

— Já temos doidos o suficiente aqui.

— É? Não é de se admirar eu ter me encaixado tão bem.

Eu estava vagamente ciente de que ele estava me provocando, mas minha boca ficou seca quando as pessoas começaram a se virar para nos encarar.

— Como você quer que eu te apresente? — sussurrei. — Como meu cliente ou...

Ele abaixou a voz meia oitava e fez uma imitação meio decente de Sean Connery, arrematada com uma sobrancelha erguida.

— Meu nome é Azzo, Vince Azzo, e, puta merda, eu sou irresistível para mulheres e cães. Saúde!

Engasguei com o champanhe quando Vince abriu aquele sorrisão que era sua marca registrada.

Então ele se curvou para mim.

Relaxa, Gracie. Vai ficar tudo bem.

Eu não gostava de contar com álcool para poder interagir, mas virei a taça de champanhe mais rápido que um campeão de comer tortas em um bufê liberado.

Então vi Melissa, uma das minhas assistentes, com seu namorado de longa data, Neil, apoiados no bar, como sempre. Ela sorriu e acenou para eu me aproximar, o que me fez me sentir melhor no mesmo instante.

— Oi, Mel, Neil! Como vocês estão? Esse é o meu… amigo e cliente, Vincent Azzo.

— Ai. Meu. Deus! Eu sem que você é! O Cruzado Canino! — ela disse, abrindo um sorriso bobo para ele, e me perguntei há quanto tempo ela tinha chegado.

— E você é a maravilhosa Mel. — Ele sorriu, pegou a mão dela e a beijou como se fosse um príncipe dos tempos atuais.

Ele apertou a mão de Neil, que o olhava com desconfiança, então virou a força total de seus encantos para Mel.

— Obrigado pela sua ajuda — declarou, sincero. — Gracie me contou que vocês trabalharam bastante para me ajudar. Obrigado, de verdade. — Sorriu para ela. — Os cachorrinhos agradecem também. Você deve ser uma amante dos animais. As melhores pessoas são.

Ela corou até a raiz dos cabelos tingidos de hena, e então passou os cinco minutos seguintes contando a ele sobre os coelhinhos de estimação que teve quando criança.

Vince lhe deu total atenção, sem desviar os olhos azuis dela, ouvindo cada palavra com profunda sinceridade, encantando-a por completo.

O homem não deixou escapulir um único palavrão. Comecei a relaxar. Talvez essa noite não fosse ser tão ruim afinal de contas.

Gary e Penny se juntaram a nós, meus outros dois assistentes, ambas com o marido, e Vince fez a sua mágica com elas também; agradeceu, deixando claro o quanto ficou feliz com o trabalho que fizeram, contou sobre o desfile que estava organizando, explicou que os abrigos precisavam de fundos. Eu conseguia ver a adoração brilhando nos olhos delas. As garotas já eram #TeamVince.

Mel parou ao meu lado.

— Ele é *tão* legal! Sempre pensei que caras bonitos fossem otários, mas não dá para dizer isso sobre ele.

Ah, dá sim.

Mas eu não disse isso a ela. A mulher estava completamente encantada e um pouco atordoada. Então pareceu prestar a devida atenção em mim.

— Grace, sua roupa é uau! — exclamou, arregalando os olhos. — Você está... linda!

Sorri, mas ela tinha que parecer tão surpresa?

— Obrigada, Mel. Eu...

Fomos interrompidas por Carl McCray chamando e acenando para mim imperiosamente lá do outro lado da sala.

— É melhor você ir — Mel disse, sabendo bem como era.

— Obrigada — suspirei.

Peguei o braço de Vince e o tirei do meio de seu novo fã-clube.

— Vamos conhecer o meu chefe e vários dos sócios seniores, então *comporte-se*. Estou falando sério! É o meu emprego.

— Relaxa, Faith — ele disse, com uma piscadinha.

— É *Grace*! — Sibilei para ele.

— Foi o que eu disse.

A essa altura, já tínhamos chegado aos sócios, e era tarde demais. Minha vida reluziu diante dos meus olhos, e mentalmente repassei uma nova versão do meu currículo na minha cabeça para quando começasse a procurar outro trabalho.

— Srta. Cooper. Ou talvez possamos deixar as formalidades de lado essa noite, Grace. É bom ver você. Essa é a minha esposa, Simone.

— Sim, claro, olá de novo. E me permita apresentar o meu cliente, Vincent Azzo.

Ao som de seu nome, Vince abriu um sorriso, e tive a impressão de que ele estava avaliando Carl e Simone McCray com uma olhada rápida. Então apertou as mãos dos sócios. Era tipo assistir a uma girafa com um rebanho de búfalos: ele era tão diferente do nosso mundo.

— É claro! — disse Carl, com um sorriso largo. — O Cruzado Canino. Bem-vindo à nossa pequena soirée.

Quis me encolher, Carl soava tão pretencioso. Talvez ele tenha descrito a festa do escritório como “soirée” só para impressionar o Vince, ou porque Vince era britânico e sotaques britânicos sempre pareciam elegantes.

— Obrigado pelo convite — disse Vince. — Estou muito grato pelo Grupo Kryll estar por trás da minha campanha. É bom saber que empresas influentes estão ajudando a dar visibilidade para a infelicidade dos animais abandonados.

Por meio segundo, Carl pareceu completamente pego de surpresa, então estufou o peito, tentando ficar tão alto quanto Vince, e falhou.

— Sim, claro. Nós, do Grupo Kryll, nos orgulhamos de nosso serviço à comunidade.

Essa era a primeira vez que eu ouvia algo assim.

Vince assentiu e olhou sério para Carl.

— E estou abrindo oportunidades para que patrocinem o desfile de moda do Cruzado Canino.

— Esse é um Stella McCartney? — Simone interrompeu de repente, olhando o meu macacão.

Fiquei um pouquinho surpresa, já que ela nunca falou comigo nos meus sete anos no escritório e sete anos de nos encontrarmos em eventos da firma.

— Sim, é. Da nova coleção.

Ela fungou e se virou. Então um dos sócios seniores me parabenizou pela fusão da Rogers & Cranston. Era a oportunidade perfeita para fazer contatos, mas só estava ouvindo por alto, com medo do que Vince poderia dizer se ficasse por conta própria.

Simone perguntou a ele como foi morar em Milão e trabalhar para a Armani, e ele a relegou com fofocas de contratempos nos bastidores e como o *maestro* realmente era. Ele também tinha passado um tempo em Roma e Florença, e havia até mesmo subido cada um dos 295 degraus da Torre de Pisa à noite.

Fato fascinante: a torre tem 296 degraus, ou 294, porque o sétimo andar tem dois degraus a menos na face norte da escadaria.

Quando ele falou no que parecia italiano fluente, Simone ouviu com avidez e, dez minutos depois, Carl e os sócios seniores prometeram doar vinte e cinco mil dólares para o evento de Vince. Eu só consegui encará-lo, maravilhada. Como ele conseguia ser tão adulador? Cadê o cara pateta e destrambelhado que eu conhecia e meio que odiava?

Por fim, nosso grupo se separou e seguiu para a mesa do bufê.

Carl se afastou parecendo muito satisfeito consigo mesmo, e Simone lançou vários olhares para Vince. Ele me entregou outra taça de champanhe e piscou para mim.

— Por que você não é assim o tempo todo? — deixei escapar.

Vince nem fingiu não saber do que eu estava falando.

— Porque só é falso — respondeu, sério. — Consigo bajular e puxar saco por uma boa causa. Só porque sou bom nisso, não significa que eu goste.

— E você fala italiano!

— Na verdade, não.

— Mas eu ouvi você falando com a Simone!

Vince me olhou, achando graça.

— Aprendi algumas frases para conquistar as gatinhas, nada mais. Eu só disse a Simone que a bunda dela era tão linda quanto um porco na lama. Fica mais bonito em italiano.

Fechei os olhos.

— Você não fez isso! Ai, meu Deus, e se ela tiver entendido?

Vince riu.

— Foi um elogio.

Bufei irritada; em seguida, suspirei.

— Você foi incrível — admiti. — Para ser sincera, nunca soube de Carl doar uma quantia daquelas antes.

Vince deu de ombros.

— Talvez ele goste de cães.

Ele pegou o meu braço enquanto passávamos pelo bar e dávamos uma olhada no bufê: o de sempre, mais mini hamburgueres veganos de cogumelo, como uma cortesia para Vince, que enfiou a coisa toda na boca, depois estendeu a mão para pegar outro.

— O gosto é horrível — falou, animado, faltando pouco espalhar migalhas.

Dei um passo para trás, meio enojada com o jeito como ele comia. Me perguntei se fazia de propósito.

Nós nos sentamos à mesa vazia enquanto ele devorava vários *amuse-bouche*, como Carl McCray insistia em chamá-los. Vince fazia uma cara diferente a cada abocanhada, e tive a impressão de que aquilo não estava animando nem um pouco o seu bucho.

— Ai, nossa, desculpa interromper, mas você poderia me dar um autógrafo, por f…?

Olhei para cima e vi uma das funcionárias júnior, então observei em completo horror quando Vince se levantou tão rápido que sua cabeça atingiu a mandíbula da garota, e a pobrezinha cambaleou, parecendo atordoada.

— Ai, Deus! Você está bem?!

Corri para ela e cada um de nós agarrou um de seus braços enquanto a moça trocava os pés, então Vince pegou uma cadeira para ela e um pouco de água.

— Desculpa por isso, amor — ele disse. — Quando eu me ergo, vou com tudo.

Então deu uma piscadinha para mim.

— Reparei — retruquei.

Ele não teve muita chance de comer depois disso, porque parecia que cada um ali queria conhecê-lo, e a menina que ele quase nocauteou estava sentada ao seu lado, com os olhos vidrados por causa do champanhe e a leve concussão.

Vince iluminou o salão e se comportou como se cada um fosse seu novo melhor amigo; o homem os fez rir e querer passar tempo com ele. Esse pessoal mal me dava "bom dia", e eu trabalhava com eles há sete anos. Como Vince fazia isso? Bem, ninguém poderia acusá-lo de ser tímido. Não como eu. Eu me escondia atrás dos meus ternos e da minha inteligência. Não fazia contatos, e invejei o quanto ele ficava à vontade sendo ele mesmo.

Eu era boa no meu trabalho; Vince era maravilhoso sendo Vince.

Depois de completarmos o circuito pelo salão, eu já tinha tomado três taças de champanhe com a barriga vazia, e estava com vergonha por estar sentindo pena de mim mesma. Vince tinha feito algo bom aqui; não era culpa sua as pessoas gostarem mais dele do que de mim. Seria isso culpa *minha*?

Vince estava muito concentrado encarando o telefone. Hum, devia estar atualizando o Instagram *de novo*.

— O que você está fazendo? — perguntei, irritada.

— Só deletando o meu Tinder — ele falou, sem olhar para cima.

Fiquei surpresa.

— Ah, certo. Por quê?

Ele pressionou mais um botão e piscou para mim.

— Estou fazendo uma atualização.

— De aplicativo? — perguntei, meio confusa.

— É, não. Não exatamente.

Sim, não, não exatamente! O que isso queria dizer? Vince sempre era direto. Por que ele tinha escolhido essa noite para bancar o existencial para cima de mim?

— O que foi, Gracie? — perguntou, baixinho. — Você parece tão feliz quanto um peido em uma jacuzzi.

Aquilo me fez sorrir, era tão Vince. Mas então ele suspirou.

— Todo mundo gosta de você.

— Só porque não me conhecem. — Sorriu.

— E as mulheres estavam se jogando em você.

— Elas sabem reconhecer coisas boas quando as veem. — Assentiu, concordado, alisando a gravata e me lançando aquele erguer patenteado de sobrancelha do James Bond.

— Estou falando sério — retruquei.

— Você está uma puta gostosa essa noite — ele disse, apertando a minha mão. — Aqueles caras estariam em cima de você se eu não estivesse de guarda.

Balancei a cabeça.

— Os homens só me veem como uma quebra-clima magrela e empertigada... e não me faça repetir isso falando rápido!

Pensei que ele fosse rir daquilo. Eu estava sendo patética de verdade, e mais bêbada do que tinha imaginado.

— Certo — falou, baixinho. — Mas, Grace... é assim que você se vê?

— Às vezes, sim.

O silêncio se estendeu entre nós.

— Vamos — convidou. — Vamos dar o fora daqui. Conheço um excelente restaurante vegano logo ali na esquina. Você vai amar.

— Obrigada — falei. — De verdade.

Vince me abriu um sorriso estonteante.

— Você gosta de mim, admita.

— Eu te tolero.

— Dá no mesmo.

— Nem de longe — afirmei, altiva. — E eu preferia quando você estava a cinco mil quilômetros daqui, lá em Los Angeles.

Ele se inclinou e seu fôlego formigou no meu ouvido.

— Longe demais para se aconchegar.

Não consegui segurar o riso. Vincent Azzo estava me conquistando também.

Que Deus me ajudasse.

Vince

O erro que as pessoas cometem quando não estavam acostumadas a fazer comida vegana era tentar substituir a carne nas receitas que tinham a carne como base, o que não dava certo. Colocar legumes e batata em um prato com um hambúrguer de quorn e chamar de assado não colava comigo.

O restaurante para o qual levei Gracie ficava a poucas ruas daquele, era um ambiente favorável aos peidos: mais feijões, leguminosas e lentilhas do que se conseguia dar conta, com uma boa variedade de pratos deliciosos.

O estabelecimento era budista, então tinha um clima bacana, descontraído e muito hippie. Era o lugar de que eu mais gostava, logo depois de uma pracinha de cachorros ou talvez de uma boa transa… mas essa parte era discutível.

Minha boca começou a aguar feito um hidrante vazando antes de eles trazerem os cardápios que eu já sabia de cor. Acha que vampiros babam quando sentem o cheiro de um humano? Sempre me perguntei se era o caso, é uma das questões que me mantém acordado à noite.

Nada, estou brincando. Nada me mantém acordado à noite, eu durmo igual a um cadáver.

Igual a um cadáver! Hahaha! Vincent: o ás dos trocadilhos.

Voltando à baba.

Macarrão com três cogumelos e feijão preto; tofu com manjericão, castanha de caju, feijão carioca, ervilha seca e lentilhas; fritada de nabo com limão (um escândalo); e os incríveis bolinhos de arroz doce com gergelim.

Grace queria escolher algo conhecido, mas pedi um monte de outras coisas para ela experimentar também. Nunca quis ser um desses babacas que dizem às mulheres o que comer, mas eu tinha certeza de que quando visse o que eu estava enfiando na boca, ela molharia a calcinha, sem dúvida.

Quando aquele monte de comida chegou, seus olhos se arregalaram e ela pareceu fisicamente enjoada. Eu não tinha muita certeza se havia calculado mal, mas tentei tranquilizá-la dizendo que era tudo para mim. Ela pareceu incrédula, mas comecei a devorar tudo como se o mundo estivesse acabando.

Enquanto eu mastigava, meio delirante de prazer, a encarei, a observando corar quando o calor do restaurante e a comida levou embora o frio do inverno.

Depois de um minuto, ela abaixou os hashis.

— Por favor, não fica me olhando comer, é desconfortável.

E a ficha caiu com um tilintar alto e conhecido, então me concentrei no meu próprio prato.

— Não se preocupe, Grace. Estou ocupado demais me empanturrando.

— Você é nojento.

— Mas de um jeito sexy, né?

— Não, de um jeito nojento. Você está encarando, de novo.

— Tem mostarda no seu lábio. — E passei o guardanapo de papel em sua boca, tentando ajudar, mas ela recuou, vermelha de vergonha.

Continuei comendo, então perguntei, como quem não quer nada:

— Há quanto tempo você é anoréxica?

Todo o corpo dela ficou rígido.

— Cady te contou? — perguntou, com raiva. — Não consigo acreditar que ela…

— Nada, não foi isso. Cady mal me suporta — falei, alegre. — Você sabe que passei cinco anos sendo modelo de passarela. Já vi tudo isso. Várias modelos eram anoréxicas, mastigavam lenço de papel para se sentirem saciadas, tudo de bunda seca… todas eram pele e osso. É necessário fazer agachamento para ter um traseiro suculento e redondinho igual ao meu. — E me levantei apontando para o arrebitado perfeito em questão.

— Senta! — ela sibilou, sem saber se ria ou me passava um sermão.

— Não é nada do que se envergonhar — falei. — Eu te acho perfeita.

Ela piscou várias vezes.

— Não estou com vergonha — ela disse, baixinho —, mas não é algo que conto para um monte de gente.

— Mas a Cady sabe?

Gracie abriu um breve sorriso.

— Foi ela que me ajudou a passar por tudo isso. Éramos colegas de quarto na faculdade. — O sorriso dela sumiu. — As garotas malvadas costumavam nos chamar de "a gorda e a magra". Certo dia, Cady pegou as balanças do banheiro e jogou fora. Ela disse que ninguém nos julgaria pelo que comíamos ou deixávamos de comer.

Assenti, entendendo o quanto era difícil redefinir as demandas alimentares do corpo depois que as coisas saíam do controle.

— Cady me convenceu a ir a um psicólogo e, bem, ainda estou nessa, mas tenho um peso saudável agora. — Sua voz estava na defensiva enquanto ela me encarava, então seus ombros se afundaram de levinho. — Para mim é difícil comer perto dos outros, a menos que conheça bem a pessoa.

— Justo. — Sorri para ela. — Estou contando com que você venha a me conhecer *muito* bem. — E abri outro do meu patenteado sorriso de molhar a calcinha.

— Não nessa vida, nem na próxima — bufou, mas seus olhos sorriam.

— Bem, nós *estamos* em um restaurante budista e eles acreditam em reencarnação, então vou aceitar o desafio.

— Não foi um desafio — bufou de novo.

— Agora é — insisti, erguendo uma sobrancelha.

Nós nos sentamos em silêncio por vários segundos que demoraram demais a passar. Sou tagarela por natureza, não suporto silêncios desconfortáveis.

— Me conte como foi crescer em Minnesota. É lá para os lados do Canadá, não é?

— Por favor, pode parar com esse sotaque. A gente não fala assim.

— Mas é muito bom!

— Não, não é. Você fica parecendo o Dudley Direitinho do *Polícia desmontada*.

— Quem?

— Esquece. De onde você é? E não diga simplesmente "Inglaterra".

— Derby, bem no meio da Inglaterra: ao norte de Birmingham, ao sul de Manchester.

— Irmãos, irmãs? Pais?

Balancei a cabeça.

— Eu sou órfão. Meu pai morreu quando eu tinha 15 anos, e minha mãe, no ano passado.

— Ah! — Por um momento, Gracie ficou sem saber o que dizer. — Sinto muito... deve ter sido difícil. — Ela me abriu um sorriso de compaixão.

— Embora a definição legal de órfão seja alguém menor de idade que perdeu ambos os pais. Você tem 35, mesmo que aja igual a um criançação.

— Eu me sinto órfão — falei. — Não sou mais o filho de ninguém. Não tenho a quem chamar de mãe.

Ela tocou as costas da minha mão por um instante, e eu pigarreei.

— E você? Sua família está em Minnesota?

— Sim, minha mãe e meu pai. Meu pai trabalhava na indústria madeireira antes de se aposentar, e minha mãe é dona de casa. — Deu de ombros. — A típica criação em cidade pequena: muito esporte, principalmente futebol americano e hóquei.

— Hum, não consigo te ver jogando como *wide receiver*.

Ela riu. Puta merda, eu adorava a risada dela.

— Não mesmo, mas eu era sinistra no gelo.

— Você *tá* de sacanagem?

— Não. Eu era uma moleca quando mais nova. Era uma ala excelente, dava muitas assistências.

Encarei Gracie com respeito renovado. Eu sabia que hóquei no gelo era letal; basicamente um esporte de arrancar sangue às vezes. Imaginar uma pessoa graciosa como ela lançando um disco na rede ou atacando outra jogadora com um taco de hóquei estava me deixando com tesão.

— E você? Você disse que fazia kickboxing; é bem violento, não é?

Precisei deixar de lado a imagem de Gracie no meu quarto usando um uniforme de hóquei e carregando um taco bem grande. Eu só queria gemer.

— É, por alguns anos, e fui subindo no ranking da minha categoria.

— Por que você largou?

— Veio o trabalho de modelo e, em uma das minhas últimas lutas, acabei ficando sem esses dentes. — Apontei para o lado direito da minha boca. — Aí sofri um acidente de carro dias depois e arrebentei o outro lado do meu rosto no volante e perdi os dentes da esquerda. Fiquei banguela. Parecia um vovozinho. Arrumar custou uma fortuna. — E aí bati nos meus dentes.

— São todos falsos? — Gracie perguntou, chocada.

— São, o dentista os aparafusou na minha mandíbula. Uma dor filha da puta! Mas valeu a pena. Se quer saber, ele era um sádico. Acho que ele gostava. Esse foi o pior. — Bati no dente de frente, mas o desgraçado caiu bem na pilha de guardanapos brancos sobre a toalha branca.

Grace ficou chocada, então começou a rir enquanto nos atrapalhávamos tentando encontrá-lo.

— É branco-gelo! Da mesma cor dos malditos guardanapos! Esse filho da puta me custou mil pratas! Você consegue ver?

— Que janelinha fofa é essa sua, garanhão — ela riu. — Igualzinho a uma criança de oito anos... uma criança de oito anos de mais de um e noventa, pesando noventa quilos.

Ainda rindo, ela me ajudou a vasculhar a confusão daquela mesa até que encontrei o meu dente brilhando bem ao lado de uma das lanternas da mesa.

— Ufa! Encontrei! Preciso colar esse pestinha no lugar. Não posso ser o Cruzado Canino se não tiver as minhas presas.

Eu o atarraxei de volta na boca, tendo em mente que precisaria colá-lo mais tarde. Gracie me observou com o olhar cálido e o sorriso divertido. Ela ficava fofa bêbada, e eu achava que ela estava gostando um pouquinho mais de mim. Infelizmente, assim que a alimentei e ela começou a ficar sóbria, consegui vê-la escapulir para detrás da sua concha dura de profissionalismo.

Então deixei que falasse da próxima nota à imprensa, do desfile e do meu julgamento iminente, eram tópicos seguros.

— E temos um casamento para ir — lembrei a ela. — Estou ansioso para entrar com a dama de honra.

— Um desses momentos que transformam vidas — falou, seca.

— Estou contando com isso. — Sorri, e a observei revirar os olhos.

Ela resmungou alguma coisa que não consegui ouvir e olhou para o relógio de pulso.

— Preciso ir para casa. Amanhã eu acordo cedo. — Ele ergueu uma sobrancelha acusatória para mim.

— No domingo?

— Comunicados à imprensa a mandar, contratos de desfile a revisar, e o julgamento de alguém a preparar.

— Eu e os cachorros agradecemos — falei, e dei uma piscadinha.

Ao chegarmos ao seu apartamento, ela correu para o banheiro e tirou o macacão. Queria poder dizer que fizemos sexo selvagem na sua cama, mas ela saiu usando um roupão de seda que arrastava no chão, e me devolveu o modelito de Stella.

— Por favor, diga que agradeci — pediu, empertigada, puxando as abas do roupão para perto da garganta. — Eu me senti muito especial usando a peça.

— Você é sempre especial para mim — declarei.

— Disfarçou bem, Vince. — Ela riu. — Obrigada pelo jantar, estava delicioso. Agora, *boa noite*!

Saí de lá com um sorriso no rosto e esperança no coração. Mais algumas noites iguais a essa, e tinha certeza de que poderia convencer Gracie a abaixar os seus padrões. Aquela mulher era minha, ela só não admitiria ainda.

Peguei o metrô para ir para casa e saltei na Borough Hall. As calçadas enlameadas viraram montes escorregadios, e revivi minha infância ao correr por elas e escorregar. Eu estava bem longe da casa de aluguel regulamentado pelo governo em Derby, mas aquele garoto magricela ainda estava dentro de mim.

As luzes do meu apartamento estavam acesas quando voltei. Tirei o telefone do bolso, esperando conseguir uma foto de Rick e Cady mandando ver.

Em vez disso, tirei uma foto de Rick dormindo sentado enquanto assistia a um jogo de futebol americano.

— Caramba! Você nem casou ainda e já está cochilando na frente da televisão! — gritei.

Cady resmungou e se sentou.

— Eu acordei quatro e meia da manhã para ir trabalhar, seu merda — rebateu, mal-humorada.

Rick sorriu.

— O mesmo.

As crianças ouviram a minha voz e vieram correndo do quarto. Pelos baques altos de quando saltaram da minha cama, ficou óbvio que decidiram que ela era bem mais confortável que as deles.

Tyson enfiou o focinho na minha virilha, o bobão, e Zeus ganiu e latiu, reclamando por eu ter saído de novo. Tap choramingou e tentou subir na minha perna, então peguei Zeus e ela no colo e me sentei no sofá entre Rick e Cady, me esquivando de uma cotovelada nas costelas quando separei os pombinhos.

— Veio embora sozinho? — Rick perguntou, todo dissimulado.

Cady atirou uma almofada nele.

— Grace ainda está falando contigo?

— Sim! Fiz alguns progressos. Ela ainda me acha um cabeça de vento, mas um cabeça de vento muito fofo.

— Que bom para você — Cady bocejou. — Estamos indo para casa. Fiquei feliz por tudo ter dado certo, grandão, mas ainda acho que ela é mais areia do que o seu caminhãozinho pode carregar.

Grace

— Então, como foi o encontro com Vince?

O almoço de segunda-feira com Cady era uma nova tradição. A gente costumava passar os domingos juntas quando dava, mas, com isso de ela estar toda apaixonada, o compromisso se transformou em um curto e meigo almoço na segunda-feira para colocar o papo em dia, mais um jantar a cada poucas semanas, se eu não cancelasse por ter que trabalhar até tarde *de novo*.

— Não foi um *encontro* — resmunguei. — Foi… uma transação comercial.

— Ah, sim, e você *transou* algo interessante?

Fiz cara de nojo e ela deu de ombros.

— Uma mulher tem as suas necessidades.

— Ele deixou cair um dente de porcelana na mesa do restaurante.

Cady se engasgou com o croissant.

— Mentira! Jura?

— Pois é. Era branquíssimo, combinava muito bem com a toalha de mesa. Brincar de caça ao dente foi um dos pontos altos da noite.

Cady riu.

— Isso… é tão a cara do Vince!

Eu ri com ela.

— Não foi tão ruim assim. E encontramos o dente. Ele foi meio que incrível com os sócios — falei, pensativa. — Até os convenceu a doar vinte e cinco mil dólares para o desfile de moda do Cruzado Canino. Ele foi tão tranquilo com eles. Foi… esquisito.

Cady inclinou a cabeça para o lado.

— Você gosta dele.

— Eu não o odeio. Ele ainda é irritante, mas tem um lado bom.

Ela ergueu as sobrancelhas, mas não falou nada.

Balancei a cabeça.

— Não, de jeito nenhum. Nem começa.

— Tudo bem, não vou. Como foi a prova do vestido?

Aquilo levou um sorriso verdadeiro ao meu rosto.

— Fantástica! A moça das medidas até fez parecer que eu tinha um decote!

— Você não tem nada de errado nesse departamento.

— Bem, eu gosto dos meus seios, mas você precisa admitir que são pequenos. Mamografias são um inferno para quem tem seios pequenos.

— São um inferno para todo mundo — Cady comentou, sem muita ênfase enquanto eu olhava com inveja para o seu colo extremamente farto.

— Estou falando sério! Quando eu tiro o sutiã com bojo, as enfermeiras…

— Você usa sutiã de bojo?

— Só porque o ar condicionado do prédio é muito frio — falei, na defensiva. — Mas as enfermeiras trocam olhares como se dissessem "o que vamos fazer com esses grãozinhos de amendoim?". Então elas puxam com força para tentar conseguir um pouco de seio para achatar, e acabam fazendo uma mamografia dos meus mamilos! Não é engraçado!

— Estou fazendo careta de empatia; é diferente de rir.

— Não muito, ao que parece. Eu não tenho peito, nem cintura, nem quadril. Metade do tempo, preciso comprar roupa na seção dos meninos.

— Você tem pernas bonitas, elas fariam o próprio Papa pensar duas vezes.

— Rá, bem, obrigada. Fico tão irritada com as vendedoras perguntando se estou comprando roupa para o meu filho que da última vez eu disse que sim.

— Sério? O que aconteceu?

— Acabei tendo uma conversa bem bizarra sobre a escola em que meu filho imaginário quer estudar e em qual time de softbol ele joga.

Cady caiu na gargalhada.

— Hilário! Espero que você tenha dito que ele é fã dos Yankees.

— Aff! Você é tão ridícula!

Bem quando estávamos pedindo a conta, Cady comentou, toda inocente:

— Vince disse alguma coisa sobre a dança da madrinha com o padrinho?

Congelei, meus olhos se estreitaram quando ela jogou as notas na mesa e correu para a porta.

— Cady Callahan, pode voltar aqui e explicar! — gritei, enquanto ela acenava lá de fora, descendo a calçada e sorrindo de orelha a orelha.

Juro que meu cólon se contraiu em horror ao pensar em dançar com Vince, o infeliz prenúncio da desgraça. Seria um desastre, um desastre muito público. Cady estava tão encrencada.

E eu também.

Voltei correndo para o escritório, pensando em milhares de formas de fazer Cady pagar por aquela traição, ela estava abusando das regras de melhor amiga. Vince pelo menos dançava? Porque eu, não. Nasci sem ritmo nenhum, e me mover ao som da música era um desafio.

Meus olhos se arregalaram. Não! Seria muito pior do que Vince me fazendo passar vergonha em público, seria eu! Eu que o faria passar vergonha!

Queimei de vergonha enquanto a humilhação que estava por vir se espalhou pelo meu corpo. Escorreguei no gelo, meio desejando ter torcido o tornozelo; uma lesão boba que me impedisse de dançar e que me permitisse manter a dignidade. Ou eu poderia só fingir ser o caso. Teria que me lembrar de comprar uma atadura elástica mais tarde.

De volta ao escritório, Gary se levantou no momento em que entrei, mas fiquei surpresa quando ele me seguiu até o meu escritório, com Melissa e Penny logo atrás.

— O que foi, gente?

Gary estendeu um envelope creme, feito de papel caro, e com um brasão em alto-relevo. Melissa pegou meu abridor de cartas e o estendeu como se fosse uma oferenda.

— É da *Vogue* — Penny sussurrou. — Entregue em mãos.

Eu nem fingi que não estava animada, mas mesmo assim me preparei para uma recusa educada, então tive que ler duas vezes a breve mensagem.

— É do assistente pessoal da editora: Anna Wintour comparecerá ao desfile do Cruzado Canino!

Penny parecia que ia desmaiar, e Gary e Melissa deram saltinhos e gritaram de alegria.

Ela disse sim! A dama da moda tinha dito sim!

Fato fascinante: apelidada de "Inverno Nuclear", dizem por aí que Anna Wintour foi a inspiração para Miranda Priestly de O diabo veste Prada.

— Certo, pessoal! — gritei, batendo palmas acima do barulho. — Preciso que vocês assumam os telefones. Gary, prepare o comunicado à imprensa e diga que a Sra. Wintour estará no desfile do Cruzado Canino, e lembre a todo mundo de que produtos de origem animal não serão usados nas roupas, sapatos e acessórios; Penny, ligue para todos que não confirmaram presença e avise; Melissa, entre em contato com todos os repórteres, blogueiros, vlogueiros, YouTubers e Instragrammers em que conseguir pensar e faça a gentileza de comunicar que a editora-chefe da *Vogue* estará presente no evento. Vamos!

Eles correram de volta para a mesa enquanto eu respirava fundo.

E esse foi o momento em que eu soube que faria tudo ao meu alcance para fazer o sonho de Vince se tornar realidade.

Infelizmente, não durou muito. Às onze da manhã, eu estava com vontade de esfaqueá-lo com meu abridor de carta.

Gary bateu na minha porta quando eu estava terminando de falar por telefone com a seguradora do desfile. Eu tinha conseguido reduzir mil e cem dólares da cotação inicial, mas eles continuaram falando que, por ter cães no evento, o risco era muito alto, por isso a categoria premium, incluindo indenização para qualquer um que pegasse raiva, era mais cara. Eu passaria o valor no meu cartão de crédito. Na minha opinião, ter Vince no evento era o mais arriscado de tudo.

— Srta. Cooper, o Sr. Azzo quer falar com você.

— Pode passar a ligação — falei, cansada, coloquei o telefone no gancho e guardei o cartão de crédito na bolsa.

— Não, ele está aqui! — Gary informou, animado.

Eu o encarei, nauseada. Aqui? Não podia ser nada bom.

— Tudo bem, fale para ele entrar.

Um par de pernas entrou carregando um buquê enorme de flores coloridas, e algo que parecia um cabo de vassoura com balões rosa e amarelos presos nele. Era exagerado e extravagante e difícil de deixar passar batido, igualzinho ao Vince.

— Puta que pariu! Esses balões são mais pesados do que parece — resmungou, largando o buquê enorme na minha mesa e fazendo os contratos que eu estava lendo caírem no chão.

Então ele me presenteou com o longo e fino cabo de vassoura embrulhado e mais os balões.

— O que é isso? — perguntei, sem forças.

— Presente de aniversário. — Vince sorriu para mim.

— Mas o meu aniversário foi há duas semanas.

— Eu sei! Puta merda! Perdi essa! Cady acabou de me contar, aí pensei em te recompensar por isso. — Ele apontou a cabeça para o cabo de vassoura/presente/item misterioso. — Você vai amar.

Gary, Penny e Melissa espiavam pela porta enquanto eu desembrulhava o presente. O papel colado às pressas com durex revelou um mastro fino e brilhante com cerca de três metros de comprimento.

Vince me observava, animado. Encarei o cano, depois encarei Vince, que também me encarou, esperando que eu dissesse alguma coisa.

— Hum, é um mastro.

— Sim! — Ele sorriu.

— Obrigada — mal consegui dizer.

Gary, Mel e Penny pareciam tão perplexos quanto eu.

— É maneiro, não é? — Vince falou, todo feliz ao tirar o mastro das minhas mãos e ir até o meio da sala. — Acho que dá para instalar aqui.

Pisquei. Eu entendi as palavras, mas ainda estava tentando fazê-las funcionar naquela frase.

— Você quer pôr um mastro no meio do meu escritório?

Seu sorriso radiante reduziu um pouquinho.

— Não é um mastro... é uma barra de pole dance.

Gary e Mel trocaram olhares enquanto eu pigarreava.

— Você comprou uma barra de pole dance para mim?

— Sim! Não foi genial?

— Isso não é para strippers? — perguntei, sem alterar a voz. — Eu pareço o tipo de pessoa que faria algo assim?

Vince pareceu horrorizado, depois esperançoso, depois horrorizado de novo, e eu quase rosnei as últimas palavras para ele.

— Não! Não, eu não... não foi o quê... pensei que seria uma boa alternativa à ioga. É... é um exercício excelente. Você pode aprender alguns movimentos na academia do Rick, tem aulas lá, então, toda vez que precisar de uma folga do trabalho, pode fazer um pouco de exercício: faça alguns giros, alongue os músculos, prenda as coxas ao redor dele...

Penny riu.

— Obrigada, Vince — falei, tendo o cuidado de morder a língua e falar com a dignidade abalada. — Foi muito atencioso da sua parte. Mas, veja bem, eu uso essa sala para reuniões, não creio que vá ser apropriado instalar... isso... aqui.

— Mas... você não tem espaço em casa — apontou, triste, fazendo meus assistentes me lançarem olhares curiosos.

— Vocês não têm trabalho a fazer? — perguntei, seca, e apontei a cabeça para a porta.

Assim que eles saíram e fecharam a porta, eu me virei para Vince, a indignação guerreava com emoções mais gentis.

— Você consegue devolver e pegar o dinheiro de volta? — indaguei.

— Não sei — respondeu, amuado. — Tem certeza de que não tem espaço? Talvez na sala de reuniões... para apimentar um pouco as coisas por lá. — E o homem pareceu tão esperançoso que a minha raiva passou; ele só estava sendo o Vince.

Esfreguei a testa.

— Está com dor de cabeça? — ele perguntou.

— Sim — suspirei.

— Exercício ajuda — ele disse, com um meio sorriso, e apontou para a barra. — E você ficaria um puta tesão.

— Vincent! Uma barra de stripper não vai ajudar com a minha dor de cabeça!

— É uma barra de exercício — declarou, ofendido, e suspirou em seguida. — Ei! Podemos usar para a dança dos padrinhos!

— De jeito nenhum. Nem pensar. Jamais.

— Então, você não quer seu presente?

— Não. — *Nunca nessa vida*. — Obrigada.

— Tudo bem — ele disse, derrotado. — Vou ter que pensar em outra coisa para te dar de aniversário. Que tal uma borboleta adutora? Daria para ficar debaixo da sua mesa.

— Não.

— Peso russo?

— Também não.

— Uma minicama elástica?

Esfreguei a testa de novo.

— Não, Vince. Você não precisa me dar nada de aniversário, as flores e os balões mais que bastam. São lindos, obrigada.

Ele esfregou a barba por fazer do queixo.

— Talvez eu possa doar a barra para o playground das crianças.

Tive uma visão de crianças de seis anos girando como se fossem se juntar a uma casa de espetáculo.

— Sim, ótima ideia — respondi ao acompanhá-lo até a porta.

— Eu sou bom com crianças — falou, todo feliz. — Já fui uma.

— Você ainda é — resmunguei.

— Obrigado!

— Não foi um elogio.

— Sim, foi sim.

— Não, não foi!

— Foi.

— Não foi!

— Estamos discutindo?

— SIM!

— Podemos chegar à parte em que nos beijamos e fazemos as pazes agora?

— Aaaaargh!

— É um sim?

— NÃO! *Tchau*, Vincent.

Ele roçou um beijo na minha bochecha quando saiu com a barra de três metros debaixo do braço e com arrogância nos passos.

Vince

Fiquei arrasado quando Gracie recusou a barra de exercícios. Eu tinha tido um monte de fantasias dela usando aquilo, o que provavelmente foi a primeira razão para eu ter comprado. Mas essas barras podiam ser um exercício excelente e eram sexys pra cacete.

Eu a olhava com tristeza enquanto atravessava as calçadas movimentadas de Manhattan. Era engraçado, você podia ser invisível no meio da multidão, mas era só circular com uma barra de três metros que as pessoas começavam a te olhar. Eu teria que mencionar o fato no meu Instagram. Talvez eu pudesse aprender alguns movimentos para o *Fans Only*. Teria que instalar a barra no pátio dos fundos e me lembrar de limpar cocô de cachorro antes.

Enquanto seguia de volta para o metrô, repassei o problema que estava fazendo a minha massa cinzenta se exercitar.

Eu precisava de mais modelos para o desfile. Bem, eu precisava de tipos *diferentes* de modelos. A maioria dos que eu conhecia eram girafas magras; queria um pouco de variedade, e por estar meio distraído com a minha barra, por assim dizer (o mestre Vin estava em forma!), cometi o erro de enviar mensagem para todo mundo na minha lista de contatos. Não tive a intenção, e só quando meu encanador disse que estava tudo bem por ele foi que percebi o que tinha feito.

Erik, o encanador, era um cara de primeira: um metro de altura por um de largura, com uma careca e um bigode gigante. Mas por ele ser um grande amante de cães, simplesmente dei de ombros e enviei mensagem para o assistente do tio Sal, porque o velho rabugento não trabalhava com mensagens de texto, para dar a ele a boa notícia de que um dos seus ternos para o desfile talvez fosse precisar de uma pequena alteração.

A resposta foi um monte de pontos de exclamação e emojis de pato (se eu tivesse que adivinhar, diria que ele estava me mandando ir me ferrar, mas eu podia estar errado).

Infelizmente, coisas muito piores estavam por vir, o que só me fez fazer jus ao meu título de cabeça de vento.

Fui marcado no Instagram por alguém de quem eu esperava nunca mais ter notícias pelo resto da minha vida.

> Um salve para o querido @CruzadoCanino @VinceAzzo, um antigo peguete meu que me implorou para que eu participasse do #DesfileDoCruzadoCanino e estou DENTRO! Só para os bonitos. Xô gente feia! Sai fuglies!
> @fabulousMollyMckinney
> #fuglies (Fotos fansonly no meu perfil)

Respirei bem fundo. Molly era a última pessoa que eu queria ver/falar/passar tempo… mas ela tinha uma caralhada de seguidores, então talvez fosse dar certo. Ela não podia ser tão ruim quanto costumava ser, não é? Estreitei um pouco os olhos para me esconder das más notícias e li o post anterior dela.

> Ser odiada é difícil. Vocês acham que o Piers Morgan acorda de manhã e do nada vem a ideia de quem ele vai espetar hoje? De jeito nenhum. Eu dei duro para ser a garota mais odiada. Por que sou odiada? Porque sou gostosa, rica e maravilhosa. Só estou trazendo verdades.
> Se você é feio, não é como se fosse ficar surpreso por eu mencionar o fato. Em público. Ou nas minhas redes sociais. Você já sabe que você é um trol, dê um jeito nisso. É para isso que inventaram a cirurgia plástica.
> @fabulousMollyMckinney
> #fuglies (Fotos fansonly no meu perfil) #banhaériso #arrumeosdentes #mexanonariz #facelift #silicone #preenchimentolabial #drmarkdimpler

Não, ela ainda era escrota. Enviei uma mensagem desconvidando-a e não pensei mais no assunto.

Era muito mais difícil produzir um desfile do que ser o idiota magrelo que aparece sem tomar banho e sem fazer a barba para ser transformado em modelo de passarela. Estou falando de mim mesmo, é claro, mas já vi algumas das modelos chegando para um desfile parecendo mais cabeludas do que um wookie, e com o humor de um para combinar.

Se não fosse por Grace, Rick e Cady, eu teria levado umas cem surras por dia para conseguir tirar o desfile do papel.

Grace fez a parte chata pra cacete, tipo contratos, seguro, horários e providenciado o lugar. Tínhamos começado com 150 m² no Spring Studios, o local que a maioria dos estilistas usava para a Fashion Week de Nova Iorque. Até o fim do primeiro dia, eles nos deram três upgrades, e já tínhamos vendido ingressos para o maior salão de que eles dispunham: 1500 m² no Studio 4, no sexto andar. (Que deveria ter sido batizado de Studio 6, diga-se de passagem).

E, no decorrer da semana, poderíamos ter vendido outra quantidade dessas de novo. Se eu não achasse que fosse ser um saco por causa da chuva de fevereiro e o frio de congelar o rabo, teria tentado o Central Park ou o Yankee Stadium. Vá com tudo ou nem faça nada certo, certo? Eu queria ligar para Aaron Boone só para garantir, mas Grace não me deixou.

— Planeje o evento direito, e vai poder repeti-lo todos os anos. Pise na bola, e vai parecer um amador, um cabeça de vento, e ainda vai perder a oportunidade de angariar mais dinheiro. Um passo de cada vez, Vincent.

Abri a boca para discutir, mas ela me calou mais rápido do que Usain Bolt pedindo uma pizza.

— Assinta se entendeu.

Mensagem recebida e compreendida. Eu assenti.

Tentei convencer Grace a ser uma das modelos, mas ela me atirou nãos tantas vezes que acabei com mais buracos que um ralador.

Uma Cady muito feliz havia aceitado ser uma das minhas modelos, e Rick foi só comunicado de que seria um também. Ele resmungou, deu de ombros, Cady sorriu. Não preciso dizer mais nada.

Queria que tudo fosse fácil assim, mas os modelos estavam me dando dor de cabeça; alguns deles, no caso. Rafe e Elias se odiavam (essa semana) e se recusavam a dividir o mesmo camarim. Eu disse a eles que poderiam dividir um com os cães, mas não mencionei que só haveria um camarim.

Eu tinha dez caras (incluindo eu e Rick), e dez garotas (incluindo a Cady) e dez cães (incluindo Tap, Zeus e Tyson). Cady e Grace tentaram me fazer mudar de ideia quanto aos pulguentos, mas, para mim, eles eram a razão do desfile. E todos foram resgatados, iguais aos meus. Zeus e Tyson vão entrar com Rick e Cady, e Tap vai estar comigo. Seria necessário carregá-la, pois eu estava um pouco preocupado com a possibilidade de ela ficar nervosa com a multidão.

Então, assim como os modelos, eu tinha sete cães adotados: um lébrel irlandês chamado Lebre (isso mesmo) de dez anos, um Malamute chamado Ursinho (uhum) com um olho azul e o outro verde (eu o chamava de "Bowie"), e quatro vira-latas muito fofos do tamanho de uma xícara gigante: Alfie, Mitch, Delilah e Sparky. As "roupas" deles eram lenços de escoteiro do Cruzado Canino, criados pela minha amiga Stella. Eu estava muito satisfeito com eles.

Mas havia milhares de detalhes que estavam me deixando louco: as luzes, a música, a organização dos assentos, os convites, onde publicar os preparativos, comida e bebida para os modelos e voluntários, levar os modelitos para o salão, provas suficientes para alterações de último minuto, cabeleireiros e maquiadores para trabalhar de graça.

Grace tinha ido à minha casa para repassar comigo as letras miúdas.

A maioria das coisas foi doada, mas ainda havia alguns custos que precisavam ser pagos, e se algum dia eu me encontrar com o imbecil que nos depenou com um seguro de um dia, vou deixar o Tyson cagar no sapato dele. Talvez *eu* cague no sapato dele.

Gracie interrompeu o meu plano maligno.

— Você me disse que pediu a dois profissionais para cuidar do cabelo e da maquiagem, certo? Bem, minha planilha mostra que mesmo que eles só gastem vinte minutos por modelo, o que é metade do que geralmente é permitido, ou você vai precisar pedir a todo mundo para chegar duas horas mais cedo ou vai precisar de mais dois profissionais.

Ela estava parada com o telefone na mão, esperando que eu tomasse uma decisão enquanto me sentava feito uma marionete encarando-a.

Em seguida, ela acenou a mão diante do meu rosto.

— As luzes estão ligadas, mas não tem ninguém em casa. Vincent! Decisão, por favor. Conhece mais maquiadores e cabeleireiros para quem ligar?

— Você fica uma puta gostosa quando está toda séria.

Ela revirou os olhos.

— Você tem hipoglicemia? Foco!

— Ótima ideia — falei, saltei de pé e fui acordar as crianças. — Todos precisamos de uma folga, e eu estou com uma puta fome. Vamos sair para comer.

Ela balançou a cabeça na mesma hora.

— Eu não tenho tempo. Vá você. Preciso resolver a questão dos horários.

Eu a peguei pela mão e ela me olhou, confusa e irritada.

— Gracie, puta que pariu, tire uma folguinha. Estamos nessa há quase três horas. Preciso dar uma caminhada, os cachorros precisam dar uma caminhada, e você precisa... — *de uma boa transa* — de algo que não seja café.

Ela bufou e puxou a mão.

— Três horas de planejamento não são nada! Já participei de reuniões que duraram mais de nove horas.

— Onde? No inferno?

As sobrancelhas dela se uniram na careta de sempre.

— Olha, estou abrindo mão do meu sábado para garantir que o *seu evento* seja perfeito!

— É, está, e sou grato por isso, mas você precisa de uma folguinha, mulher! Vem, Tap vai ficar preocupada contigo se não vier com a gente.

Gracie olhou para baixo, para Tap, cujos olhos ansiosos se moviam entre nós.

— Isso é chantagem.

— É, funcionou?

— Tudo bem — ela bufou. — Só não me culpe quando algo der errado porque não ficamos prontos a tempo.

— Eu não faria isso, Gracie — respondi, sério. — Você tem suado a camisa por mim, e eu não vou esquecer.

Por fim, ela sorriu.

— Você diz as coisas mais fofas.

— É, um bajulador do cacete, eu mesmo.

Lá fora, o céu estava cinza-ardósia e carregado com a perspectiva de mais neve. Grace vestiu um casaco que parecia um edredom e que me fez pensar em um monte de sacanagem na cama. Ah, bem, observar a mulher escovar os dentes já me deixava com um puta tesão. Passar tempo com ela deixava minhas bolas mais azuis do que uma torta de mirtilo.

Coloquei agasalhos em Tap e em Zeus, mas não me preocupei com Tyson, porque ele nunca sentia frio. Então todos nos arrastamos lá para fora e caminhamos rápido até o parque de cachorros.

Na mesma hora, Tyson foi atrás do seu amigo Jack Russel e o derrubou em um cumprimento amigável. O carinha se sacudiu e em seguida correu com Tyson, deu voltas e bateu nele nas curvas, enquanto iam felizes um atrás do outro.

Foi impossível não sorrir, não havia nada errado no mundo quando dois cachorros felizes brincavam juntos e levavam um sorriso aos seus lábios.

— Você sempre teve cachorro? — Grace perguntou, logo que lhe entreguei um chocolate quente e um cookie de gotas de chocolate do tamanho de um prato.

— Nem sempre. Mas, basicamente, desde que comecei a falar, eu perturbava a minha mãe e o meu pai para me darem um.

— Senhor, então quer dizer que teve uma época em que você não falava? Que bênção! — Grace provocou.

— Eu sei. Sou eloquente pra cacete. — Sorri para ela. — Enfim, eles diziam que eu era muito novo para assumir a responsabilidade e que me cansaria de cuidar de um cachorro. Por fim, quando eu tinha dez anos, eles cederam e foi quando Gnasher foi morar com a gente. Era uma cruza de Bull Terrier com Staffordshire. Puta que pariu, o bichinho era feio, mas eu achava que ele era melhor que pão com margarina. Ele ia comigo entregar os jornais antes da escola. Quando ele era pequeno, ia nos alforjes, e quando ficou maior, corria ao meu lado. Nunca precisou de coleira nem nada. Parei de jogar bola depois da escola para poder ir para casa e brincar com ele. O cãozinho era a melhor coisa na minha vida.

Engoli em seco e olhei para baixo.

— Eu amava aquele pulguento.

Gracie estava me observando, com os olhos castanhos suavizados, dando pedacinhos de cookie para Tap e Zeus.

— O que aconteceu com ele?

— Meu pai ficou doente. Câncer no pulmão. Levou três anos para ele morrer. Foi Gnasher que me impediu de enlouquecer. Todas as idas ao hospital, todas as vezes que pensávamos que ele tinha vencido a doença, todas as vezes que sabíamos que ela tinha voltado, Gnasher era o único com quem eu podia falar. — Dei de ombros. — Um cara de quinze anos não podia conversar com os pais sobre os próprios *sentimentos*, então eu conversava com o Gnasher.

— Ele parece ter sido um ótimo cachorro — comentou, baixinho.

— O melhor. — Abri um sorriso amarelo. — Me deu apoio nas piores fases da minha vida, mas precisei abrir mão dele.

— Não! Por quê?

— A prefeitura estava fazendo obra na rua em que morávamos e tivemos que ir para uma acomodação temporária enquanto o nosso apartamento era finalizado. O problema era que o lugar não permitia cachorros, então Gnasher teve que ir embora. Minha mãe foi comigo ao canil onde o entreguei. Ele ficou lá com o rabinho entre as pernas como se soubesse o que estava acontecendo, mas não entendia por que estava sendo abandonado, por que eu o estava deixando com estranhos. Ele começou a latir quando me afastei, depois a uivar, e eu soube que ele estava chorando, implorando para que eu voltasse. Puta que pariu, foi o pior dia da minha vida. — Respirei bem fundo quando meus olhos marejaram por causa da lembrança dolorosa. — Seis meses depois, estávamos na nossa casa nova, e fui procurá-lo no canil, mas ele já tinha conseguido outro lar, e não me disseram onde era. Só falaram que as pessoas eram legais, que tinham filhos pequenos. Eu não me importei, queria Gnasher de volta. Mas era tarde demais.

Gracie estendeu a mão para segurar a minha.

— E você vem resgatando cães desde então.

Eu encarei a mesa.

— Todo cachorro deveria saber que é amado.

Ficamos quietos por vários minutos, mas Gracie não soltou a minha mão.

— Sinto muito pelo Gnasher — falou, por fim.

Assenti, porque não conseguia falar. Vinte anos depois, e eu ainda sentia que havia falhado com ele, ainda sentia a dor da perda. Vi meu pai ficar doente, vi o quanto ele ficou frágil, quanta dor ele estava sentindo. Quando morreu, todos desejávamos que ele parasse de lutar. Mas Gnasher... eu não estava preparado para abrir mão dele. E todo mundo que me dissesse que ele era *só um cachorro* levava uma surra.

— Vincent — chamou, baixinho —, você vai fazer tanto bem com esse desfile.

— É — falei, assentindo devagar. — Nós vamos.

Grace

O caos e o barulho eram inacreditáveis, e eu estava tentada a cobrir as orelhas com as mãos para ser capaz de pensar.

O local estava lotado e, apesar da segurança que organizei, parecia haver uma tonelada de penetras. Eu estava com medo de o corpo de bombeiros nos interditar; até o momento, estávamos com sorte. E era uma multidão repleta de estrelas: Anna Wintour usava sua marca registrada (os óculos escuros) e estava sentada na fileira da frente entre Stella McCartney de um lado e sussurrando para Victoria Beckham do outro; Blake Lively ria com Katie Holmes; Alicia Silverstone e Ellen DeGeneres buscavam os próprios assentos; jornalistas tiravam fotos, mas as celebridades ignoravam os flashes como as profissionais que eram. Mesmo assim, cabeças viraram quando o corpo gigante de Jason Momoa entrou no recinto e se encolheu em um dos assentos de plástico.

Começou a fazer calor, então abordei um dos funcionários e pedi para que aumentassem o ar-condicionado antes que aquilo virasse uma estufa e as pessoas perdessem a paciência.

Eu queria muito que tudo se saísse bem para Vince. Sim, ele era um panaca idiota e um *cabeça de vento* completo que pensava que barras de stripper eram uma peça adequada para um escritório, mas também era um bom homem com um bom coração. Eu não tinha certeza se o cérebro dele funcionava sempre, mas comecei a perceber que, mesmo quando me irritava até a morte, não era de propósito, apesar de ele fazer isso praticamente todas as vezes em que abria a boca.

Mas, se a entrada estava quase uma baderna, a coxia estava bem pior, pois essa parte foi organizada por Vince. Eu conseguia ouvir os cães latindo, um uivando, pessoas gritando e então vi uma Cady de rosto vermelho muito desesperada, tentando chamar minha atenção. Abandonei meu trabalho lá na frente e disse à segurança que estávamos cheios e que ninguém mais poderia entrar, nem mesmo o irmão gêmeo ainda mais bonito de Jason Momoa.

Modelos de todas as formas, tamanhos e idade estavam amontoados nos bastidores junto com as penteadeiras, araras cheias de roupas de grife que combinadas custavam mais que a minha hipoteca, e ainda sete donos de cães de raças variadas, Vince com uma perna em uma calça de um tom berrante de rosa, e a outra arrastando atrás de si enquanto ele tentava acalmar Tap, que estava encolhida nos fundos do camarim.

— Aqui está a mamãe Gracie — ele disse, aliviado, para a cachorra trêmula, e abençoada seja ela se não abanou um pouquinho o rabo apesar de os olhos estarem arregalados e cheios de medo.

— Me dê o sling dela — ordenei, tentando não notar o quanto ele era sarado ou o modo como aquele V-de-Vegano tatuado na sua coxa se flexionava quando ele se movia. — Se ela não puder ver e ouvir tanto, talvez se acalme.

Com a blusa suada, enfiei a coitadinha da Tap no carregador, aliviada por ver que ela relaxou um pouquinho.

Dois dos outros cães estavam rosnando para Elias e Rafe, os modelos com quem deveriam entrar, e Elias parecia aterrorizado, então culpou Rafe pela animosidade, o que acabou virando uma troca de gritos.

Antes que eu pudesse intervir, um grito agudo me fez saltar e os pelinhos da minha nuca se arrepiaram.

Cady estava de pé com as mãos cerradas, fuzilando sua arqui-inimiga com o olhar, a horrenda "estrela" de reality show, Molly McKinney.

O horror. O horror.

— Cadê o meu camarim? — ela gritou. — E meu cabelo e maquiagem? Esse lugar é uma pocilga!

— O que você está fazendo aqui, Mol? — Vince perguntou ao enfiar a outra perna na calça rosa e fechar a braguilha.

— Você me convidou, seu babaca filho da puta — ela gritou daquele jeitinho doce e discreto.

— E te desconvidei, sua cretina descontrolada — berrou de volta.

— Se eu não conseguir um modelito e um cachorro, vou te crucificar, caralho! — ela estrilou. — Eu tenho *cinco milhões* de seguidores. Vou enterrar você!

— Alguém dê a ela a droga de um vestido — disse Cady, com os lábios brancos de raiva. — Não temos tempo para drama de diva.

Vince assentiu, seu rosto bonito se repuxou em um esgar.

— Que ela entre e saia da passarela o mais rápido possível.

— E eu não quero um cachorro feio igual àquele vira-lata — Molly gritou, olhando para Cady e apontando para Tap, que tentava se esconder debaixo do meu braço. — Quero *aquele* ali! — E apontou para o malamute que observava todo o caos com serenidade.

— Hum, não é uma boa ideia — o dono dele disse, nervoso. — Ursinho se dá melhor com homens.

Molly mal olhou para ele ao responder entre dentes:

— Ninguém te perguntou nada, cabeça de ameba.

O queixo do dono caiu.

— Cale a boca todo mundo — gritou Vince. — Vocês estão estressando os cães!

Na mesma hora, o volume reduziu, e até mesmo os cachorros pararam de latir.

Vince sorriu, feliz.

— Sou o Cruzado Canino, extraordinário encantador de cães.

— Deixe os autoelogios para depois — resmunguei, ainda irritada por mais uma vez a vil Molly McKinney ter conseguido o que queria.

Eu ficaria muito feliz em ir chutando aquela bunda atroz dela até a Inglaterra. Mas era o desfile de Vince, e ele disse que ela poderia entrar na passarela.

As irmãs Bella e Gigi Hadid trocaram olhares, mas ficaram quietas enquanto faziam a maquiagem, e eu fiz uma breve prece de agradecimento por elas estarem sendo tão incríveis: chegaram cedo e preparadas, não causaram estardalhaço por causa dos modelitos e não tiveram pressa ao cumprimentar todos os cães e os voluntários.

O encanador de Vince estava obviamente apaixonado por elas, mas ficou feliz admirando de longe em seu terno Armani e sapatos Paul Smith sem couro que juntos o deixaram muito bem, bendito seja.

Ele tinha sido enviado por Deus, ajudou em tudo, foi um amor com todos, ótimo com os cães, ajudou com as discussões de Elias e Rafe, apesar de ser uma cabeça menor que ambos. Até mesmo arrumou um vazamento no banheiro feminino.

Soltei uma risadinha nervosa quando vi Lebre se aliviar na imensa bolsa de Molly. Ainda assim, o que os olhos não veem, o coração não sente, e quando ela descobrisse… quem se importaria? Será que Lebre poderia ser persuadido a repetir a dose?

— Vamos entrar em cinco, pessoal! — berrei, acima do burburinho, olhando para o relógio.

Eu estava suando com vontade agora, ainda mais com o corpinho de Tap pressionado no meu. Só metade dos modelos estavam prontos, os cães estavam ficando ansiosos, Vince tinha sumido para alguma parte e Cady ainda estava meio vestida. Rick estava sofrendo porque o zíper estava emperrado e, desesperado, tentava puxá-lo para cima para cobrir os seios de Cady.

Fato fascinante: o tamanho médio de seios nos Estados Unidos é o 44 (não o meu, é claro), *mas o sutiã mais vendido é o 42, o que quer dizer que as mulheres estão amassando os seios em peças que são pequenas demais ou o tamanho dos sutiãs não segue o mesmo padrão.*

De repente, a música começou e *You Ain't Nothin' But A Hound Dog* soou, me transformando em uma pilha de nervos até um borrão rosa fazer meus olhos ansiarem por óculos escuros quando Vince pisou na passarela com os outros cinco modelos masculinos, todos usando ternos neon.

Aplausos altos irrompem, o que faz os seis cães adotados que os modelos acompanhavam se agitarem, latirem, uivarem, rosnarem e mostrarem os dentes de medo. Os modelos também entraram em pânico, sem saber se deveriam seguir em frente ou recuar, e permitiram que os cães os arrastassem. Vince parou no meio da passarela, e estendeu a mão para os outros cinco modelos. Foi caos completo enquanto os cachorros repuxavam as guias, rosnavam e latiam para a plateia.

Bati a mão na testa: *era um desastre!* Eu *falei* para o Vince não incluir os cães!

Mas aí ele ergueu a mão direita com o polegar, o indicador e o mindinho se projetando como se fossem chifres, os outros dois estavam curvados para baixo, e ele começou a cantarolar alto, encarando os cães de forma hipnotizante enquanto abaixava a mão devagar.

Peguei o braço de Rick.

— O que ele está fazendo?

— Hum, parece… acho que ele está fazendo o Crocodilo Dundee.

— Mas o q…?

E, claro, todos os seis cães se viraram para ouvir, depois trotaram até

Vince e se sentaram em fila diante dele. Os outros cinco modelos terminaram o desfile parecendo aliviados, e Vince percorreu a passarela com todos os seis cães trotando às suas costas enquanto a música trocava para *I'm Too Sexy* pouco antes de ele arrancar a blusa, fazendo botões voarem, em seguida flexionar os músculos para a plateia e sair do palco.

— Aposto que você nunca viu algo assim — disse Cady.

— O strip-tease ou a interpretação do Crocodilo Dundee? — Balancei a cabeça. — Não e não, e ainda não sei se acredito no que vi com meus próprios olhos. Ah, caramba, Cady! Você e o Rick são os próximos, e você ainda não está vestida!

O zíper de Cady ainda estava preso, e Rick tentava puxá-lo desesperadamente.

— Aai! Belisca! — ela gritou. — Você vai ter que ir na minha frente para que ninguém veja e...

— Permita-me — falei, empurrando Rick para longe, soltei o tecido que estava preso e puxei o zíper. Dei um tapa na bunda da Cady. — Vai! Passe para a passarela!

— Sim, senhora! — gritou, quando a música de *A dama e o Vagabundo* começou.

Rick estava meio melindrado, mas Cady bateu no traseiro *dele*, e eles saíram para a passarela com Tyson arrastando Cady e Zeus trotando na frente de Rick.

Vivas altos irromperam, e Cady acenou para a plateia. Ela tinha ficado ainda mais popular desde que seus incríveis esforços para correr a maratona de Nova Iorque no ano passado tinham viralizado, e ela havia angariado muito dinheiro para os veteranos também.

Tyson a puxou pela passarela, com a língua pendendo para fora da boca como sempre, e Cady seguiu o fluxo, oscilou um pouco em suas sandálias de salto, mas recuperou o equilíbrio por fim. Rick seguiu com o minúsculo Zeus como se tivesse nascido em uma passarela, o cão, não Rick, que parecia constrangido e desconfortável assim como inconscientemente gostoso.

Eles chegaram ao fim da passarela, fizeram pose, se viraram, e as guias deles se emaranharam. Cady estava morrendo de rir e o sorriso bonito de Rick finalmente foi visto quando ele pegou Zeus no colo enquanto toda a plateia suspirava com a fofura de tudo aquilo, então gargalharam de novo quando Cady soltou Tyson que saiu em disparada para cima e para baixo da passarela, supondo que todo mundo estava ali para vê-lo.

De repente, outro cão apareceu, um que escapou da coxia, e Tyson caiu em desgraça completa quando tentou montar na mistura de collie com pastor-alemão, apropriadamente batizada de Delilah.

Vince correu para o palco usando só uma cuequinha apertada, acenou para a plateia e arrastou um Tyson sorridente da passarela.

Delilah abanou o rabo e foi atrás dos dois. Perguntei-me se o seguro cobria sustento de filhotinhos.

As irmãs Bella e Gigi foram as próximas, elas usavam figurinos da Cri de Coeur, mostrando a todo mundo como é que se fazia, conduzindo, com um sorriso no rosto, seus vira-latas muito bem-comportados, Mitch e Sparky. E percebi o quanto era incomum para modelos sorrirem daquele jeito, mas as irmãs pareciam felizes, e eu não sabia se era por causa dos cães, do entusiasmo de Vince ou se elas só estavam se divertindo.

Foi o exemplo perfeito de como um desfile deveria ser. Suspirei de prazer ao ver duas profissionais fazendo seu trabalho e suspirei mais ainda quando elas voltaram para os bastidores, brincaram e fizeram carinho nos dois cães enquanto os donos deles sorriam.

Erik, o encanador, assumiu a passarela como se tivesse feito aquilo a vida toda, acompanhado por dois modelos que se elevavam acima dele, mas os três caminharam para lá e se moveram em sincronia, o que não deve ter sido fácil dada a diferença de altura.

Erik foi muitíssimo aplaudido quando fez a sua pose, então se agachou e beijou o alto da cabecinha peluda do seu cachorro emprestado.

E acho que ele deve ter desfrutado dos seus cinco minutos de fama, porque balançou os quadris enquanto voltava rebolando pela passarela, com o passo mais estranho que eu já vi, então parou de novo e acenou para o público.

— Vincenzo! Vou me lembrar desse dia para sempre! — gritou, com lágrimas de alegria escorrendo pelo rosto, então abraçou Vince com força e deu tapinhas no ombro dele.

— Nossa! Todo mundo ama o Vince! — Cady me disse, então fez careta. — Não é o seu caso. Claro.

Eu nem me dei o trabalho de responder, porque Molly era a próxima a entrar na passarela.

Como a entrada dela não tinha sido planejada (e porque cinco minutos depois de conhecê-la nenhuma das modelos quis entrar com ela), Vince arranjou para Molly percorrer a passarela sozinha, algo que a deixou muito feliz.

Ela estava usando o *meu* macacão de lamê prateado da Stella McCartney, com seus seios enormes vazando do tecido fluido, e desejei que estivesse usando qualquer coisa, menos isso.

Ela arrastou Ursinho em uma das mãos, sem ver os lábios dele se erguendo em aviso, e então *Evil Woman* do Black Sabbath começou a tocar. Virei-me para Vince, que me deu uma piscadinha.

Ursinho *não* estava gostando nada de ser arrastado, e quando o cachorro parou de supetão no meio da passarela e começou a fazer uma pilha imensa de cocô, Molly gritou com ele antes de soltar a coleira. A plateia morreu de rir enquanto Molly fazia careta até chegar ao fim da passarela, virar e fazer a pose, então se desviou do presentinho de Ursinho, mas escorregou na urina que não tinha visto. O grito que ela soltou quando a bunda pousou no cocô foi mais alto que uma sirene da polícia, mas o público amou, e eu sabia que aquilo estaria na primeira página de cada site de fofoca essa noite.

Vince enfiou dois dedos na boca e assoviou. Ursinho olhou para cima, muito satisfeito consigo mesmo, e saiu da passarela piscando seu olho verde.

Eu esperava de verdade que o figurino de Molly fosse lavável.

Um dono muito sem graça correu para a passarela com uma sacola em cada mão e um monte de lenço de papel, tentando limpar o cocô de cachorro do traseiro de Molly, mas acabou piorando tudo. Ela deu um tapa na cabeça dele, escorregou de novo, girando braços e pernas ao derrapar até o final do palco, então saiu pisando duro e aos berros.

Do canto do olho, vi Cady comemorando.

O dono envergonhado terminou a limpeza, então fez uma reverência tímida ao receber uma salva de palmas, e até mesmo vi Anna Wintour trocar um sorriso com Victoria Beckham.

Quatro meninos foram em seguida. Bem, estou dizendo "meninos" porque é do que Vince os chama, mas todos têm vinte e poucos anos com as maçãs do rosto bem-marcadas e olhos ligeiramente vagos enquanto focavam os fundos da sala. Rafe e Elias estavam na ponta do grupo, já que não estavam se falando, mas Caleb e Kwame eram profissionais, graças a Deus. Eles dividiram dois cães adotados e acabaram abrindo sorrisos quando um deles tentou saltar da passarela quando viu a "mamãe" na plateia. Kwame o pegou no colo e caminhou pela multidão para dar ao carinha a oportunidade de lamber a dona.

Foi diferente de qualquer desfile a que já fui. Foi um caos maravilhoso e animado, e foi então que percebi que essa era a arma secreta de Vince: encontrar felicidade em tudo o que fazia, mesmo quando absolutamente tudo dava errado. Tão simples de dizer, tão difícil de fazer, e eu tinha que me perguntar se trabalhar mais de catorze horas por dia no Grupo Kryll era o que eu queria da vida.

Foi uma epifania bastante inconveniente de se ter no meio de um desfile.

E então restou só Vince fazendo sua aparição final ao som da música do *Super-Homem*. Fiquei de queixo caído quando o vi, e o homem me deu uma piscadinha assim que coloquei Tap com cuidado em seus braços.

Ele havia tirado a calça rosa e o paletó da Armani e vestia um macacão de lycra dourada que exibia cada músculo, ondulação e protuberância, com seu logo de Cruzado Canino no peito, uma longa capa vermelha e verde que se balançava às suas costas com algum tipo de capuz que tinha… ah, Senhor, orelhas de cachorro.

Atrás dele, com Tyson na dianteira, os outros cães entraram formando um V perfeito, todos muito bem-comportados.

Ele parou ao fim da passarela, ergueu os punhos e gritou:

— Eu sou o Cruzado Canino! Joguem o dinheiro no cesto quando saírem! Puta que pariu! — E todos os cães começaram a latir concordando.

Uma risada seguiu o suave suspiro que veio da plateia, e então todo mundo ficou de pé, aplaudindo e comemorando. Tap olhou brevemente para cima, lambeu o rosto de Vince, e os fotógrafos reunidos foram à loucura quando os outros nove cães galoparam pelo palco, garantindo um último momento de caos.

Quando Tap seguiu Vince de volta pela passarela, o público percebeu que ela só tinha três pernas, e o som dos "vivas" e dos aplausos foi o bastante para chacoalhar o teto.

Eu estava *tão* orgulhosa de Vince.

Palavras que jamais pensei em dizer.

— Isso foi incrív… — comecei a dizer quando ele saiu do palco, mas Vince me pegou no colo, me girou, depois me carregou pela passarela enquanto minhas bochechas ficavam vermelhas iguais aos caminhões dos bombeiros.

— Essa é a Gracie Cooper! — Vince berrou por cima das risadas e dos gritos de encorajamento. — Ela é minha advogada! — E então me beijou com vontade, propósito e paixão.

E eu? Não consegui evitar me derreter.

Só um pouquinho.

Vince

Acordei com uma língua na minha orelha e um fôlego quente no pescoço.

Se meus sonhos estivessem se realizando, eu abriria os olhos e veria Gracie nua ao meu lado, mas, quando virei de lado, Tyson sorria para mim e Zeus tinha pulado para a cama, subido no meu peito e olhava dentro da minha cara. O nariz da pequena Tap aparecia na lateral da cama, e ela gania por não ser capaz de se juntar à diversão.

— Tudo bem, tudo bem — bocejei —, não pode ser tão tarde assim.

Mas, quando olhei o celular, já tinha passado duas horas do horário do café da manhã do time. Eles deviam estar doidos para mijar a essa altura.

— Own, obrigado por terem me deixado dormir mais, galera — bocejei, então saí pela casa procurando uma calça de moletom antes de levá-los até os fundos, tremendo quando o ar frio me golpeou.

Eles zanzaram felizes lá no pátio enquanto eu encarava o céu encoberto da cidade, me perguntando se ia nevar de novo.

O desfile tinha sido um sucesso estrondoso, e as doações ainda estavam chegando mesmo duas semanas depois. A cobertura da imprensa havia sido do cacete e a foto de Molly coberta por bosta de cachorro tinha viralizado. Não poderia ter acontecido com uma pessoa melhor.

Já tinham me perguntado se eu faria o desfile de novo no próximo ano. Eu queria, mas, puta que pariu, foi uma trabalheira. E eu era inteligente o bastante para saber que não teria sido capaz de fazer nada disso sem as insanas habilidades de organização de Gracie, sem o bom humor e os contatos de Cady na imprensa e o apoio silencioso de Rick. Tenho uns parceiros bons pra cacete.

Parceiros. Revirei a palavra na minha cabeça. Eu queria ser mais do que parceiro da Gracie, e apesar de termos trabalhado bem perto um do outro para o desfile, eu não tinha conseguido romper completamente aquela casca grossa dela.

O beijo na passarela tinha sido um total impulso, mas foi fantástico. Ela havia me agarrado pelas orelhas (as da fantasia, felizmente) e deu tanto quanto recebeu, mas não estava atendendo minhas ligações desde então. Será que eu tinha voltado a ser o amigo cabeça de vento de Rick?

Estremeci de novo e voltei para dentro, então captei um vislumbre de mim mesmo no espelho, flexionei os bíceps e sorri. Nada, ela me queria. Só não sabia ainda, pobrezinha. O mestre Vin não desistia nunca!

Perguntei-me como eu poderia impressioná-la. Talvez se organizasse a despedida de solteiro do Rick sem que acabássemos sendo presos?

Meu primeiro pensamento para a importante ocasião tinha sido alugar uma ilha do Caribe, importar strippers da Tailândia e fazer uma competição de luta na lama, mas acabou que o meu orçamento de dois mil dólares não seria suficiente, mesmo com os acordos que poderia conseguir com algumas aeromoças que eu conhecia. Para o voo, não para a luta na lama, embora algumas daquelas garotas pudessem ser bastante selvagens.

Para ser sincero, Rick estava sendo um puta chato e continuava dizendo que não queria nada grande demais nem nenhuma loucura, então, é claro, meu trabalho de padrinho seria ignorá-lo. Ele com certeza se lembraria dessa despedida de solteiro quando nos tornássemos uma dupla de velhinhos enrugados.

Felizmente, dois dos seus velhos amigos do rúgbi estavam vindo da Inglaterra hoje e eu sabia que eles não o deixariam se safar com isso de fazer nada. Eu havia reservado o voo e o hotel deles, mas Rick se recusou a convidar mais gente, mesmo da sua própria academia, e o irmão soldado da Cady estava de serviço e só conseguiria voltar para o jantar de ensaio. Uma pena, esses caras do exército sabiam como se divertir. Por sorte, dois caras do desfile estavam a fim de uma boa diversão, então seriam seis de nós comiserando da decisão de Rick de se prender a Cady pelo resto da vida.

Eu gostava de Cady, de verdade, mas ela tinha mais culhões que muito homem por aí e *era* espalhafatosa.

Ainda assim, eu havia feito planos e estava trabalhando na minha lista:

- Amigos do Reino Unido, ok √
- Roupas de noite, ok √

- Transporte, ok √
- Entretenimento, fase um, ok √

Eu só precisava descobrir qual seria o melhor lugar para uma competição de stripper. Ali era Manhattan, baby, e havia uma tonelada de opções. Eu parecia um pinto no lixo planejando tudo aquilo.

Mas a primeira pista de que eu tinha dado um passo maior que a perna foi quando Rick me ligou uma hora depois do café da manhã.

— Mestre Vin ao seu dispor. — Eu podia ouvi-lo respirar, mas o homem não dizia nada. — Tudo bem, Rick?

— Acabei de receber uma ligação do Leon. Ele falou que você reservou os voos para ele e o Ben virem do Reino Unido.

— Sim, reservei tudo, e os hotéis.

— Você reservou na data errada.

— É, não, não reservei. Chegada na hora do almoço hoje, despedida de solteiro amanhã, ressaca na sexta, casamento do sábado.

— O voo deles chega sexta na hora do almoço.

Meu estômago revirou.

— Não, não é possível, parceiro. Eu verifiquei.

— Leon também quando ele foi fazer check-in para o voo que deveria ter saído há uma hora.

Rick parecia um pouquinho irritado.

— Tenho certeza de que foi só um erro — falei, sem muita ênfase. — Vou dar uma olhada e te retorno — cortei seu comentário de que ele *sabia que foi erro.*

Mas, quando olhei a reserva, vi que eu realmente tinha feita uma confusão. Minha cabeça caiu para as mãos. Era culpa do Rick por deixar um idiota igual a mim organizar sua despedida de solteiro.

Liguei para a companhia aérea e senti uma pontada de esperança quando disseram que poderiam trocar as passagens, mas apenas para os voos de quinta-feira, e só de noite, e a multa seria de 950 dólares para os dois.

Uma verdadeira merda, já que perderiam o evento importante de Rick amanhã à noite de qualquer jeito. Procurei outras empresas aéreas, mas os preços eram impraticáveis, e quando juntei coragem e liguei para Rick, admiti derrota.

— Desculpa, amigo, eu ferrei tudo.

— Não esquenta com isso — ele suspirou. — Eu não queria uma despedida de solteiro mesmo.

— Você está de sacanagem comigo? A gente ainda vai! — choraminguei. — Rafe e Elias ainda vão.

— Eu mal conheço os dois — disse Rick, mal-humorado.

— O que é bom, porque não vão saber o filho da puta infeliz que você é — respondi, animado.

— E eu achava que eles se odiassem.

— Não essa semana. Vou passar aí às seis.

— Por que tão cedo?

— Muita coisa para encaixar, parceiro. — E desliguei antes que ele pudesse continuar discutindo.

Não só isso, eu queria provar a Gracie que ela não era a única que poderia organizar uma noite inesquecível.

Ela tinha planejado e executado a despedida de solteira da Cady fim de semana passado como se fosse um exercício militar, com itinerário impresso e comentários nas margens, algo que vi quando fui ao apartamento do Rick, e ninguém tinha acabado nu, perdido ou preso. Pareceu bem controlado para mim. Coquetéis no Aviary no Upper West Side com vista da cidade do 35° andar do prédio e um novo coquetel inventado por algum mixologista famoso batizado em honra à mulher do momento: "Cady Easy Street", *aff*; jantar no Boqueira na Segunda Avenida, onde faziam os churros com chocolate de que Cady tanto gostava e lembrancinhas comestíveis personalizadas, *menininha demais*; champanhe no Be Cute do Brooklyn, um famoso bar drag onde dançariam até o amanhecer, *grandes coisas*: Gracie, Cady e vinte e cinco das amigas doidas de Cady. Gracie até mesmo tinha organizado para que um ônibus de turismo estilo londrino as levasse por aí e que vinha com um motorista cantor, *pfff*.

Eu tinha certeza absoluta de que conseguiria superar isso. Acontecesse o que acontecesse, seria uma despedida de solteiro épica.

Gracie e Cady já estavam mais para lá do que para cá quando abri a porta às cinco do dia seguinte e as encontrei encostadas na parede. Eu me perguntei se elas estavam bem para cuidar das crianças, mas Tap foi direto para Gracie e Zeus pulou nos braços de Cady.

Fiquei aliviado por Tyson não ter tentado esse truque, ou a teria esmagado.

— Vocês, meninas, já estão bebendo?

— Sim, pai — Cady bufou, e empurrou uma sacola para mim que chacoalhou com o som de garrafas.

Gracie entrou cambaleando com uma caixa de pizza imensa debaixo de um braço e um saco cheio de donuts, chocolate, doce e petiscos de cachorro no outro. Tap a seguiu diligentemente e elas se acomodaram no sofá.

— Então, qual é o plano, senhoras? — perguntei, sorrindo. — Porn Hub e comer pintos de chocolate?

— Isso — disse Gracie, e meu sorriso sumiu.

Cady riu.

— Bem, é meio que pornô: pornô nostalgia.

— O que é isso? — perguntei, me questionando se poderia ser um nicho que daria para eu explorar no meu *Fans Only* no Instagram.

— Bem, vamos ver: tem *Ritmo quente*, é claro; e depois vai ser ou *Footloose*, o original porque, bem, Kevin Bacon, né? Ou *Ela dança, eu danço*, embora Grace tenha aberto uma votação por *Vem dançar comigo*, porque ela acha que o Paul Mercurio está gostoso nele, mas eu ainda estou torcendo por *Magic Mike*; e aí *Ghost* quando chegarmos à parte chorona da noite.

Cocei a cabeça.

— O que agradar vocês, senhoras. Cuidem das crianças. Vou voltar, bem, em algum momento.

Dei beijo de tchau nas crianças, e até mesmo Tap parecia feliz enrodilhada entre Grace e Cady, e Zeus já estava roncando no colo da noiva do meu amigo. Tyson tinha se esticado debaixo da mesinha de centro, o que me fez estremecer. Ele sempre se esquecia de onde tinha dormido, aí tentava se levantar quando acordava e metia a cabeça na mesa. Toda vez. Eu não fazia ideia de por que ele gostava tanto dali.

— Tudo bem, estou indo! Fiquem longe de encrenca. — Sorri para elas.

— Divirta-se na despedida de solteiro, mas não muito, Vincent — Cady disse. — Já vou te avisando!

Gracie me olhou nos olhos pela primeira vez, mesmo parecendo meio contrariada.

— Não acabe na cadeia, porque eu não estou indo. Nem vindo. Mas com certeza não apareço lá.

Grace altinha era muito, muito fofa, e eu queria beijá-la até aquela careta sumir do seu rosto.

Com um suspiro, as deixei lá e entrei no táxi em que elas vieram, então segui para a casa do Rick.

Grace

— Aaah, gelado e fervente! — Cady riu.

— O quê?

— Você foi tão fria com o Vince que eu consegui ver o gelo pingando de cada palavra.

Eu me remexi no sofá grande, ficando mais confortável, sem mexer em Tap.

— Não, não fui. Só não quero que ele saia tendo ideias, principalmente as mirabolantes — falei, na defensiva.

Cady deu de ombros.

— Vince já tem ideias: eu as vejo atravessar o rosto dele cada vez que o cara te vê. — Ela fez uma pausa. — Pelo menos você não o odeia, porque eu vi aquela troca ardente de saliva que você teve com ele no final do desfile. Todo mundo viu. Nossa, chame o corpo de bombeiros e traga a mangueira!

Balancei a cabeça.

— Eu não odeio o Vince. E foi um beijo muito bom.

— Bom? Caramba, que baita elogio!

— Tudo bem, foi um beijo *excelente* — admiti, tímida —, mas só por causa da adrenalina do desfile.

— E se não foi?

— Como assim?

— E se não foi só um pico de adrenalina? E se vocês dois tiverem mesmo química?

— Duvido muito.

— Bem, advogada, para testar essa teoria, você precisa de uma reconstituição dos fatos.

— Tomei vinho demais para ter uma conversa tão delicada — respondi, me esquivando da pergunta.

Cady sorriu para mim.

— Então não tenha uma conversa *delicada*, me diga como se *sente*.

— Não quero mais ir trabalhar.

As palavras escapuliram de mim antes que eu pudesse pensar melhor ou mudar de ideia.

Cady piscou para mim.

— Você não quer trabalhar no Kryll? O que isso tem a ver com Vince?

— Nada, tudo! É difícil de explicar.

— Grace, eu sou a sua amiga mais antiga. Tome mais vinho e tente. Não vou te julgar. Muito.

Cada uma de nós se serviu de mais vinho enquanto ao fundo Baby anunciava: "É o verão de 1963".

Fato fascinante: a atriz Jane Brucker, que interpretou a irmã mais velha de Baby, também é coautora de Hula Hana, *a música épica do show de talentos.*

— Vince é muito desorganizado — comecei.

— Verdade. É?

— Eu sou superorganizada. Detesto bagunça, detesto chegar atrasada, detesto que minha lista de tarefas não esteja cumprida até o fim do dia. Dou duro para ser a melhor nos detalhes; encontro erros no trabalho de outros advogados o tempo todo e os conserto. É por isso que os sócios me pagam bem. O salário e os bônus têm sido o bastante para me impedir de ir procurar trabalho em outro lugar. Deram a entender que no próximo ano me promoverão a associada, associada de um dos escritórios mais poderosos e de prestígio de Nova Iorque. E terei conseguido isso antes dos quarenta.

Cady assentiu.

— Continue.

— Trabalho catorze horas por dia, seis dias por semana, às vezes mais. Levo trabalho para casa quase todas as noites. Eu não ligo, de verdade. Faço aulas de hot ioga uma vez por semana e consigo almoçar com a minha melhor amiga quase todas as segundas…

— Quando não cancela de última hora.

— Eu sei, e odeio quando acontece.

— Tudo bem. Ahh, olha! Ela está carregando uma melancia. Desculpa, pode continuar. O que isso tem a ver com Vince? Embora acho que posso imaginar.

— A vida do Vince é um caos e...

— Opa, opa! Objeção, advogada! Olhe ao seu redor. Vê algum caos na casa dele? Ele tem o hábito de se esquecer de dar comida ou de passear com os cães? Ele já deixou garrafas de cerveja ou caixas de pizza espalhadas por aí quando viemos? Tem cueca suja debaixo da cama dele? Tem limo ao redor da banheira? Eu aposto que você olhou! A casa de Vince é limpa e arrumada, e ele não tem faxineira, o cara cuida de tudo. — Ela me olhou sério. — Indeferido.

— Tudo bem, certo, o apartamento dele é arrumado, mas a vida dele não é. Ele posa de cueca para os fãs da internet. Provoca toda essa gente com o você-sabe-o-que dele! O último patrocinador dele faz roupas casuais para sadomasoquismo! E antes que você pergunte, eu sei, porque ele me contou c porquc li o contrato para clc. A vida do cara é...

Cady pegou a minha mão quando comecei a ficar agitada.

— Tudo bem, respire por um minuto antes que o TOC chegue com tudo.

Puxei uma respiração trêmula, irritada por descobrir que meus olhos estavam marejados e que eu sentia um aperto no peito. Aí Tap lambeu o meu braço e me lançou um olhar preocupado.

— Estou bem, preciosa — falei. — Mamãe Gracie só está tendo uma crise de meia-idade.

Ela balançou a cauda com cuidado, e Cady riu.

— Acho que ela te entende e diz que tudo bem a vida ser bagunçada porque a gente não consegue controlar tudo ao nosso redor. Se tentarmos, vamos sempre nos decepcionar. As pessoas *são* contraditórias, bagunçadas e um saco, mas se você deixar tudo isso de lado, vai deixar também tudo o que é excêntrico e diferente.

Funguei e abri um sorriso amarelo.

— Tap disse tudo isso?

— Ela é uma cachorra muito inteligente. E gosta muito de você e se preocupa quando você fica chateada.

Afago o pelo macio de Tap quando ela se aconchega no meu colo, voltando a relaxar.

— Ela é muito especial para mim também. Você sabia que Vince a resgatou em Dubai e passou meses esperando até ela ficar bem o suficiente para vir para casa?

— Sim, já ouvi essa história. Incrível pra caramba.

— Ele *é* incrível — falei, baixinho. — Tudo o que ele fez como o

Cruzado Canino é incrível... — Balancei a cabeça. — Nunca pensei que ele faria nada disso, mas o homem provou que eu estava errada. — Olhei para Cady. — Ele não é só um cabeça de vento, é? Não é só uma grande piada.

Cady balançou a cabeça.

— Não, não é.

Suspirei.

— Sabia que ele me comprou uma barra de stripper de presente de aniversário atrasado, para eu colocar no meu escritório?

Cady riu.

— É, que baita bola fora!

— Bem, eu decidi que vou tentar.

— Como assim?

— Fiz uma aula na academia do Rick.

— Você fez uma aula de pole dance?

— Fiz, e foi terrível, mas eu gostei muito.

Cady me olhou com interesse.

— Você vai de novo?

— Talvez. Foi divertido. E variou um pouco a ioga.

Cady ergueu as sobrancelhas.

— E a que pérola de sabedoria você chegou a partir dessa guinada interessante na sua boa vida organizadinha?

— Aff, você me faz parecer tão chata!

— Não, mas você é cuidadosa. Planeja tudo, e não tem nada de errado com isso. Mas aí fica chateada quando seus planos perfeitos são bombardeados pela vida, e isso te estressa. Fico feliz por você ter decidido sacudir um pouco as coisas.

Soltei uma risada baixinha.

— Acho que ser advogada do Vince teve parte nisso! Mas, lá no desfile, teve um momento, bem, vários, quando pensei que tudo seria um completo desastre, mas, mesmo tendo sido um caos total, foi *divertido*.

— Eu com certeza ri até cansar quando um certo alguém se atolou na merda. — E Cady bateu na minha mão quando nós duas rimos daquela lembrança em particular.

Quando paramos de rir, ela me olhou, séria.

— E o que isso te faz sentir pelo nosso cabeça de vento preferido?

Olhei para baixo, para Tap, que estava com os olhos fechados de prazer enquanto eu lhe fazia carinho.

— Me fez pensar que talvez ele que tenha feito tudo certo e eu a que fiz tudo errado durante todos esses anos.

— Ou talvez haja algum meio-termo? — Cady sugeriu, com tato.

— Pode ser — admiti. — Talvez.

— Você gosta dele?

— Gosto. Mas isso não quer dizer que eu poderia ter alguma coisa com ele, tenho certeza de que o homem me deixaria louca...

— É, tenho certeza disso também. Mas você gosta da ideia? Porque ele é um cara legal? E meio que gostoso?

— Mais uma vez, talvez.

— E ele não te chama de "Faith" há eras.

— Ah, verdade!

— E você tem evitado o cara desde o desfile.

Suspirei.

— Também é verdade. Eu só... só consigo lidar com uma coisa imprevisível por vez. E tomei uma decisão sobre outra coisa, algo importante...

— Ah, não faça suspense! — Cady brincou.

Eu ri e respirei fundo.

— Decidi que vou sair do Kryll. Não quero mais ser sócia. Se vou trabalhar catorze horas por dia, quero que seja para mim mesma. Quero ficar por contra própria. Ainda poderia ser consultora freelancer de Fusões e Aquisições, mas também poderia fazer outros projetos...

— Tipo produzir um desfile de moda?

Sorri para ela.

— Exatamente!

— Porque foi divertido?

— Porque eu consegui cuidar da coisa toda do início ao fim. Porque fiz um baita negócio naqueles contratos para garantir que o evento angariasse o máximo possível para o projeto de caridade do Vince. Porque eu não estava ganhando dinheiro só porque sim. E porque me diverti *demais* no processo!

— Arrasou, garota! — Cady sorriu. — Os babacas do Kryll tiram vantagem. Vão sentir o golpe quando você se for.

— Bem, não vou fazer nenhum anúncio por ora, preciso cuidar de algumas coisas antes, mas, no todo, preciso resolver logo a questão do julgamento do Vince.

Dei um tapa na boca quando Cady me encarou de olhos arregalados.

— O caso dele vai a julgamento? — Ela arquejou. — Pensei que você tivesse feito um acordo com a promotoria?

— Eu fiz — suspirei. — Eu não ia dizer nada ainda, mas, com toda a publicidade que Vince conseguiu, a promotoria está causando estardalhaço, e Randolph Barclay quer muito fazer o próprio nome e ser reeleito. Acho que por ser o homem que derrubou o Cruzado Canino ou algo assim, ele vai provar que ninguém está acima da lei. Li uma entrevista que ele deu há alguns dias em que falava que não podia apoiar justiceiros se safando de assalto à propriedade. Acho que ele não é muito fã de cachorros.

— Puta merda! Você contou ao Vince?

Estremeci.

— Ainda tenho a esperança de conseguir convencer o Barclay que levar o caso a julgamento não atende aos interesses de ninguém, porém, ao que parece, alguns justiceiros seguiram o exemplo e estão invadindo canis, e não só aqui, mas em outros estados também.

— Ah, isso não é nada bom. Acha que ainda consegue o acordo?

— Talvez. Mas a cada dia fica menos provável.

— E se não conseguir?

— Vamos a julgamento.

— E quando você vai contar para o Vince?

— Estou com esperança de que não vou precisar...

— Mas? — Cady me encorajou quando meus ombros caíram.

— Pensei em esperar até depois do seu casamento. É uma das razões para eu estar evitando as ligações dele. Ai, eu não deveria ter te contado também. Você está brava comigo?

Cady resmungou.

— Não, mas há alguma chance de que Rick e eu precisemos cancelar nossa lua de mel para pagar a fiança do nosso padrinho?

— Não, porque Vince tem uma ótima advogada. — Dei uma piscadinha para ela e ergui a taça.

— Ah, meu bem, aí parece que Vince talvez dê sorte!

— Talvez sim. — Sorri, e brindei com ela.

Vince

Gracie era única. Eu não conseguia parar de pensar nela. Mas como poderia provar para ela que seríamos incríveis pra cacete juntos? Jantar? Nada, já fiz isso, perdi um dente. Um piquenique no parque? Não, era fevereiro e estava um frio do cão. Talvez sair para brincar de novo com as crianças, depois tomar um café e comer um bolo na minha confeitaria preferida? Sim, parece algo com que ela concordaria. Eu teria que pensar em como fazer isso. Ela também mencionou que queria se encontrar comigo para falar do serviço comunitário ou o que for que estivesse relacionado com aquele velho julgamento. Mas eu não queria que tivesse a ver com trabalho o tempo todo. Queria mostrar a ela que *nós* daríamos certo juntos.

Puta que pariu, mulheres eram complicadas.

E também o era o meu melhor amigo. Também andei pensando muito em como fazer Rick se soltar para sua épica despedida de solteiro, porque eu sabia que simplesmente mergulhar no meu plano o faria sair correndo. Ele precisava que as engrenagens do seu bom senso fossem lubrificadas primeiro, o que queria dizer que deveríamos ir para um bar de esportes bem tranquilo onde servem dose tripla de shot no *happy hour* e tomar algumas cervejas para deixar Rick no ponto. Não demoraria muito, ele não tinha muita tolerância para bebida, aquele otário peso pena.

Rafe e Elias nos esperavam no bar quando arrastei um Rick contrariado pela porta.

Rafe estava franzindo a testa e Elias fazia careta, os dois eram muito parecidos.

— O barman… que *não* merece o título… não sabe fazer um

Cosmopolitan nem um Kir Royale nem, na verdade, *qualquer* coquetel, porque *eles não servem nenhum!* — Rafe bufou, cheio de desgosto.

— É, vamos começar com cerveja e uns shots — falei, batendo nas costas dele. Esse era outro mala que precisava se soltar. — Não se preocupem, rapazes, o Cruzado Canino sabe como aquecer uma festa.

Rick apertou a mão dos caras e os agradeceu por virem, então pediu doses triplas de tequila e cerveja enquanto estávamos lá no balcão.

Elias virou seus três shots e fez careta para o cardápio.

— Qual é o índice glicêmico disso? — perguntou, apontando para a foto de um hambúrguer envolto em pão com queixo e picles vazando de lá.

— Cinquenta e cinco ou menos, cara — menti. — O Cruzado Canino diz: aproveite! Mas temos planos mais tarde para o jantar.

Rafe fungou e se virou para Elias.

— Se eu ouvir Vincent mencionar o Cruzado Canino mais uma vez, vou vomitar. Eu nem gosto de cachorro. Essa despedida de solteiro já virou uma chacota.

Um brincalhão ele, sempre pronto para fazer piada.

Depois de mais uma rodada de shots e cerveja, Rick parecia um pouco instável.

— Só vou ao banheiro — anunciou, com a voz arrastada, então acenou para a multidão.

— Eu também — disse Rafe, e Elias assentiu concordando.

Rick reapareceu minutos depois.

Nós esperamos, mas Rafe e Elias ainda não voltaram, então ficamos lá bebendo cerveja, comendo batata crisp, que os nativos chamavam de "chips", e assistindo aos melhores momentos do jogo de futebol americano de sexta-feira do Kansas City Chiefs contra os 49ers.

— Você não viu Rafe e Elias no banheiro? — perguntei, depois de um tempo.

— Não, não vi. O que foi? Eles foram ao banheiro ao mesmo tempo que eu? Acho que foram embora.

— Nada, eles não fariam isso, os caras são legais — assegurei a Rick.

— Já tem meia hora que eles saíram.

— Ninguém deixa o Cruzado Canino para trás!

— Parceiro, pare de se referir a si mesmo na terceira pessoa. Não é legal.

— Minha personalidade é grande demais, é como se fossem três de mim. Enfim, eles provavelmente vão nos encontrar no clube de strip.

Rick se levantou, pendendo ligeiramente para a esquerda ao agarrar o balcão.

— Desgraça! Eu te falei, nada de strippers, Cady me mata. E aí depois mata você. Então vai me desenterrar e se certificar de que fez o serviço direito.

Dei um tapinha no ombro dele e avancei.

— Pode confiar no mestre Vin.

— Não, não posso — resmungou. — Ele parece que pede para morrer.

— É claro que você confia em mim! — falei, e passei o braço em torno do meu amigo fraco para bebida. — A limusine está para cá.

Lá fora, um riquixá nos esperava.

— Quer pedalar primeiro ou eu começo?

Rick fez careta.

— Não vou entrar nisso aí.

— Mas é ecologicamente correto! Sou o Cruzado Canino, preciso pensar no meu feed do Instagram. Aqui, tire uma foto minha na bicicleta!

Rick cedeu sem nenhuma graciosidade, e já que ele era só o noivo, e eu o padrinho, o fiz pedalar os cinco quarteirões até o clube de strip.

A primeira pista de Rick de que aquele não era um estabelecimento qualquer foi a multidão de mulheres gritando na fila.

— Não se preocupe, eu conheço o porteiro — gritei por cima do barulho quando estacionamos no beco lateral. — Mexi uns pauzinhos para entrarmos.

— Do que ele está falando? Do que *você* está falando?

— Confie em mim! Já te deixei na mão?

— Já, toda vez que abre a boca.

Empurrei um Rick relutante para dentro, me perguntando se todas as despedidas de solteiro eram complicadas assim. Eu não conseguia me lembrar muito das que fui, porque depois da primeira hora, tudo ficava um pouco difuso, por isso estava confiando no que pesquisei na internet.

— O traje de vocês está bem ali, rapazes — disse um dos funcionários do teatro. — Aproveitem a despedida de solteiro. Não se esqueçam de assinar o termo de responsabilidade antes de entrar.

— Que trajes? — Rick perguntou, desconfiado. — Do que você está falando?

— Ah, cara, isso vai ser épico! Você vai amar! — falei, animado, orgulhoso do meu plano.

Eu tinha trazido as fantasias ontem, já que pensei bastante no nosso papel nessa festa. Empurrei uma bolsa para Rick, tirando minha camiseta e colocando meu manquíni verde-fluorescente, ajeitei minha mala que continuava tentando escapar da parte do fio dental do figurino como se fosse um pêndulo de Newton. De início, pensei em todos nós vestirmos um manquíni, mas por algum motivo eu achava que Rick não ia topar.

Ele parecia horrorizado.

— Mas que merda é essa que você está vestindo, Vin?

— Legal, né? — Sorri para ele, e puxei o pouco tecido. — Não fico devendo nada ao Borat. Aquelas mulheres vão amar. Não te arranjei um porque você é quadradão, mas sua fantasia é legal também. Tem um ar bem anos 1990, do programa de ginástica do Mr. Motivator.

Rick fez careta quando pegou o macacão de lycra, de mais ou menos 1993, que ia até os joelhos e tinha as cores do arco-íris e que vinha com uma pochete e um capacete da polícia britânica.

Rick balançou a cabeça.

— Mas nem pensar.

— Só segue o fluxo, vai ser divertido! — Eu não aceitaria não como resposta. — Vamos lá! Vamos sair daqui! Eles estão esperando por você!

— Quem está esperando por mim e por que eu preciso de um capacete?

— Hum, regras de segurança. Faça por mim, Rick? — implorei, olhando para o mestre de cerimônias gigantesco que nos olhava com cara de poucos amigos por ainda não estarmos prontos. — Faça pelo Cruzado Canino!

— Tudo bem! Tudo bem! Eu faço se você parar de se referir a si mesmo na terceira pessoa.

Exalando relutância, meu amigo estraga-prazeres colocou seu traje épico, e eu o empurrei para o palco.

Holofotes brancos e resplandecentes atingiram Rick bem nos olhos e ele ficou parado lá, igual a um coelho prestes a ser atingido por um caminhão, completamente congelado exceto pelo tique em seu olho esquerdo.

— Dança, seu mané! — gritei, e as mulheres começaram a gritar quando a voz de Tom Jones berrava *You Can Leave Your Hat On*. — É só me imitar!

Comecei a rebolar e a fazer aquela coisa que as mulheres amavam quando eu fazia meus peitorais dançarem, tendo muita fé de que Rick tinha descongelado. Aquelas mulheres pareciam sedentas, talvez essa não tenha sido minha melhor ideia, mas pelo menos o meu amigo tinha um capacete caso as coisas dessem errado.

— Tire a roupa! — gritei, enquanto ele estava empacado lá, em seguida se abaixou quando uma garrafa de água voou direto da plateia em sua direção.

— Dança! Dança! Dança! — entoavam.

Uma mulher entusiasmada subiu no palco e rasgou o macacão de Rick até o umbigo. Aquilo pareceu tirá-lo do transe, e ele se mandou para a saída quando ela começou a puxar a parte de baixo.

— Volta! — ela gritou. — Ainda não vimos tudo, e eu quero saber se tem uma linguiça acompanhando esses ovos aí!

A essa altura, decidi que uma retirada estratégica seria uma boa, e corri atrás de Rick e de sua nova fã.

O mestre de cerimônias me agarrou pelo braço.

— Você disse que ele era profissional! — o homem de mais de dois metros gritou no meu ouvido.

— Ele é! Mas não de strip... o cara ficou um pouco tímido.

Fomos chutados de lá tão rápido que a porta literalmente bateu na nossa bunda ao sairmos.

— Que porra foi aquela, Vin? — Rick rosnou, parecendo um pouco estressado.

— Não sei, parceiro, você me deixou na mão — falei, olhando sério para ele. — Como vai ficar a minha reputação?

O rosto de Rick ficou roxo de raiva, como se ele estivesse prestes a me dar um soco... talvez estivesse ficando sóbrio.

E aí Alf, o porteiro, atirou nossas roupas lá fora; infelizmente, estava faltando a minha calça, e eu concluí que perguntar por ela não seria uma ideia muito boa, mas pelo menos Rick parecia mais feliz, e pelo menos eu tinha o casaco para cobrir o meu manquíni, já que era fevereiro e ainda estava frio. Graças aos céus, as meias combinavam.

— Não consigo acreditar que eles fizeram isso com o Cruzado Canino! Ei, Rick! Aonde você está indo?

— Para casa!

— Não, você não pode fazer isso, somos os convidados especiais em um show da Broadway, totalmente confiável, pode acreditar em mim.

Ele se ergueu, com as mãos nos quadris.

— Você arranjou entradas para a gente ir a um show? Um musical?

— É, mas não esperam que a gente cante, ninguém precisa passar por esse suplício. E somos convidados VIP, não podemos decepcioná-los. Eu já organizei tudo.

Rick apontou o dedo para mim.

— Tudo bem, mas só me *prometa* pelas três patas restantes de Tap que eu não vou ter que a) cantar, ou b) tirar minhas roupas no palco.

— Claro, claro! É claro! Mas não consigo acreditar que você me fez jurar pelas patas da Tap! Não foi legal, parceiro.

— E você tem que vestir uma calça.

Antes que ele mudasse de ideia, entrei no bazar mais próximo, escolhi um jeans Levis surrado e os vesti por cima do manquíni. Pensei em deixar a peça por lá, mas eu tinha que usá-la na praia pelo menos uma vez, embora ainda estivesse em dúvida por causa das marcas de bronzeado.

Assumi minha vez aos pedais e fui até a Broadway, esperando que o trajeto desse a Rick a oportunidade de se acalmar.

O rei leão era um dos meus shows preferidos. É impossível não amar quando eles cantavam *Hakuna Matata*. Essa música poderia ter sido escrita para mim.

— Do que se trata? — perguntou Rick, cheio de suspeita, quando mostrei nossos ingressos VIP.

Olhei boquiaberto para ele.

— Mas que puta loucura, cara! Você nunca viu *O rei leão*? Os seus pais te odiavam?

Rick me ignorou e encarou os cartazes.

— Fala de um leão?

Balancei a cabeça em desespero, o conduzindo até nossos assentos.

— Que bom que você tem a mim como embaixador cultural — falei. — Quando finalmente chegar à puberdade, vai precisar saber mais sobre a vida.

Não consegui ouvir o que ele respondeu, porque as luzes diminuíram e a música começou. Fui completamente arrebatado, às vezes me sentia como o Pumba, o javali de raciocínio lento, e às vezes como o Simba, que fez uma escolha ruim e ferrou com tudo.

Só voltei a olhar para Rick no intervalo, então confisquei o celular dele e lhe empurrei uma vodca com tônica pré-misturada, muito bem disfarçada em uma garrafa de água.

— Parceiro, isso é um show de qualidade, ganhou prêmios e tudo mais.

— Eu sei. Joguei no Google para ver como acaba.

Bati a mão na testa. Rick era mesmo uma causa perdida.

A segunda parte foi ainda melhor, e tive que secar algumas lágrimas que escorreram dos meus olhos.

— Graças a Deus acabou — resmungou Rick, bocejando.

Eu o ignorei, mas me sentei mais erguido quando as luzes se acenderam e um homem de terno apareceu no palco.

— Temos uma surpresa para vocês essa noite, pessoal! — disse ele. — Para celebrar a apresentação de número dez mil aqui na Broadway, pensamos que vocês fossem gostar de conhecer o Simba de verdade, embora o nome dele seja Jabari e ele seja do zoológico do Central Park.

— Puta merda! É de verdade! — Rick arquejou quando o leão de aparência idosa entrou no palco com um cuidador ao lado.

— Eu te disse que essa noite seria especial!

A audiência soltou oooh e aaahs, e o leão bocejou, mostrando um conjunto de dentes longos e amarelos.

— E agora, senhoras e senhores, temos outra surpresa para vocês: um amante muito especial dos animais está aqui esta noite. Uma salva de palmas para Vince Azzo, mais conhecido como Cruzado Canino!

Rick ficou pálido e escorregou mais para baixo no assento quando o holofote mirou em nós.

— Eu não vou subir no palco com um leão.

— Achei que você gostasse de gatos, ou é só de xaninhas?

— Vince, é um leão, caramba!

— Mas... essa é a melhor parte! — protestei, tentando arrastá-lo comigo.

Rick se agarrou aos braços da cadeira como se fosse um salva-vidas, então tive que deixá-lo lá e ir para o palco sozinho.

O leão não parecia muito interessado em mim, mas o cuidador me entregou um bambolê imenso.

— Hum?

— É só segurar, e Jabari vai pular por ele. Por alguma razão, ele gosta. Nós colocamos uma argola no canto dele no zoológico, ele faz esse truque há anos.

Um pouco nervoso, segurei o arco, e o leão virou seus olhos dourados e oblíquos para mim, e então começou a correr. Fechei os olhos com força, esperando sentir sua mandíbula em volta da minha cabeça favorita, mas em vez de me derrubar e me transformar em ração, ele pulou através do arco e o público aplaudiu.

— Parceiro — sussurrei para o leão quando o cuidador me disse que eu podia afagar o pelo áspero de sua juba —, você me tirou alguns anos de vida, mas, puta merda, valeu a pena.

Levou séculos para eu voltar para Rick, por causa de todas as pessoas que queriam tirar uma selfie comigo ou até mesmo que lhes desse autógrafos, o que era muito das antigas. Sorri para o meu amigo quando ele ergueu o celular mostrando que tinha filmado tudo. Aquilo ia garantir pelo menos umas vinte mil curtidas no meu Instagram, talvez mais.

— Pensei que eu fosse ter que arranjar outro padrinho — disse Rick, ao enviar o vídeo para mim.

— Nada, eu tenho o olho do tigre, parceiro.

— Era um leão.

— É.

Rick olhou o relógio.

— O que você acha que as meninas estão fazendo?

— Lutando nuas em um ringue de chocolate e gravando a coisa toda — suspirei, e Rick me deu um tapa na nuca. — Que foi? Essa é uma das minhas fantasias preferidas!

— Você está falando da minha noiva, *parceiro*.

— Ah, sim. Eu vivo me esquecendo disso.

Rick balançou a cabeça.

— Vamos encerrar por hoje?

— De jeito nenhum! Está sendo incrível até então, mas acabamos de começar. Ah, qual é, cara! Vamos pelo menos jantar — roguei, um pouco desanimado por Rick já estar jogando a toalha, apesar dos meus esforços superlegais de forçá-lo a se divertir um pouco.

— Tudo bem. — Ele fez careta, me dando um soquinho amigável no ombro que quase me derrubou. — Vamos comer.

Aliviado por ele não estar se livrando de mim, me ofereci para pedalar e fomos para o Central Park em grande estilo, em direção ao Tavern on The Green. Geralmente, eu ia lá só para tomar café, já que o cardápio deles era basicamente carne e peixe, mas eu sabia que era um dos lugares de que Rick mais gostava. Já éramos amigos há muito tempo quando finalmente o convenci a tentar uma dieta vegana, mas ele só durou seis meses. Acho que foi por causa dos gases.

Quando fiz nossa reserva no Tavern, perguntei se poderiam preparar algo vegano para mim. Era chato só acabar com legumes grelhados e salada onde quer que eu fosse se não me planejasse de antemão.

Rick pareceu satisfeito de verdade quando chegamos.

— Nada de strippers? Nem de telegramas dançantes? Nenhum ritual de humilhação? Só comida?

— Só comida — prometi.

É claro, naquela hora, eu não sabia que não seria capaz de cumprir a promessa.

Nós nos sentamos na nossa mesa para seis, ignorando o olhar irritado que a hostess lançou para os lugares vazios, mas Rick olhou o cardápio com bastante satisfação. Eu já sabia o que ia comer, então agora era a hora de eu fazer a parte mais importante dos meus deveres de padrinho.

Inclinei-me para frente.

— Parceiro, não é tarde demais. Posso te deixar no aeroporto em quarenta minutos.

Rick olhou para cima e franziu a testa.

— Tarde demais para quê? Do que você está falando?

— Pegar um voo de volta para a Inglaterra. Eu falo para Cady que você estava com dúvidas e que o casamento foi cancelado. Tudo bem, acontece com um monte de gente. Não é vergonha nenhuma; bem, não muita.

Rick bateu o cardápio na mesa e começou a estrangular o guardanapo.

— Quando foi que eu disse que não queria me casar com Cady?

— Hum, não sei, me deixa pensar, hum...

— Que tal nunca? — ofereceu Rick, irritado. — Eu nunca disse porque *quero* me casar com Cady. Eu a amo. E não vou ficar sentado aqui falando dos meus sentimentos com você!

Fingi secar o suor da testa.

— Só verificando, parceiro. Deveres de padrinho.

Rick deu um sorrisinho.

— Você se dá conta de que poderia ter que pedalar até o aeroporto JFK em quarenta minutos?

— Pode parar com a babaquice, eu teria chamado um Uber.

A garçonete apareceu com dois pratos e tínhamos acabado de começar a comer quando uma mulher atrás de mim gritou. Perguntei-me se ela tinha achado um bicho na sopa, mas acabou que era um tiquinho mais sério que isso. Várias outras pessoas se juntaram à gritaria, e de repente havia gente gritando e um êxodo em massa de clientes tentando se trancar na cozinha ou nos banheiros.

Nós dois nos levantamos, incertos do que estava se passando.

— Corre! — gritou o homem ao meu lado. — Um leão fugiu e está lá fora!

— O quê?

— Um leão! — gritou ele, e apontou para trás.

As luzes do lado de fora do restaurante brilharam e de repente o vi.

— Não é um leão — falei.

— Parece demais com um para mim — resmungou Rick. — A juba, os dentes e todo o resto.

— Não, quis dizer que é claro que é um leão, mas é o Simba do show... sabe, o Jabari.

Alguém começou a gritar sobre ligar para a polícia e abater o animal. Eu não podia deixar aquilo acontecer: sabia o que precisava fazer.

Fui para a porta, mas Rick agarrou o meu braço.

— Não seja idiota, Vin! Você não pode ir lá fora. Não sabe se é o mesmo leão!

— É claro que é! Olha, ele tem uma cicatriz logo ao lado do nariz... com certeza é ele. Não sei como ele fugiu do teatro, mas deve estar indo para o zoológico. Não fica longe daqui. Mas, se a polícia chegar primeiro, talvez tente dar um tiro nele. Não podemos deixar isso acontecer!

Desvencilhei-me do braço de Rick e fui lá para fora.

— Jabari — falei, baixinho.

O leão me seguiu com aqueles olhos hipnóticos e sonolentos, então abriu a boca em um rugido que me fez cagar nas calças. Passou pela minha cabeça, vários segundos depois, que ir lá fora talvez não tenha sido a coisa mais inteligente que já fiz. Talvez esse fosse o tipo de merda que estava sempre me enfiando em problemas com os outros... com pessoas como Gracie.

— Jabari, amigão — falei, com a voz um pouco mais esganiçada que o habitual enquanto minhas bolas se encolhiam até ficarem do tamanho de sementes de uva. — O que você está fazendo aqui? Você me seguiu lá do teatro? Longa noite, não foi?

Ele veio na minha direção, e me perguntei se era muito tarde para me esconder atrás de uma mesa. Mas, em vez disso, ele cutucou minha barriga com a cabeça pesada igual a um gato grande pra cacete pedindo carinho.

Assim que voltei a respirar, passei as mãos pelos tufos ásperos da sua juba e afaguei o pelo macio de suas orelhas. Fiquei aliviado quando seus olhos se fecharam, satisfeitos.

— Você me deixou um pouquinho preocupado por um instante, Jabari — falei. — Vou ter que trocar a cueca.

A porta do restaurante se abriu e Rick apareceu segurando uma cadeira diante dele e trazendo um castiçal pesado.

— Vin! Você ainda está vivo? — sussurrou. — A polícia está a caminho e alguém do zoológico está trazendo uma arma com tranquilizante.

— Ah, parceiro! Que exagero. Jabari é um velho amigo, ele não quer levar um tiro!

— É, e eu não quero ser devorado até a morte — resmungou Rick.

— Ele não vai machucar você — fiz pouco caso. — Não o teriam levado até o teatro se ele fosse perigoso.

— Então por que estão enviando alguém do zoológico para dar um tiro nele?

— Olha, vou falar com ele.

— O quê? Com quem?

— Jabari! Sabe, igual ao Dr. Doolittle. Os animais me ouvem.

— Vin, volte para o restaurante agora mesmo!

— Sério, está tudo bem. Acho que ele veio atrás de mim. É como se tivesse me escolhido ou algo assim.

E então tive uma ideia brilhante. Se eu entrasse no riquixá, poderia conduzir Jabari de volta para o zoológico e não haveria necessidade do tranquilizante.

Convencer Rick não foi fácil, e ele se recusou a ir a qualquer lugar a menos que pudesse levar a cadeira e o castiçal junto.

— Acho que você não pode levar lembrancinhas do restaurante, Rick. Você pagou a conta? Por que eu esqueci.

— Cala a boca e pedala — rosnou, olhando de soslaio para Jabari, que caminhava a nosso lado.

Era diferente pedalar pelo Central Park à noite, sem pessoas ao redor, e eu estava me divertindo bastante, mas Rick não parecia muito a fim de falar. Ele devia estar cansado: é, o garoto é ótimo no começo da corrida, mas não chega à reta final. Acho que ouvi isso em um filme uma vez.

Mas, quando chegamos ao zoológico, havia outro problema: estava trancado.

Jabari se sentou e bocejou.

Ainda parecendo desconfiado, e ainda segurando a cadeira e o castiçal, Rick saiu da parte de trás do riquixá e encarou o portão trancado.

— Não tem campainha — falei.

Rick me lançou um olhar que deveria significar alguma coisa. Dei de ombros.

— Como a gente entra?

— A gente espera a polícia e o cara com a arma de tranquilizante — disse Rick, com um olho ainda em Jabari, que parecia ter dormido.

— Ah, qual é! A gente não pode deixar o cara levar um tiro! Ele está roncando!

Rick suspirou.

— Tudo bem, você consegue pular o portão e encontrar um jeito de abri-lo por dentro?

Olhei o muro.

— Talvez. Se você subir na cadeira, e eu nos seus ombros, talvez eu consiga alcançar o alto.

Olhando de novo para Jabari, que agora babava, Rick subiu na cadeira. Ela balançou um pouco quando subi nas costas dele e, devagar, fui me atrapalhando até estar equilibrado em seus ombros igual à hora do amador no Cirque du Soleil.

— Segura firme! — rosnei.

— Estou segurando! — sibilou ele. — Você é pesado pra cacete, anda logo!

Respirei fundo e me icei até o muro, então consegui passar uma perna por cima, estremecendo quando acabei com pontas afiadas espetando meus fundinhos. E aí, com um gritinho fino bastante embaraçoso, pulei para o outro lado e caí de quatro.

— Você caiu de cara? — A voz abafada de Rick veio do outro lado. — Porque a Cady vai ter que te esconder nas fotos do casamento.

— Meu rosto ganharia prêmios — sorri, e fui dar uma olhada no portão.

Rick pareceu aliviado por seu padrinho ainda estar vivo.

— Consegue arranjar um jeito de abrir? — perguntei.

— Não sei. O Jabari ainda está dormindo?

O rosto de Rick ficou mais pálido à luz quando ele percebeu que estava do mesmo lado que o Simba, e o Dr. Doolittle, *moi*, estava do outro lado do portão.

Ele passou a mão na cadeira e no castiçal de novo.

— Sim, ele ainda está dormindo — sussurrou. — Anda logo!

Procurei alguma coisa que pudesse usar para forçar o cadeado.

— Ei, Rick! Joga o castiçal por cima do muro.

— Mas... mas é a minha arma — ele disse, desanimado.

— Corta essa, babaca!

Relutante, ele jogou o castiçal para mim, e precisei de todas as minhas forças para abrir o pesado cadeado de ferro. Bem quando pensei que teria que desistir, ele finalmente estalou, e os portões se abriram.

Voltei lá para fora, então Rick e eu encaramos Jabari.

— É melhor você acordá-lo — falei.

Rick balançou a cabeça.

— O leão é seu. Acorda você.

Nós dois olhamos para Jabari. Ele parecia bem pacífico, mas, sabe, ninguém gosta de ser despertado de um sono profundo. Engoli em seco e olhei para Rick.

— Posso pegar sua cadeira emprestada?

Ele me entregou a cadeira de madeira, em seguida me observou cutucar Jabari com ela. O animal rosnou, mas não acordou.

— Mais forte — disse Rick.

— Parceiro, passei a vida esperando ouvir você dizer essas palavras — provoquei.

Que nunca digam que o mestre Vin perdeu a oportunidade de fazer piada.

Cutuquei Jabari com um pouco mais de força, e ele abriu um olho, em seguida se sentou, bocejando. Ele tinha um monte de dente.

— Vamos lá, cara — falei, e apontei a cadeira para o zoológico. — Hora de ir para casa, antes que alguém dê um tiro na sua bunda.

Suspirando, ele se levantou sobre as patas enormes e veio na nossa direção.

— Hum, acho que ele quer que você vá junto — Rick disse. — Deve estar querendo o lanchinho da madrugada.

Ignorando o meu amigo, conduzi o leão de volta para o zoológico bem quando a polícia chegou junto com um cuidador de aparência atormentada.

— Está tudo bem! — gritei. — Eu trouxe o Jabari para casa! Não precisa atirar nele.

— Quem é aquele palhaço com o leão? — perguntou um dos policiais por detrás de uma arma.

— É o Cruzado Canino — disse Rick, sorrindo para mim.

— Cara, sério! Você resgatou um leão? — O policial estava boquiaberto. — Pensei que você fosse dos cachorros?

— Qualquer animal em apuros pode vir a mim — respondi. — Eu sou o escolhido.

— Que figura! — disse o policial, balançando a cabeça.

— Ah, cacete — Rick suspirou.

Ajudei o cuidador a colocar o Jabari de volta nas suas instalações. O coitado parecia exausto depois daquela virada inesperada.

— Eu vou vir te visitar, camarada — falei, afagando as orelhas dele.

O leão piscou para mim, bocejou de novo, então caminhou para a escuridão enquanto o cuidador secava a testa e trancava a jaula.

Quando voltei à entrada principal, as equipes de TV haviam chegado.

— É verdade que você resgatou um leão? — a repórter perguntou, impressionada.

— É sim. — Sorri para ela. — Os animais me entendem. É como se eu pudesse falar com eles. Acho que é porque fui atingido por um raio quando criança. Desde então, tenho sido capaz de saber em que os animais estão pensando.

— Nossa, que incrível!

— É, é um dom — concordei.

— Desculpa interromper, pessoal — disse o policial. — Mas vou ter que prender o Sr. Azzo por invadir o zoológico.

— Mas... mas eu estava devolvendo o leão! — protestei.

— Ainda é invasão — disse o policial ao fechar as algemas. — Você tem o direito de permanecer calado...

— Rick! — gritei. — Liga para a minha advogada! Chama a Gracie!

Grace

Lágrimas escorriam do meu rosto enquanto Patrick Swayze passava as mãos invisíveis por Demi Moore.

— Por que a vida nunca é boa assim? — solucei.

— É — Cady suspirou. — Se descontar o fato de que ele está morto.

— Homem não presta — suspirei, concordando.

O telefone de Cady tocou, e ela ficou com aquela cara de boba que me disse que era Rick ligando. Abracei a almofada com mais força e suspirei. Eu não conseguia imaginar ficar com uma cara daquelas quando um homem me ligasse. Muito menos o Vince. Quando ele ligava, se acontecesse de eu ver o meu reflexo, provavelmente pareceria que tinha chupado limão.

E então me lembrei *daquele beijo* no desfile e suspirei de novo. Meu próprio momento de *A força do destino*, só que Vince estava usando roupa colada e orelhas de cachorro em vez de uma farda branca e azul-marinho. Tudo bem, não foi tão romântico, mas ainda assim…

Fato fascinante: John Travolta recusou o papel de Zack Mayo; ele também tinha recusado o de Gigolô americano, *que foi um grande sucesso estrelado por ninguém menos que Richard Gere. Bela forma de fazer péssimas escolhas cinematográficas, John.*

Cady se sentou mais erguida, derramando a taça de vinho quando a bateu na mesa de centro de Vince.

— Ele fez *o quê?* Você está *onde*? Há *quanto* tempo? *Quem* mais? *Quando*? Ah, pelo amor de Deus, Rick! *Por quê?*

Passou pela minha cabeça que se podia dizer que Cady tinha experiência com jornalismo. Pessoalmente, eu sempre achei que ela tinha deixado passar sua oportunidade como uma agente do FBI bem durona. Mas então entendi o que ela disse quando minha amiga virou uma expressão de *ô-ôu* para mim.

— Tudo bem, vou falar para ela. Você está *tão encrencado*, Rick Roberts!

Cady jogou o celular na mesinha de centro bem ao lado do vinho derramado, então xingou e pegou a blusa de frio para secar tudo.

Os cães estavam acordados agora, nos olhando com expectativa, como se fosse hora de brincar ou de passear ou de mais uma rodada de petiscos caninos.

Um arrepio frio de sobriedade me fez me sentar empertigada e esfreguei os olhos, limpando as lágrimas secas com um lenço de papel.

— O que Vince fez? — perguntei, com uma sensação de mau agouro.

Cady rilhou os dentes.

— Ele foi preso.

Assenti.

— Por invadir o zoológico do Central Park.

Assenti de novo.

— Por resgatar um leão e tentar levá-lo para casa.

Pisquei.

— Um leão?

Cady explodiu.

— É, um bendito leão! Um leão! Com dentes e garras e um desejo irrefreável por carne fresca! O seu *cliente* é um maníaco. Rick poderia ter sido devorado! Eu poderia ter acabado debaixo da *chupá* no dia do meu casamento ao lado de uma lata de carne moída! Não consigo *acreditar* que Vince fez isso! Vou matar esse homem! Devagar! Ou talvez bem rápido. Estou *tão* brava com ele!

— Eu ajudo. Hum, Rick foi preso também?

Ela se acalmou um pouco e o olhar de fúria assassina suavizou em seus olhos.

— Não, graças a Deus. Ele está no vigésimo distrito, para onde levaram Vince.

Olhei para cima enquanto mexia no telefone, a bebida estava se dissolvendo rapidamente pelas minhas veias.

— Eles não o levaram para a Central Booking?

— Não. Isso é bom?

— É, significa que ainda estão decidindo se o acusam ou não.

— Precisamos ir para lá!

— Eu vou. Você deve ficar com as crianças. Tap fica ansiosa se for deixada sozinha.

Por um momento, pareceu que Cady se rebelaria, mas aí suspirou e assentiu.

— Tudo bem, você tem razão. E pode ser que eu acabasse sendo presa por lesão corporal ou tentativa de assassinato a mão armada.

— Você está segurando seu telefone — pontuou.

— Você ainda não viu o que sou capaz de fazer com um celular quando fico brava! — falou, soturna.

— Verdade.

Eu me levantei e peguei o casaco.

— Você está encarando tudo com muita calma — Cady falou, me olhando de cima a baixo.

Abri um sorriso seco para ela.

— Não é a minha primeira vez. E sejamos sinceras: Vince + despedida de solteiro + Nova Iorque = desastre. — Vesti o casaco. — Eu te ligo.

O Uber que chamei buzinou lá fora, e me curvei para beijar as crianças, dando um especialmente estalado em Tap, então saí noite afora.

Para resgatar Vince.

De si mesmo.

De novo.

Vince

Se eu fosse sincero comigo mesmo, a despedida de solteiro de Rick não saiu exatamente conforme o planejado.

Tinha sido legal lá no bar, apesar de aqueles babacas do Rafe e do Elias terem abandonado a gente; e o show de strip tinha sido fantástico, apesar de Rick ter tido as joias da família apalpadas por uma estranha de sombra roxa no olho; e o riquixá tinha sido brilhante, apesar de ficar um pouquinho frio se não fosse você pedalando; e *O rei leão* tinha sido épico, apesar de Rick ficar olhando o celular a cada cinco minutos; e o jantar teria sido legal, apesar de não termos conseguido nem provar a comida (o lado bom foi que a gente também não teve que pagar). Mas aí eu fui preso, e se alguém deveria ser preso em uma despedida de solteiro, esse alguém era o noivo.

Então foi quase uma noite de sucesso.

Eu torcia para que Gracie não ficasse muito brava com a última parte.

Mas depois do que pareceram horas ouvindo o bêbado da cela ao lado cantando *Freedom* bem desafinado, eu não estava tão otimista.

Por fim, minha porta sacudiu e um policial me disse que minha advogada me esperava na sala de interrogatório.

Um sorriso bem largo se abriu no meu rosto quando vi Gracie sentada à mesa, com sua maleta de advogada ao lado da cadeira e um caderno alinhado na frente dela junto com dois lápis.

— Gracie! — sorri.

Ela olhou para cima, inexpressiva.

— Vincent, a gente precisa parar de se encontrar assim.

O tom dela estava um pouquinho frio, mas era justo… eu a deixei toda felizinha para encher a cara com Cady para uma noite das meninas, e agora ela estava em outra delegacia depois da meia-noite salvando o meu lamentável rabo.

Gracie apontou para a cadeira chumbada ao chão que estava de frente para ela e me apresentou ao cara ao seu lado. Por algum motivo, não o vi quando entrei.

Paf! É assim que o amor é! Só tenho olhos para Gracie! Puta que pariu!

Meu sorriso ficou mais largo.

— Vincent, permita-me te apresentar ao Sr. Greg Pinter, o diretor do zoológico do Central Park.

O cara se levantou e estendeu a mão para mim.

— Sr. Azzo, que prazer! Um grande prazer! Nós do zoológico do Central Park não sabemos nem como te agradecer por ter levado Jabari de volta são e salvo. — Sua voz abaixou depois que ele terminou de apertar a minha mão e se largou na cadeira, esfregando a testa. — Para ser franco, a situação teria sido um desastre de relações públicas não fosse pela sua ajuda oportuna. Jabari está completamente ileso, como você sabe, mas se ele tivesse vagado para o trânsito... ele é bastante assustador quando não o conhecem. — Ele esfregou a testa de novo. — O bem-estar de todos os nossos animais e a segurança do público em geral é a nossa principal preocupação, sempre. Essa noite... bem, essas perguntas ainda estão por responder... mas quero te garantir pessoalmente que o probleminha da invasão... — Ele acenou. — Está esquecido! Jamais aconteceu. E, ah, eu sei que não é bem o momento mais apropriado, mas eu não poderia deixar passar a oportunidade de te perguntar se você aceitaria ser patrono do zoológico.

Olhei para Gracie, sentindo como se eu tivesse acabado de levar uma voadora, e ainda estava um pouco confuso.

— Então... não vou ser preso?

Gracie balançou a cabeça.

— Não essa noite, Vincent — afirmou, com algo que se aproximava de um sorriso. — Embora eu tenha certeza de que surgirão outras oportunidades.

— Sr. Azzo — o cara de terno começou de novo —, você se tornou um ícone no que se trata do bem-estar dos animais nessa cidade, sua voz alcançou alturas que nenhum de nós jamais conseguiu. Se você se tornasse nosso patrono, um advogado pelos direitos dos animais, por assim dizer, poderia continuar fazendo isso com a estrutura do...

— É, viva e tudo mais — eu o interrompi —, mas não sou muito bom com estruturas — e balancei a cabeça.

— Ele não é mesmo — Grace adicionou, com um sorriso. — Regras, estruturas, *leis*, ele as quebra aos montes.

Pisquei. Ela tinha acabo de fazer piada? As coisas estavam mesmo melhorando.

Sorri para ela.

— Acontece que — falei, e me virei de volta para o cara de terno — eu não gosto de ver animais presos em jaulas. Parques de safari, ok, eu entendo, para reprodução, mas zoológicos… não é mesmo a minha.

O cara de terno amuou, mas assentiu concordando.

— Bem, talvez eu consiga convencer você e a Srta. Cooper a nos visitar, à luz do dia… — E ele riu com tato. — Para que possam ver até onde vamos para conservar e trabalhar para preservar os habitats selvagens. Asseguro a vocês, nossos recursos vão além do Central Park — falou, com seriedade, depois abriu um sorriso gentil. — E pode visitar o Jabari. Creio que ele tenha ficado bastante apegado a você.

— Ah, certo, agora sim — falei, me animando com a perspectiva. — Vai ser bom visitar o meu parceiro.

Então todos trocamos apertos de mãos e o cara de terno saiu da sala.

— Isso foi inesperado — falei, alegre.

— Bastante — Gracie concordou, arrumando a maleta. E aí olhou para cima. — Um leão, Vincent? Sério?

— Meio que aconteceu. — Dei a desculpa esfarrapada e encolhi os ombros.

— Só você mesmo — resmungou, e fechou a maleta com um estalo.

— Foi ótimo te ver — falei mais baixinho, e ela olhou para cima, com expressão ilegível. Pigarreei. — Em uma escala de um a dez, o quanto você está brava comigo?

Ela acenou com desdém.

— Não é comigo que você precisa se preocupar.

— Não?

Ela sorriu, achando graça.

— Não, mas não posso falar pela Cady.

Meu sorriso sumiu.

— Mas… mas Rick está bem! Ele se divertiu. Foi uma noite fantástica e…

— Tenho certeza de que foi inesquecível — Gracie disse, curta e grossa, e vestiu o casaco. — Mas acho que ela só está um tiquinho de nada nervosa pelo noivo ter sido quase comido por um leão.

— Ah — reconheci, meus ombros despencando.

— Sim, ah. — E ela entrelaçou o braço com o meu. — Vamos lá, Vincent, hora de ir para casa.

Eu gostei muito de como isso soou.

— O quê? Você e eu?

O olhar dela congelou.

— Acabei de te salvar depois de você ter sido preso *de novo*. Não abuse da sorte.

Abri para ela meu sorriso vencedor: *mensagem recebida e entendida.*

Por ora.

Grace

O rescaldo da despedida de solteiro do Rick não foi agradável. Cady, que geralmente era tranquila, alguém que recebeu de Deus o dom de resolver tudo à base da risada, estava furiosa e chorosa, e passou meia hora dando um belo esporro nos caras que os fez até perder o rumo.

Eu tinha uma teoria para a razão daquilo, mas agora não era hora.

Por fim, para encerrar aquela noite e pôr um fim àquela surra emocional, pedi um Uber para Rick e Cady, coloquei os dois lá dentro e prometi à minha melhor amiga que conversaríamos em breve.

Sem dúvida nenhuma ficou muito mais pacífico depois que ela foi embora. Vince parecia ligeiramente impressionado com a reprimenda que o assolou no momento que ele e Rick atravessaram a porta e foram recebidos pelo Furacão Cady.

— Puta que pariu — disse, baixinho, enquanto os cães se arrastavam cautelosos para a sala agora que a gritaria tinha acabado. — Acho que chateei Cady. — Ele olhou para mim com tristeza. — Sempre ferro com as coisas, não é?

Olhei para o teto.

— Você tem um talento para se enfiar nas situações mais malucas — concordei —, mas não, nem sempre você cria confusão.

Ele apoiou a testa nas mãos.

— Só a maior parte do tempo.

Ele parecia tão triste, e provavelmente teria sido um grandessíssimo erro tentar consolá-lo, mas Tap chegou lá primeiro, aconchegou-se nele e deitou a cabeça em seu joelho.

— Você ainda me ama, não é? — perguntou, com um sorriso suave, afagando-a com carinho.

Eu o observei, sentado ali tranquilo com os cães ao redor, tão diferente do desastre ambulante, tagarela e *galinha* que era o Vincent Azzo que conheci há mais de um ano. Sabia que aquela versão ainda existia, mas agora também sabia que havia um coração bondoso por trás daquela boca e daqueles músculos.

— Vince — chamei e o esperei olhar para cima. — Às vezes você acerta em cheio.

Ele piscou, como se esperasse por uma declaração de aptidão, mas quando percebeu que era um elogio verdadeiro, me abriu o sorriso mais lindo.

— Obrigado, Gracie. Não sei o que eu faria sem você.

— Bem, desde que eu não acabe sendo devorada por um leão, posso impedir que Cady te espanque até a morte com o celular dela e você não vai ter que descobrir.

Ele deu uma risadinha.

— Promete?

— Prometo.

Ele pigarreou.

— Não quero parecer idiota nem soar como se estivesse fazendo uma proposta indecente, mas quer passar a noite aqui? Não quero dizer comigo, eu fico no sofá, mas é que está muito tarde e... e eu e as crianças queremos te levar ao nosso restaurante preferido para tomar um café e comer bolo amanhã de manhã. Sem gracinhas, juro juradinho.

Pensei em outra longa corrida de táxi até o outro lado da cidade para chegar em um apartamento vazio, e tive que admitir que a oferta era muito boa. Eu havia tirado vários dias de folga na semana do casamento, então não tinha lugar nenhum para estar até o jantar de ensaio amanhã à noite.

— Eu não trouxe escova de dentes.

— Pode usar a minha.

Franzi o nariz.

— Hum, não!

Ele riu.

— Eu tenho outra que você pode usar.

— Obrigada. Bem melhor. E, hum, você pode me emprestar uma camiseta ou uma camisa para eu dormir?

Algo ardente luziu em seus olhos, mas ele se limitou a assentir.

— Vem comigo — chamou, e foi em direção ao quarto.

Ele me entregou uma camiseta com o logo do Cruzado Canino e uma cueca com estampa de patinhas roxas.

— Só para constar — ele sorriu. — Está praticamente limpa. Só passei uma semana usando.

— Para de ser nojento — falei, e dei um tapa em seu braço enquanto ele ria.

O sorriso dele sumiu.

— Não me entenda mal, Gracie, mas você poderia deixar a porta do quarto aberta durante a noite?

— Como é que é? — gritei, imaginando ter cometido um grandessíssimo erro e feliz por ter o aplicativo do Uber já engatilhado.

— Não, não, não é como se eu fosse um pervertido bizarro, mas as camas dos cachorros estão lá e eles vão saber que estou logo ao lado, provavelmente vai ser mais fácil se eles quiserem vir ver como estou… só para tranquilizá-los.

Relaxei.

— Você pode vir e ver como estou também, se quiser — declarou, sugestivo, erguendo uma sobrancelha.

— Não força a barra, camarada! Três narizes frios e molhados já bastam… o seu não se encaixa no perfil.

— Doeu — falou, triste, balançando a cabeça. — Tudo bem, vou só levar a tropa para mijar e aí os coloco na cama.

— Você lê historinhas para dormir para eles também? — Não consegui me segurar.

— Sim, a favorita deles é *101 dálmatas*; Tap gosta de *Meu melhor companheiro*, mas eu sempre acabo chorando.

— Chispa daqui. — Eu ri, e atirei um travesseiro em sua cabeça, o qual ele pegou com facilidade.

Fato fascinante: Lassie ainda é o cachorro fictício mais famoso da história.

Vesti a camiseta de Vince no banheiro e escovei os dentes com a escova nova que ele tinha deixado para mim. Não precisei me preocupar com gel de limpeza, tônico e hidratante facial, nem com hidratante para o corpo nem nada do tipo, porque Vince tinha mais produtos do que eu, talvez um hábito adquirido de seus tempos de modelo, e todos eram das principais marcas masculinas. Nada nojento deixado por alguma ex.

Eu me arrastei para a cama, sentindo os lençóis frescos na minha pele, e captei o perfume fraco de Vince no travesseiro.

Quando ele voltou para o quarto, os cães o seguiam como se ele fosse o Flautista Encantado.

O homem abriu um sorriso de orelha a orelha quando me viu.

— Você fica linda na minha casa — ele falou. — Poderia ser persuadida a me deixar me juntar a você?

— Claro que não — falei, empertigada. — Não somos casados.

Seu rosto se transformou em algo digno de um quadro quando uma gama de emoções passou por lá, e então ele relaxou e riu.

— Caramba! Você me assustou por um instante, Gracie. Vi minha vida piscar diante dos meus olhos! — E fingiu checar os batimentos cardíacos.

— Humm, me desviei de uma bala — provoquei. — Mas que bom que meu pai não sabe que estou aqui na sua cama, do contrário te caçaria, já que ele é de Minnesota e tudo mais.

— Espero que você só esteja pegando no meu pé — ele falou —, porque se o seu pai for pelo menos um pouquinho igual a você, ele deve ser bastante assustador.

— Se ouvir alguém bater à porta de madrugada, e a pessoa estiver usando roupa camuflada e carregando um rifle, melhor correr para os fundos — avisei, bocejando.

Ainda sorrindo, Vince balançou a cabeça e então colocou os cães para dormir, com um beijo e uma palavra sussurrada para cada um enquanto os cobria com cobertores para cachorro, tendo o cuidado de ajeitar as pontas dentro do colchão.

— Pronto — ele disse. — Sejam bonzinhos com a mamãe Gracie, papai Vin estará na porta ao lado. — Então se levantou e esticou as costas, olhando para mim com anseio. — Boa noite, Gracie. Durma bem.

— Boa noite, Vince.

Suspirando, ele saiu do quarto e deixou a porta aberta no caso de os cães quererem dar uma volta.

Eu consegui ouvi-lo na sala, fazendo a cama no sofá, o rangido do móvel quando ele se aconchegou e, depois, o silêncio.

Prestei atenção por alguns minutos, mas só escutei os cães ressonando, Tyson já soltava roncos altos. Não muito depois, adormeci, com um sorriso no rosto.

Acordei com uma língua quente e molhada na minha orelha.

— Sai, Vincent! — resmunguei, mas quando abri um olho, era o Tyson que olhava para mim com um sorriso bobalhão. — Ah, foi mal — bocejei. — Que horas são?

— Hora do café! — uma voz gritou lá da cozinha.

Aah, que ideia maravilhosa. Arrastei-me até o banheiro, joguei água no rosto e gemi quando me olhei no espelho, resmunguei um pouco, passei a escova de Vince pelo cabelo, depois peguei seu roupão gigante e macio emprestado, a peça ia até os meus tornozelos.

Fui trocando pés até a cozinha, ainda meio dormindo, mas feliz ao saber que não teria que trabalhar hoje. E então vi Vince. Ele estava descalço, sem camisa e só suas longas pernas estavam cobertas por um jeans de péssimo caimento, que estava pelo menos dez centímetros curto demais.

Enquanto meus olhos viajavam sedentos pela tatuagem colorida em seu braço, pela linha de tinta preta espiando do cós da calça, por todos os picos e reentrâncias de seus músculos abdominais e o peitoral firme, meu rosto pegou fogo. Um e noventa e três de homem seminu me fazendo café, e agora eu estava completamente desperta.

— Forte? — ele perguntou.

— Oi? — falei, com a voz esganiçada.

Ele se virou e sorriu.

— Quer seu café forte ou prefere que ponha mais água?

— Ah. Sim, forte, por favor.

Ele deu uma piscadinha.

— Muita gente prefere assim... tá saindo.

Eu me sentei na banqueta do balcão e balancei os pés, me sentindo livre e despreocupada enquanto Vince ia de lá para cá na cozinha.

— Belo jeans — comentei, sarcástica, bebericando o café forte.

Vince fez careta.

— O melhor que pude arranjar depois de ter perdido a calça ontem à noite.

Cuspi, café escorreu pelo meu queixo.

— Você perdeu a calça ontem à noite? Sério? Como conseguiu essa proeza? Talvez tivesse sido melhor eu não ter nem perguntado.

— Bem, eu e o Rick estávamos em um palco fazendo strip e...

Eu me engasguei de novo.

— O quê?! Vocês fizeram o quê? Ah, Deus, você fez o Rick subir em um palco de strip?

Vince se inclinou para frente, em tom de confidência.

— Não conte para a Cady, mas ele não se saiu muito bem.

Eu ri de repente, aspirei café e tossi com tanta força que quase perdi um pulmão. Os cães estavam latindo, e Vince me deu um tapa nas costas com força demais, o que me fez cair com a cara plantada no balcão. Lágrimas escorreram pelo meu rosto, e esfreguei meu nariz machucado.

— Ah, puta que pariu! Desculpa! — Vince gritou, tentando secar meu rosto com um pano de prato como se eu fosse uma criança de cinco anos.

— Para! Para! Não me ajuda mais! — Funguei, depois solucei, secando os olhos, assoando o nariz e ainda meio que rindo.

Quando meus fluidos corporais voltaram a ficar sob controle, olhei para Vince, que ainda parecia preocupado.

— Me diz que vocês tiraram foto — arquejei.

Ele relaxou um pouco e empoleirou na banqueta ao meu lado, da altura perfeita para ele, ao contrário de nós, humanos de tamanho normal.

— Não, mas uma das mulheres da plateia postou no YouTube. — Sorriu. — Mas a imagem está bem ruim para conseguir dizer que somos nós, do contrário, eu colocaria no meu *Fans Only*.

Balancei a cabeça, ainda sorrindo.

— Como sua advogada, me deixa te dar um conselho muito valioso: jamais conte ao Rick que tem um vídeo.

Ele gargalhou, mas eu conseguia dizer, pelo brilho em seu olhar, que não estava levando meu conselho a sério.

Apontei o dedo para ele.

— Vou fazer um adendo àquele conselho grátis: nunca conte ao Rick, nem a ninguém, ou a Cady vai servir os seus testículos no café da manhã.

O sorriso dele despencou tão rápido que o ouvi cair no chão.

— É, você tem razão — admitiu. — Acha que ela vai me perdoar por ter ferrado com tudo?

Dei um tapinha em seu braço.

— Cady não é de guardar mágoa... só está um pouquinho emotiva agora. Vai ficar tudo bem.

Ele assentiu, distraído, encarando minha mão em seu braço.

— Me dá um abraço?

Surpresa, levei um momento para responder, então me levantei, dei a volta no balcão, estendi ambas as mãos até o seu pescoço, sentindo o calor do seu peito nu através do roupão. No mesmo instante, ele passou os braços ao redor da minha cintura, me abraçando com força e apoiando a cabeça no meu ombro, seu fôlego estava quente na minha bochecha.

— Que gostoso — murmurou.

E era. Era amizade, carinho, e algo mais.

Então os cães decidiram que queriam um abraço também, e foram se juntar a nós: Zeus no nosso tornozelo, Tap nos joelhos e Tyson enfiando o nariz na nossa virilha.

Rindo, nós nos afastamos e Vince sorriu para mim.

— Consigo uns amassos agora?

Revirei os olhos.

— Não.

Vince

— Não pode culpar um cara por tentar — falei, com uma piscadinha. — Funcionou com o abraço.

— Você não tem jeito mesmo! — Gracie bufou e me empurrou, mas ainda sorria.

Sendo cavalheiro, eu a deixei tomar banho primeiro; e sendo um homem de sangue quente, imaginei a água pelando e ensaboada deslizando por aqueles peitinhos e pelo corpo nu, e terminei com uma ereção do tamanho do Empire State Building.

Era dureza continuar com esse negócio de amigo enquanto ela se acostumava com o fato de que seríamos incríveis juntos. Conseguir que ela confiasse em mim o suficiente para passar a noite já tinha sido um enorme avanço, e me deu esperança quando essa geralmente era um tipo de mercadoria com estoque baixo. Eu deveria ter ganhado uma medalha por ter me obrigado a passar a noite toda no sofá quando a mulher dos meus sonhos estava a poucos passos de distância, toda quente, macia e enfiada na minha cama.

Estava começando a entender por que Rick tinha ficado tão mal-humorado ano passado enquanto tentava convencer Cady de que o curso do verdadeiro amor nunca foi uma linha reta, mas que às vezes ele corria maratonas. Eles ainda me pareciam um casal improvável, e depois do esporro de ontem à noite, esperava que Rick soubesse no que estava se metendo.

O estranho era que, ontem à noite, eu estava esperando pelo inevitável, que Gracie se revezasse no esporro, mas não foi o que aconteceu. Ela também não tinha brigado comigo lá na delegacia. Na verdade, tinha sido ela que fez Cady parar e a enfiou em um taxi. Mesmo naquele momento, pensei que minha hora chegaria e que ela começaria a gritar comigo, dizer que eu era um idiota irresponsável, mas não fez isso. E aí eu pensei que ela fosse me lançar aquele olhar de decepção com o qual já estava acostumado, mas ela só sorriu e balançou a cabeça dizendo: "Só você mesmo, Vincent. Só você". O que encarei como um elogio.

Todas essas coisas eram sinais positivos. Eu só queria saber com o que ela estava tão preocupada. Era com os homens em geral ou comigo em particular? Cady tem ficado de boca fechada quanto a Gracie, e só disse que ela não era de sair com ninguém. O que me fez ligar o foda-se.

Estava esperando que um dia com os cães a faria reduzir um pouco suas exigências e que talvez ela considerasse sair comigo. Afinal, eu era um partidão. Eu era o Cruzado Canino!

Ouvi o chuveiro desligar e ela terminou de se vestir no quarto. Eu e minha cobra de calça de estimação tivemos dez dolorosos minutos de espera até ela voltar para a cozinha.

— Limpa de corpo e mente. — Sorriu.

— Consigo dar jeito em um dos dois — falei, esperançoso.

Ela olhou para o cassetete na minha calça e arregalou os olhos. Por um segundo, vi uma fagulha de interesse. Juro que não estava imaginando, mas aí ela desviou o olhar e me lembrou de que o chuveiro estava livre.

Saí andando igual ao John Wayne depois de uma longa caminhada pelo Vale da Morte. E se essa seca continuasse, era exatamente onde eu acabaria.

Antes que o chuveiro aquecesse, peguei o meu cacete e usei as mãos da cura, lembrando ao pobre coitado que eu ainda o amava e garantindo que ele não cairia por falta de uso.

Três afagadas e um puxão forte, e eu estava criando um banho só meu.

Olhei para baixo, ofegante, sentindo pena do meu pau que agora pendia exausto e flácido.

— Escuta, parceiro. Queria poder te prometer um pouco de ação no futuro próximo, mas estaria mentindo. Estou me esforçando com Gracie e, pode acreditar, ela vale a pena a espera. Você só precisar aguentar firme aí embaixo e tentar não ficar muito afoito. Você não é um míssil de calor, puta merda, tenta ter um pouco de elegância. Vou cuidar de você, camarada. E nada mais de jeans usado que corta seu suprimento de sangue.

Terminei o banho com calma, bati outra punheta rápida para animar meu pau deprimido e fui me vestir. Agora era hora de café e bolo, e minha barriga estava tão faminta quanto a minha rola.

Tentei tomar cuidado com a comida quando estava perto de Gracie. Se eu ficasse por minha conta, comia porções gigantescas, mas sabia que pratos grandes cheios de comida eram perturbadores para alguém que ainda lidava com a anorexia, então testei o método de pequenas quantidades, mas em grande volume.

Gracie era inteligente, então provavelmente sabia o que eu estava fazendo, mas pareceu ajudar. Ela se empanturrou mais no café da manhã do que já a vi comer. E concluí que significava que ela estava ficando mais confortável perto de mim. *Ponto para o Cruzado Canino! Em sintonia com as necessidades dos cães e das mulheres.*

É, talvez não seja um lema digno de campanhas de marketing.

À altura em que nós cinco nos vestimos e estávamos prontos para ir, o sol já tinha saído, nos lembrando de como ele era, um disco claro e aguado no céu. Peguei a mão de Gracie coberta pela luva e ela me lançou um sorriso surpreso. Quando não a soltou, me senti mais feliz do que me sentia em décadas.

Mas, sabe, se algum meloso filho da puta tivesse me dito no ano passado que dar a mão para uma garota seria o suficiente para me deixar feliz assim, eu teria dito para a pessoa ir cagar e cuidar da própria vida. É engraçado como os valores mudam quando você conhece uma mulher que te tira do prumo e que vira a sua cabeça, e eu não tinha dúvida de que Grace Cooper era a mulher certa para mim.

— Em que você está pensando, advogada? — perguntei.

— Pensamentos bobos felizes. — Ela sorriu. — Só estou feliz por não estar trabalhando e…

— … pela ótima companhia — adicionei em seu lugar, no caso de ela ter esquecido.

— Sim, estou gostando muito de ficar com os cachorros — provocou. — Ah, e com você. Você não é tão ruim.

— Puta merda, Gracie! Você me fez parecer o prêmio de consolação no saco de prendas!

Ela riu, mas não discordou. Em vez disso, ganhei um aperto na mão, e isso fez minha felicidade se lançar que nem uma missão Apollo.

— Por que você me chama de "Gracie"? — perguntou, do nada.

— Não sei, para ser sincero. Mas combina contigo. E ninguém te chama assim, chama?

Ela balançou a cabeça, as bochechas ficaram rosadas, e mudou de assunto.

— Então, agora que você alcançou os quinhentos mil dólares, o que o Cruzado Canino pretende? — indagou.

Eu sorri, muito feliz com a quantia angariada.

— Tudo! — falei. — Toda a grana indo para canis de toda a cidade. Vai garantir petiscos para os cães por um tempo. Talvez eles consigam reformar o lugar em que deixam os cachorros.

Tyson olhou para cima em aprovação quando mencionei os petiscos, ele era cadelinha deles, fazia qualquer coisa por um.

— E a longo prazo? Ainda está pensando em abrir seu próprio projeto de caridade? Você sabe que eu poderia cuidar da documentação, se é esse o rumo que quer seguir. Ou talvez prefira angariar fundos para outros projetos? Poderia dar certo também. E ainda tem a oferta de ser patrono do zoológico do Central Park.

Eu ainda não tinha tomado decisões, exceto por uma.

— Sem dúvida nenhuma quero fazer outro desfile no ano que vem, foi incrivelmente divertido!

— Foi sim — ela assentiu, entusiasmada. — Vou te ajudar.

De repente, eu estava sentindo uma puta felicidade, e tive o desejo muito pouco familiar de chorar.

Funguei alto.

— É, viva. Vai ser ótimo.

Gracie sorriu.

— Acho que você prefere cachorros a pessoas.

— Os cachorros nunca me trataram mal.

A Gracie inteligente não era de deixar passar nada. Ela não me confrontou, não me provocou: em vez disso, ficou na ponta dos pés e deu um beijo rápido na minha bochecha.

Seguimos andando e conversando sobre nada importante. Foi o melhor dia da minha vida.

No parquinho dos cães, deixei Tyson na área de brincar, depois encontrei uma mesa no café de onde eu poderia observá-lo correr e brincar com os outros cachorros. Tap estava aconchegada nos joelhos de Grace, e Zeus dormia no carregador, cansado da caminhada. Notei que o carinha estava ficando lento e querendo caminhar menos. Uma pontada de pesar se assentou no meu peito. Ele já tinha uns sete ou oito anos quando o encontrei; tudo o que eu sabia era que ele precisava de um novo lar e de uma segunda chance. Ele já tinha quase catorze anos agora, e eu odiava pensar que seus dias estavam contados.

Espantei a tristeza e sorri para as duas belezas sentadas do outro lado da mesa. Gracie já estava olhando o cardápio, fazendo uma leve careta.

— Eu sempre peço o muffin de mirtilo vegano — falei, encorajador.

— Hum, vou querer só um cappuccino, eu acho. Afinal de contas, acabamos de tomar o café da manhã e vai ter o jantar de ensaio à noite.

— Ah, é. Que horas temos que chegar lá?

— Às quatro. Você não olhou o cronograma?

— Ah, falta muito ainda.

Ela balançou a cabeça.

— Como é possível você seguir com a vida estando nem aí para os prazos? Sei que posso ser um pouco obcecada, mas você, você só…

— É um pedaço másculo de amor?

— Eu ia dizer faz tudo no último minuto. Eu te invejo, de certa forma.

Pisquei para o comentário inesperado e abri um meio sorriso para ela.

— Não gosto de ficar estressado.

— Mas ser desorganizado *é* estressante! — argumentou.

— Eu sou organizado — discordei. — É só que eu me organizo no último minuto.

Ela sorriu, incerta, mas ficou quieta por alguns segundos. Aproveitei a oportunidade para enfiar metade de um muffin na boca.

— Estou pensando em sair do meu emprego — ela falou, baixinho, me olhando de rabo de olho como se eu fosse dizer que ela deveria se acorrentar à mesa até a aposentadoria.

— Que incrível! Quando você vai pedir demissão? Vamos ter que comemorar.

— Ainda não decidi de todo — respondeu, hesitante.

Eu me inclinei para frente, tendo o cuidado de não amassar um Zeus adormecido, e peguei a sua mão.

— Você sabe qual é o seu problema, não sabe?

— Sei — declarou, mordaz. — Você.

— Nada, sou a melhor invenção desde o pão fatiado. Seu problema é você: você nunca sabe se caga ou se sai da moita.

Ela sugou uma respiração chocada.

— *Como é que é?*

— Sabe… se toma uma decisão.

Ela libertou a mão e a usou para mexer o café. Não sei por que, já que não colocou açúcar.

— Você está certo — admitiu, sem olhar para cima. — É que, quando eu era criança, sempre sentia que estava um dia atrasada e com dinheiro a menos. Quando cheguei ao ensino médio, não lidei bem com as coisas: adolescentes demais que pareciam saber o que estavam fazendo e onde deveriam estar. É claro que a maioria fingia, sei disso agora, mas não sabia na época. Forcei-me a ser mais organizada e foi quando meu TOC deu as caras e tudo passou a ter que ser feito de determinada forma. — Ela soltou uma risada reprimida. — Levei meus pais à loucura porque tudo tinha que ser feito do meu jeito ou eu surtava. — Ela abriu um sorriso amarelo. — Pode ser surpresa para você, mas não estou tão mal agora. Tudo foi ladeira abaixo depois que entrei na faculdade e tive que lidar com o transtorno alimentar também. A terapia me ensinou que ambas as situações são formas de manter o controle, e que tentar estar no controle da própria vida não é possível na maior parte do tempo... esse monte de rasteira que a gente recebe, sabe? Se não fosse pela Cady, não sei se teria conseguido. Quero sair do Grupo Kryll, eu sei, mas preciso formular um plano antes, é assim que funciono, preciso ficar no controle o máximo possível.

Finalmente ela se abriu para mim, e o que disse explicava muita coisa. Eu queria abraçá-la, protegê-la e dizer que ela era perfeita do jeito que era. Então fiz isso.

Peguei sua mão lá do outro lado da mesa e olhei dentro de seus cálidos olhos castanhos.

— Eu te acho perfeita pra cacete.

Ela soltou uma risadinha baixa e tentou liberar a mão.

— Eu falei sério — frisei, ainda segurando com firmeza. — Você é gentil e inteligente e sua gostosura me dá mais ardor do que dois camelos de rala e rola no deserto.

Ela resfolegou no cappuccino e até mesmo aquilo me pareceu fofo. Ela puxou a mão e assoou o nariz, suas bochechas rosadas. Linda. Fazer essa mulher rir era a melhor parte de ser o príncipe palhaço.

— Enfim — falei —, acho que você quer se planejar porque ficar sem trabalhar não é divertido. O que quer fazer?

— Bem — ela começou, quase que com timidez —, acho que gostaria de planejar eventos... porque amei de verdade trabalhar no desfile, e amei estar envolvida naquele tanto de detalhe.

Sorri para ela.

— E, puta merda, você foi incrível. Eu sei que você vai ser sensacional. Vou te dar uma bela carta de referência.

Ela riu.

— Perfeito! E você poderia assinar com um carimbo de patinha?

— Sim, pode ser providenciado.

Ela sorriu, se recostou na cadeira e afagou Tap, que a olhou com adoração.

— E qual é a sua história, Vince? Por que desistiu das passarelas? Sei que não é tão glamouroso quanto parece depois da minha experiência recente, mas, ainda assim… eu te pesquisei. Você foi o rosto de algumas campanhas bem importantes, eu não fazia ideia!

Dei ligeiramente de ombros.

— Eu tive uma estafa. Viajava o tempo todo, nunca estava no meu apartamento, uma cidade diferente toda semana. Deixou de ser divertido. — Eu a olhei, sério. — A vida é curta demais para não curtir o que você faz para se sustentar, não acha?

Ela bebericou o café devagar antes de responder:

— Em teoria, sim. Mas nem todos podemos ser modelos superfamosos que simplesmente decidem parar. Muita gente tem empréstimos estudantis, cartões de crédito, aluguel e hipotecas para pagar, família contando com elas, responsabilidade. Parar não é assim tão simples.

— Às vezes a gente deve simplesmente dar o fora quando as coisas não estão dando certo para a sua saúde e a sua sanidade está pagando o preço.

Gracie me observou com atenção.

— Ainda estamos falando de trabalho?

— Sim. Em grande parte.

— Relacionamentos?

— Os tóxicos, com certeza.

Eu poderia me chutar pelo desprazeroso passeio pelas nossas memórias.

— Quer falar disso? — ela perguntou, baixinho.

Não, puta que pariu, eu não queria. Não. Nunca. Mas…

Eu me recompus.

— A mulher com quem eu estava era doida, completamente pirada. Ela também era modelo, mas não estava conseguindo muitos trabalhos. Basicamente ficou com ciúme e me acusou de traí-la. O que eu não estava fazendo, porém não aguentei mais e fui embora.

— Vocês moravam juntos?

— Mais ou menos. Ela não conseguia pagar o aluguel, então foi morar comigo. Era para ser por pouco tempo, mas acabou se arrastando por mais de um ano. Demorei até demais.

— Parece ter sido pesado.

— É, ela também ficava violenta.

Os olhos de Gracie se arregalaram e então suas sobrancelhas se franziram em uma careta.

— Ela batia em você?

— Sim — falei, baixinho, a vergonha e a humilhação doíam hoje como doeram há cinco anos. — Sei que parece ridículo, um cara grande igual a mim, mas ela era brutal. Eu atravessava a porta, e ela jogava uma garrafa na minha cabeça, ou um vaso, ou a gaveta de talheres, e aí começava a me dar tapas e chutes. Nunca revidei, nunca. Sou treinado em kickboxing; se revidasse, bem, eu simplesmente não faria isso. Não podia.

Grace parecia em choque. Não eram muitas pessoas que sabiam de Olivia. Rick era um dos poucos.

— Você prestou queixa contra ela?

— Não, quem teria acreditado em mim? A mulher tinha metade do meu tamanho, pesava menos de cinquenta quilos. E eu achava que era culpa minha, porque ficava fora muito tempo, e ela odiava ficar sozinha. Mas, no fim, percebi que era só desculpa para ela descontar a raiva em mim. Então fui embora. Mas, te prometo, nunca coloquei um dedo nela. Nunca.

Grace tocou as costas da minha mão.

— Isso é porque você é uma pessoa boa. Fico feliz por você ter conseguido se livrar de uma situação insustentável.

Assenti, meio que desejando não ter tocado no assunto, mas vi que eu queria muito que Gracie soubesse tudo sobre mim.

— Enfim, depois da Liv, prometi a mim mesmo que nunca me envolveria a sério com alguém de novo. — Gracie me olhou torto. — Até que te conheci, claro. — Pigarreei. — E você? Cady diz que você não é de sair, mas não sei a razão, já que você, puta merda, você é de arrasar.

— Obrigada, eu acho. — Ela olhou pela janela, vendo Tyson brincar de pega-pega com outro cachorro.

— Saí pouco na época da faculdade, mas meu peso me constrangia muito, ou a falta dele, então não deixava ninguém se aproximar. Quando fui estudar Direito, não havia muito tempo. Tínhamos aula o dia inteiro e estudava a noite toda, era intenso. Saí com um cara por um tempo, mas ele se tornou muito competitivo e não era muito gentil quando eu me saía melhor que ele nas provas, então não deu certo. E quando comecei a trabalhar, primeiro como estagiária, depois como contratada, era esperado que eu cumprisse uma carga horária de doze ou catorze horas por dia, e ainda estou fazendo isso. Até namorei, mas os caras que conheci não gostavam de perder para o meu trabalho, e, para ser franca, nenhum deles valia o risco.

— Até agora — sugeri, esperançoso.

Ela sorriu, mas não deu uma resposta direta.

— Cady diz que não tem remédio para o meu romantismo, já que sou exigente, mas eu diria que ele é o remédio.

— Eu sou romântico também. Sou supersensível, sei até poesia.

— Sério? — Gracie perguntou, com o tom curioso e uma nota de ceticismo.

— Sim! Aqui está um que a minha avó me ensinou:

"Meu querido e amado patinho,
A ti amo sujo e limpinho.
Abraçar-te tão gostosinho
E a ti aperto como a um pintinho."

Gracie gargalhou.

— Poesia romântica agora tem um significado novinho para mim!

Sorri, cheio de orgulho. Eu amava fazê-la rir.

Grace

Tudo transcorreu bem no jantar de ensaio, e Cady estava envolta em sorrisos e resplandecendo felicidade. Rick estava mais quieto, mas alegria pura curvava seus lábios toda vez que ele olhava para a minha melhor amiga.

Fui apresentada aos pais dele, que também eram quietos e reservados, e ficaram completamente sobrecarregados pela exuberante família judia de Cady. Eles foram abraçados, beijados e abraçados de novo até ficarem atordoados.

Tive piedade deles e encontrei um cantinho tranquilo em que pudessem se sentar e tomar uma taça de champanhe em paz antes de o jantar começar.

Os dois amigos de Rick de seus dias de rúgbi se deram bem de cara com o irmão soldado de Cady, e os três estavam tomando shots antes do jantar, ficando mais e mais barulhentos. Pensei que Vince fosse se juntar a eles, mas, em vez disso, ele estava sendo excepcionalmente maduro e encantador com as avós de Cady.

Então ele se virou para mim e apontou com a cabeça, disse algo para as avós, que me olharam com atenção, então ele avançou, carregando mais duas taças de champanhe.

— Tudo bem, Gracie? — ele perguntou, sua voz se sobrepôs ao burburinho.

— Sim. — Sorri.

— Vi que você resgatou os pais de Rick. Eles pareciam atônitos.

— Só um pouquinho. Acho que são iguais ao Rick, preferem a tranquilidade. Vou lá conversar com eles já, já.

Ele me passou o champanhe e beijou a minha bochecha.

— Você é um pitéu, Gracie.

Balancei a cabeça por aquela escolha de elogio, e ri, mesmo a contragosto. Vince era um gosto que se adquiria, e, que Deus me ajudasse, eu adquiri, sem sombra de dúvida.

Fomos interrompidos pela mãe de Cady, Rachel.

— Oi, Grace, meu bem, como vai?

— Bem, obrigada, Rachel. Já conheceu Vincent Azzo, o padrinho do Rick?

— Só de passagem — ela sorriu. — É um prazer te ver de novo, Vincent.

— E a você, Rachel — Vince disse. — Posso ver de quem Cady puxou o visual voluptuoso.

Rachel riu.

— Muito obrigada! Cady falou muito de você, Vincent, ou devo te chamar de Cruzado Canino?

Vince riu e sussurrou para ela:

— Só quando eu estiver usando minha capa de super-herói.

Rachel bateu os cílios e olhou para mim.

— Ah, esse aí sabe o que dizer, Grace, meu bem. Há quanto tempo vocês estão juntos?

— Parece que a vida inteira — Vince respondeu, antes que eu pudesse negar.

— Não estamos juntos! — falei, chocada, e me afastei daquele homem idiota e irritante.

— Ela vai acabar caindo nos meus encantos. — Vince sorriu, nada arrependido, e deu uma piscadinha para Rachel.

— Só quando a Terra parar de girar — resmunguei.

— Vocês formam um casal tão bonito. — Rachel riu. — Vou esperar o convite do casamento. — E saiu para falar com os pais de Rick.

— Por que você falou isso para ela? — eu me queixei. — Ela vai fofocar sobre a gente agora!

Vince deu de ombros.

— Pareceu verdade.

— Bem, não é! — falei, apontando um dedo para ele.

Ele pegou o meu dedo, o puxou com jeitinho para os lábios e o beijou antes de sugá-lo para dentro da boca. Inspirei bruscamente, sentindo um formigamento inesperado de luxúria aquecer a minha pele com um rubor que tomou meu corpo todo.

Então ele me abriu um sorriso descarado e se aproximou.

— Vou fazer você mudar de ideia, Gracie. Mal posso esperar.

E saiu, sorrindo consigo mesmo. Foi quando Cady me encontrou, ainda boquiaberta.

— Ah, meu Deus do céu, deu tesão! — Ela tomou fôlego, se abanando. — O que está rolando com você e o Sr. Cabeça de Vento?

Fazia tanto tempo que eu não pensava nele desse jeito que me levou um segundo para entender de quem ela estava falando.

— Só o Vince sendo Vince — falei, ainda corada.

— Humm, parece-me que a advogada faz demasiados protestos. Assim, uau! Consegui sentir a chama mesmo a dez passos daqui.

— Ele só estava sendo irritante — rebati. — Estou irritada, não excitada. Ele disse para a sua mãe que a gente estava junto. Ela pediu para ser convidada para o nosso casamento!

Cady riu tanto que chegou a chorar.

— Ah, caramba, que incrível! Mal posso esperar para ser sua dama de honra.

— Para! — falei, atravessada. — As pessoas vão ouvir.

Ela riu e me deu um abraço apertado.

— Como quiser, meu bem. Mas aquele cara está caidinho por você. Não vá partir aquele coraçãozinho mole dele.

E saiu cambaleando em zigue-zague, agarrou a bunda de Rick no caminho enquanto ele lhe abria um sorriso resignado.

Era verdade? Vince gostava tanto assim de mim? Eu sabia que ele estava atraído por mim e que tínhamos nos tornado amigos, mais ou menos, mas é claro que eu não tinha poder para partir o coração dele, né? Era um pensamento enervante. Eu tinha sentido sua vulnerabilidade quando ele me contou sobre a ex-namorada, e agora entendia muito mais a razão para ele manter os relacionamentos mais rasos possíveis. Mas ele estava me pedindo algo mais, algo mais profundo...?

O homem já tinha me convidado a fazer parte da sua vida e confiado seus cachorros a mim, e eles eram sua família, muito mais preciosos para ele do que qualquer outra coisa. Tentei examinar como me sentia quanto a Vince: como seria me relacionar com ele? Caótico e confuso, sem dúvida; o cara ainda podia ser arrogante, e era muito convencido, passava mais tempo se olhando no espelho do que eu já me olhei na vida; mas também era divertido e animado, completamente impulsivo, levando a vida como bem entendia. Era gentil, e podia ser fofo. E eu odiava admitir, mas o cara era gostoso.

Então a pergunta era: *por que eu não ficava com ele?*

Não enquanto ele fosse meu cliente, claro. Mas depois?

Com tantos pensamentos girando pela minha cabeça, foi sorte eu me lembrar de que tinha trabalho a fazer e fui verificar com o pessoal do hotel se estava tudo pronto para os convidados de Cady e Rick se sentarem.

Éramos em dezesseis, incluindo a rabina que faria a cerimônia e o marido dela.

Os lugares haviam sido planejados com precisão, tentando assegurar que todo mundo ficaria feliz com o próprio assento. Cady me assegurou que pelo menos um dos seus familiares ficaria irritado, sem dúvida nenhuma, mas que ela poderia conviver com isso.

Minha amiga estava à cabeceira da mesa com Rick, é claro, e então vinha o Sr. e a Sra. Roberts; eu; Vince; Ben e Leon, os ex-jogadores de rúgbi; o tio de Cady, Gerald; e a vovó Callaghan na outra ponta da mesa; depois o irmão de Cady, Davy, com a vovó Dubicki ao lado da rabina Lisa Buchdahl e do marido; e, por fim, os pais de Cady: Rachel e Sandy.

Cady havia se esforçado para achar assunto com todo mundo, mas ao não conseguir, pediu champanhe suficiente para afogar uma manada de hipopótamos.

Fato fascinante: em inglês, existem três coletivos para os hipopótamos: grupo, corpo e expansão. O último me parece meio cruel com os bichinhos.

— Bem — começou a vovó Dubicki, bem alto, enquanto deixava Davy ajudá-la a se sentar —, nunca pensei que esse dia chegaria.

Cady riu.

— Pois somos duas, vó.

— Na minha época, moças da sua idade eram consideradas encalhadas — adicionou a vovó Callaghan. — Solteironas. Mas os tempos mudaram.

— Mãe! — o pai de Cady gritou da outra ponta da mesa, mas a mãe dele estava a todo vapor, gostando de ser o centro das atenções.

— Uma mulher de 29 já era chamada de titia se não estivesse casada, e você tem o quê? 45?

Cady se engasgou com a água.

— Sou uma mera jovem de 38 anos, vó.

— É, foi o que eu disse, quase 40. Você tem sorte por ter arranjado alguém para te tirar das mãos do seu pai.

— Hum — Cady falou, o que foi acompanhado por um revirar de olhos —, pensei que tivesse saído das mãos do meu pai assim que arranjei emprego depois da faculdade e paguei meus empréstimos estudantis cinco anos depois, mas posso ter me enganado.

— E quem teve sorte fui eu — Rick declarou, baixinho, mas vovó Callaghan era surda demais para ouvi-lo.

— Obrigada, amor — Cady disse, beijando o noivo com doçura.

— Melhor você não dar sorte com a minha irmã antes do casamento amanhã — Davy avisou, com um olhar ameaçador, antes de cair na gargalhada.

Cady pegou um pão para jogar nele, mas a mãe segurou sua mão e a fez largá-lo.

Os pais de Rick assistiam a tudo como se fosse uma partida de tênis, se perguntando se haveria um árbitro.

— Doug e eu nos casamos com trinta e tantos anos — disse a rabina Buchdahl com um sorriso tranquilo, colocando fim à conversa.

Vince se inclinou para mim e sussurrou:

— Puta merda! Eu deveria ter trazido um capacete! As duas avós são letais.

Assenti.

— Acho que elas só estão começando.

— Vocês dois, rapazes, são casados? — perguntou a vovó Dubicki ao olhar para Leon e Ben. — Ou são homossexuais?

— Mãe! — gritou a mãe de Cady.

— O quê? Não posso dizer "homossexual"? — A vovó Dubicki franziu a testa.

— É, não, somos só parceiros — Leon disse, puxando o colarinho. — Hum, amigos. Jogávamos juntos. No mesmo time de rúgbi do Rick.

— Rúgbi? É tipo futebol americano sem capacete, não é? Não é de se admirar vocês terem tantas concussões. Afeta a memória?

— Não tenho certeza — disse Leon, sério. — Eu esqueci.

Ben tossiu no guardanapo, e Davy riu alto.

— Não posso comer essa comida apimentada — a vovó Callaghan reclamou, cutucando a entrada.

— Só tem um pouquinho de pimenta-do-reino, mãe — o pai de Cady suspirou.

— Como eu disse, apimentado demais, me dá gases.

— Vou pedir ao chefe para te preparar uma salada sem nada, vó — Cady disse, com um sorriso gentil. — Livre de pimenta.

— Obrigada, querida. Espero que você aprenda a cozinhar agora que está prestes a se casar. Homem se fisga pelo estômago.

— Ou pelo pau — Vince sussurrou. — Melhor começar pelo pau e pedir comida.

— Essa salada de pera com gorgonzola está uma delícia — falei alto, e dei uma cotovelada nas costelas de Vince, que sorria para mim.

— É bom te ver tão bonita, Grace, meu bem — disse a vovó Callaghan. — Você sempre foi mirradinha, mas agora tem mais um pouco de carne nesses ossos. Homens gostam de carne.

Gerald, o tio de Cady, ficou vermelho enquanto tentava não tossir e, de repente, todo mundo achou o próprio prato a coisa mais fascinante do mundo enquanto Davy acrescentava:

— Eu prefiro peixe.

Sei que a avó de Cady não quis me chatear, e eu estava bem ciente de que nenhuma das avós tinha filtro, mas eu *odiava* que meu corpo fosse discutido dessa forma. Minha garganta se fechou, e não consegui comer mais nada.

— Ignore a velha bruxa — pediu Vince, passando o braço pelas costas da minha cadeira. — Você é maravilhosa pra cacete.

Cady me lançou um olhar compreensivo, então assumiu a dianteira.

— Como estão as hemorroidas agora, vovó? Ainda dando problema?

— Ah, sim, um verdadeiro martírio nas minhas entranhas, meu bem. Quando fui ver o Dr. Smithson, ele disse que eu deveria fazer banho de assento com sal por vinte minutos todas as manhãs. Mas quem tem tempo para isso? Além do que, aquelas caixas do mercado são umas enxeridas, perguntariam o que eu faria com tanto sal. E dificilmente vou falar das minhas hemorroidas em público.

Ela pareceu tão indignada que não consegui deixar de sorrir.

— A gente pode *não* falar de funções corporais ou de doenças enquanto comemos? — perguntou a mãe de Cady, firme, então se virou para Vincent. — Conte seus planos para o Cruzado Canino, por favor.

— Ah, sim — disse a rabina Buchdahl, empolgada. — Doamos para a sua campanha. Foi maravilhosa. Temos dois pugs resgatados em casa: Sid e Ollie.

Vince lançou mão de seu sorriso patenteado.

— Que ótimo, rabina! Puta merda, foi fabuloso da sua parte. Bem, tenho algumas ideias e com certeza vou promover outro desfile ano que vem. Talvez com roupas de baixo. Comecei uma nova linha para amantes dos cães: boxer e samba-canção com estampa de patinha. Gracie experimentou, elas são legais, não são?

Corei quando todo mundo se virou para me encarar.

— Muito confortáveis — murmurei.

— Aah, incrível! — disse Cady. — Consigo umas para o Rick? Ele vai ficar tão fofo! Tem em dourado?

Agora Rick estava corando, e os pais dele pareciam profundamente perplexos.

— E estou trabalhando com um designer para roupas de baixo de fetiche com temas caninos, estamos pesquisando o que dá para fazer com coleiras de tachas e couro vegano — Vince anunciou, animado.

— Roupa de baixo de couro? — Vovó Dubicki perguntou. — Não esfola?

A mesa caiu na gargalhada enquanto a senhora não parava de repetir:

— O quê? O que foi que eu disse?

Mas notei o tio Gerald pedir a Vince detalhes da página dele no Instagram.

Assim que chegamos à sobremesa, Cady bateu uma colher na taça de champanhe e se levantou.

— Apesar de desacostumada como estou de falar em público… — ela sorriu quando todo mundo riu —, e por ser tímida e retraída… — mais risadas —, tenho algumas palavras a dizer essa noite antes do evento importante de amanhã. Primeiro de tudo, rabina Lisa, obrigada por celebrar o casamento e por se juntar a nós essa noite, e obrigada, Doug, por entrar nesse trem desgovernado conosco, significou muito para nós dois. — E ela sorriu para Rick antes de se virar para mim.

Senti o braço de Vince atrás da cadeira, seu polegar traçando círculos no meu ombro nu.

— Grace, eu gostaria de te agradecer por organizar uma despedida de solteira incrível, paguei o chantagista e logo, logo recuperaremos nossas calcinhas, mas sério! Foi incrível e todo mundo se divertiu horrores. Sei a trabalheira que é transportar vinte e sete mulheres animadas demais por Manhattan sem que ninguém chegasse a quebrar a unha ou perder mais que um cílio postiço. E obrigada por organizar esse jantar de hoje e tanto do nosso casamento com sua empolgação e paciência de sempre. São minhas e do Rick, como agradecimento.

E então ela me presenteou com um imenso buquê de flores e uma caixinha de joias com um maravilhoso par de brincos de diamantes.

Olhei para cima e vi que meus olhos marejados combinavam com os dela.

— Mas, acima de tudo — ela disse, com a voz ficando embargada —, gostaria de te agradecer por ser a melhor amiga que alguém poderia desejar. Desde que nos conhecemos na faculdade, vinte anos atrás, você me viu no meu melhor e no meu pior, e sempre esteve ao meu lado. A mulher que me tornei te agradece de todo o coração. Então, todo mundo, por favor, um brinde a essa mulher maravilhosa, à amiga mais fantástica, com cuja bondade e lealdade eu sempre pude contar: para a Grace!

Sequei os olhos enquanto todo mundo brindava a mim, e Cady deu a volta na mesa.

— Amo você, Grace Cooper — murmurou no meu pescoço quando nos abraçamos com força, nos desequilibrando no salto alto.

— Mais que rosquinhas de limão? — eu meio que solucei.

— Mais do que cada loja da Dunkin' Donuts em todo o mundo! Obrigada. Por tudo. — Então ela me soltou e voltou os olhos marejados para Vince. — Trate de cuidar da minha melhor amiga, ou vou te fatiar bem devagar.

Ele pareceu um pouco surpreso, como qualquer um ficaria depois de ser ameaçado de desmembramento durante um brinde de casamento, mas sorriu para ela e declarou que tentaria não "ferrar tudo".

Cady voltou tropeçando para a cabeceira da mesa, e se lançou em Rick assim que se sentou. Ele sorriu para a minha melhor amiga e beijou o alto de sua cabeça com carinho enquanto ela soluçava em seu ombro. Ele sussurrou alguma coisa no seu ouvido, mas ela balançou a cabeça e continuou chorando.

Ele pigarreou, se levantou, obviamente preferindo quando era a futura esposa sob os holofotes.

— Cady e eu gostaríamos de agradecer a todos por virem essa noite — começou, sua voz suave só podia ser ouvida ao redor da sala. — Foi importante demais para a gente que nossa família e amigos estivessem presentes aqui. Mãe, pai, obrigado por viajarem toda essa distância para me ver me casar com a mulher dos meus sonhos, e estou ansioso de verdade para que vocês saibam o quanto ela é maravilhosa. Obrigado por serem os melhores pais que alguém poderia ter, obrigado por sempre me apoiarem.

E ele presenteou a mãe com flores e o pai com passagens de primeira classe para virem visitá-los no verão. Ele abraçou os pais, e o gesto disse mais do que suas palavras amorosas.

Ben e Leon também ganharam presentes: um passeio de helicóptero pela cidade na manhã seguinte.

Então ele se virou para a futura família estendida.

— Vovó Dubicki e vovó Callaghan, obrigado pelos conselhos. Foram, hum, interessantes. Gerald, Davy, obrigado pelo apoio a Cady, e por não criarem dificuldades para mim. Sr. e Sra. Callaghan, Rachel, Sandy, obrigado por me permitirem me casar com sua bela filha e por me receberem na família de vocês. Cady é tudo para mim e eu daria a ela a lua e as estrelas se pudesse. Mas, por favor, saibam que para mim ela sempre será um tesouro, e eu sempre vou cuidar dela, quando ela permitir.

Rachel havia se desfeito em soluços baixinhos, e mesmo Sandy estava secando uma lágrima fujona quando Rick lhes presenteou com mais flores e ingressos para ver o New York Giants.

Rachel saltou de pé e pegou Rick, deu vários beijos na bochecha dele, lágrimas escorriam por suas bochechas. Sandy se levantou e apertou o braço de Rick, em seguida lhe deu fortes tapas nas costas.

Por fim, lhe permitiram continuar.

— Grace, muito, muito obrigado por ser a melhor amiga da Cady e a nossa linda madrinha. E talvez eu devesse me desculpar contigo por escolher Vince como padrinho.

Eu ri, porque é claro que essa também foi minha primeira reação. Como quem não quer nada, Vince coçou o nariz com o dedo do meio para deixar Rick saber o que ele tinha achado do comentário.

— Vince, parceiro, você sabe que estou brincando, bem, na maior parte. Mas mesmo você tendo acabado preso na minha despedida de solteiro, e apesar de você ter acabado sem calça, e mesmo que eu não tenha conseguido jantar, foi uma noite verdadeiramente inesquecível.

Todo mundo riu, sem ter certeza de que Rick estava falando sério. Eu poderia ter dito a todos: ele estava.

— Mas tenho que te agradecer por me encorajar para vir para os Estados Unidos, em primeiro lugar, porque, se não tivesse vindo, não teria conhecido essa mulher linda ao meu lado, e não consigo imaginar a vida sem ela. Então, por essa única razão, Cady e eu passamos no Walmart e te compramos esse presente.

Ele sorriu para o Vince e tirou uma caixinha da Tiffany do bolso. Lá dentro havia um par de abotoaduras com diamantes formando patinhas.

— Ah, parceiro, que épico! Arrasou, cara. Obrigado, Cady. Sei que foi você quem escolheu, e não esse otário, porque isso aqui tem classe.

Rick deu um soco no ombro dele, então eles se abraçaram com força.

Por fim, Rick voltou para o seu lugar e foi a vez do pai dele de falar, provavelmente a pessoa mais calada da mesa.

Ele pigarreou várias vezes antes de começar.

— Foi um prazer conhecer todos vocês — começou, bravamente. — E foi maravilhoso ver que Rick vai se unir a uma família tão carinhosa, amorosa...

— ... e barulhenta! — Cady gritou, fazendo todo mundo rir.

— ... e feliz. — O Sr. Roberts sorriu. — Obrigado a vocês, Rachel e Sandy, por nos receberem, e por receberem nosso filho na sua família. — Então ele se virou para nós. — Grace, Vincent; minha esposa, Sheila, e eu gostaríamos de agradecer o esforço de vocês ao organizarem a despedida de solteiro para esse casal feliz, assim como o jantar dessa noite. Tem sido um prazer conhecer vocês dois, e desejamos a vocês toda felicidade na sua jornada na vida a dois.

Eu quasc mc cngasguci, mas Vincc sorriu animado. *O que ele andou contando para eles?*

Então o Sr. Roberts sorriu para sua futura nora.

— Cady, acima de tudo, gostaríamos de agradecer a *você*. Nós, homens Roberts, não somos muito falantes, tenho certeza de que você reparou, mas eu não poderia deixar passar a oportunidade de dizer a você o quanto é maravilhoso ver o Rick tão feliz. A mãe dele e eu pudemos ver isso nos olhos e na voz do nosso filho. Obrigado por amar o nosso menino.

A essa altura, todas as mulheres à mesa estavam soluçando, Sandy e o Sr. Roberts também secavam os olhos, e Rick estourava de orgulho e felicidade.

O Sr. Roberts olhou ao redor da mesa.

— Vocês poderiam se levantar e erguer as taças para a nossa bela nora. A Cady!

— *Mazel tov!* — gritou a rabina Buchdahl.

Nós comemoramos, brindamos, e nos banhos no brilho de felicidade que vertia de cada um ali, e Vince me agarrou pela cintura e plantou um beijaço na minha boca.

— Oh! — Arquejei, e retribuí o beijo. — Que noite maravilhosa!

— Nós somos os próximos — ele sussurrou.

Espera, o quê?

Vince

Erik, o encanador, foi a babá designada para o casamento de Cady e Rick. Não havia muitas pessoas em quem eu confiaria para passar um dia inteiro com as crianças, mas ele era uma delas, e estava disponível. Tudo o que o homem queria como pagamento era uma fatia do bolo de casamento (barato) e uma gravata plastrão da Armani parecida com a do tio Sal (nada barato, mas justo).

Tinha chovido bastante de noite, o que transformou o pátio em um lamaçal, mas agora o sol estava saindo, prometendo um dia bonito para o início de março.

Sempre pensei que o casamento era uma ótima instituição, se você gostar de instituições, mas hoje eu fiquei com inveja do compromisso que Rick e Cady estavam prestes a fazer.

Afastando as sombras que me seguiram, alimentei os cães e depois levei Tyson para uma rápida corrida de três quilômetros. Erik tinha prometido que passearia com eles todos mais tarde, mas Tyson precisava de mais exercício que Tap e Zeus.

Então me sentei ao balcão, bebericando café, com Tap no colo com os olhos fechados enquanto fazia carinho nela. Não precisariam de mim por mais algumas horas, pois Rick estava tomando café com os pais e Ben e Leon passeavam de helicóptero pela cidade.

Mandei mensagem para Gracie há uma hora, e ela já estava se arrumando com Cady e Rachel, as damas estavam fazendo cabelo, unha e maquiagem. Eu estava louco para vê-la toda arrumada, apesar de a mulher ficar gostosíssima com o cabelo bagunçado, usando minha cueca e minha camiseta.

Tap suspirou satisfeita, e eu sorri comigo mesmo. Estes momentos eram preciosos: Tap no meu colo, Tyson farejando no pátio e Zeus roncando na cama. Mas eu queria compartilhá-los com Gracie. Pela primeira vez na vida, eu queria intimidade com uma mulher, uma intimidade nascida da confiança, do amor, de ser eu mesmo e de não decepcionar ninguém.

E talvez eu tivesse sorte essa noite. Casamentos deixavam as mulheres com tesão, e não havia alguma regra que dizia que a madrinha tinha que ir para a cama com o padrinho? Sorri ao pensar naquilo. *Ah, Gracie, sua sortuda.*

Olhei para o relógio e percebi que passei quase uma hora viajando na maionese e agora só tinha alguns minutos até Erik chegar. Verifiquei minha lista com o kit de emergência do padrinho: duas garrafas de uísque Jack Daniels, enxaguante bucal e chiclete de hortelã, remédio para diarreia e cueca extra, analgésico, fio dental, desodorante, cola (no caso de o meu dente cair de novo), tesoura para os pelos do nariz (não estou insinuando que tem um texugo saindo do nariz de Rick, mas foi bom lembrar essas coisas). Ah, sim, colírio que escondesse vermelhidão e sinais de exageros na noite anterior, uma dica que aprendi dos meus tempos de modelo.

Minha campainha tocou, e os cães começaram a latir quando fui abrir para o Erik. Ele veio com os bolsos cheios de petiscos. Eu sabia que a minha matilha de peludos o convenceria a lhes dar tudo até o fim da primeira hora, mas foi bacana da parte dele.

— Envie meus cumprimentos para a Srta. Cooper e para o casal de pombinhos — ele disse. E fungou algumas vezes. — Amo casamentos. O meu foi o melhor dia da minha vida. E o desfile... também foi o melhor dia da minha vida.

Dei um tapa no ombro dele, passei instruções quanto ao almoço e jantar das crianças e deixei algumas centenas de dólares para que ele pudesse pedir comida para si.

— O que eu esqueci? — perguntei, alto, e os três cachorros me encararam com olhinhos de desemparo quando perceberam que eu estava saindo.

— Está com a carteira? — perguntou Erik.

— Sim.

— Camisinha?

— Sim. — *Um pacote novinho.*

— Celular?

— Sim — falei, e tateei o bolso.

— Alianças? Terno?

— Estão com Rick. — Por alguma razão, ele não acreditou que eu fosse me lembrar deles. Não sei por quê.

— Então acho que você já está pronto para ir, meu amigo — disse Erik.

Dei um beijo de despedida nas crianças, peguei a bolsa com o kit de emergência e saí para entrar no táxi à minha espera.

Own, Erik estava de pé à porta dando tchau com seu lenço.

O táxi arrancou quando de repente percebi o que Erik estava acenando.

— Pare! — gritei.

O motorista pisou fundo no freio, e xingou quando saí do carro e voltei correndo para casa.

— Você esqueceu o seu discurso! — Erik gritou, acenando as folhas que eu havia digitado cuidadosamente com dois dedos.

— Parceiro! Você salvou a minha vida de novo! Te devo uma, cara.

— Dois plastrões! — Erik gritou e eu corri para o táxi.

Enfiei as páginas no bolso do jeans enquanto o motorista me olhava feio através do retrovisor. Eu tinha suado frio ao pensar em esquecer o discurso de padrinho.

Nunca fui padrinho antes; nunca tive tanto destaque, a não ser que conte a vez que fui eleito *O traseiro do ano* na *Gay Times*. Minha mãe teria ficado tão orgulhosa.

Mas o ponto era que até mesmo eu sabia que o discurso do padrinho era importante. Queria impressionar Rick por confiar em mim com a função, e queria impressionar a Gracie também. Perder o discurso antes de chegar ao hotel não seria um bom começo.

Os quartos para os membros do cortejo do casamento foram reservados em um lugar chamado "The Jewel", em frente ao Rockerfeller Plaza, onde Rick e Cady celebrariam seu casamento no famoso Rainbow Room. Provavelmente famoso se você é de Nova Iorque, mas eu morava ali há alguns meses, então nunca tinha ouvido falar.

Encontrei Rick em seu quarto, bebendo um expresso.

Inclinei-me para frente, encarei o seu rosto e verifiquei suas pupilas.

— O que você está fazendo? — resmungou, me empurrando para longe.

— Vendo se você não está chapado. Toda essa vontade férrea que você tem a maior parte do tempo pode acabar estalando sob estresse... já vi acontecer.

— Para de idiotice — disse, irritado. — Você sabe que não consumo nada mais forte que cafeína. E não estou estressado.

— Sério? Eu estaria. Sabe, ficar de pé lá diante de cento e cinquenta pessoas e declarar amor eterno a uma única mulher pelo resto da vida, mesmo sabendo que ela vai ficar velha e enrugada daqui a alguns anos. E a Cady é…

— Termine essa frase e eu te atiro pela janela — avisou, com os olhos brilhando de um jeito que me fez pensar que o homem estava falando sério.

— Tudo bem. — Logo sorri, para que ele pensasse que eu estava brincando.

Eu não estava. Mas ele não precisava saber disso. O mau gênio de Rick era praticamente inexistente, mas notei que ele ficava eriçado quando tinha a ver com a Cady, virava um homem das cavernas, sem o tacape ou o dente-de-sabre de estimação.

Larguei minha bolsa na mesa, não acertando por pouco a caixinha com as flores de lapela, e tirei de lá uma garrafa de uísque, então olhei ao redor, procurando o pai de Rick.

— Cadê o seu pai?

— Saiu. Acho que está com jet lag e queria tirar um cochilo antes de a minha mãe voltar. Ela está com Cady, Rachel e Grace.

— Justo — falei, brandindo a garrafa. — Uma dose, amigo?

Rick pegou a garrafa e tomou um bom gole, ficando muito mais relaxado quando a bebida bateu no estômago.

— Obrigado — disse, e me devolveu o uísque. — Eu precisava disso. — E suspirou.

— Está tudo bem? — perguntei, com tato, sem querer ficar pendurado no 35° andar, mesmo a vista sendo fantástica.

— Sim, sim, é claro. Eu só… quero me casar com a Cady, mas tudo *isso*. — E acenou com os braços ao redor da suíte muito bacana, com cozinha e varanda, os ternos pendurados nas capas da Armani e as caixas da Tiffany com as alianças. — Não gosto de multidões — terminou, de forma lastimável.

Por fim, percebi qual era a verdadeira função do padrinho: ajudar o noivo a achar os próprios culhões.

— Parceiro, qual foi o maior público diante do qual você já esteve quando jogava rúgbi profissionalmente?

Ele estreitou os olhos para mim enquanto eu tomava um bom gole e entregava a garrafa para ele.

— Hum, 16.500 em Gloucester, eu acho. Por quê?

— E você está preocupado com ficar de pé diante de meras 150 pessoas? Sério, parceiro, quando Cady está em um recinto, você não nota ninguém mais. Posso estar lá falando com você, certo de que meus lábios estão se movendo, mas você só fica olhando para ela, como se tivesse sido zumbificado. Sem a pele podre, mas a baba está presente, sem dúvida.

Rick piscou e abriu um leve sorriso.

— Zumbificado?

Empurrei a garrafa de uísque para ele de novo, e assenti quando o observei engolir um terço da garrafa em um único gole.

Ele a devolveu para mim, com os olhos ligeiramente turvos e um sorriso bobo no rosto.

Meu dever estava cumprido.

— Certo, vamos pegar os ternos e mostrar para as mulheres de Nova Iorque o que elas verão que estão perdendo, já que nós dois estamos fora do mercado — falei.

— Você está mesmo caidinho pela Grace? — indagou, franzindo ligeiramente a testa.

— Com os quatro pneus arriados. Ela é a mulher certa para mim.

As sobrancelhas dele se ergueram.

— Vocês estão… juntos?

— Eu ainda não dei uns pegas nela, se é isso que você quer dizer, mas será inevitável. Ela não pode resistir aos meus encantos para sempre.

— Tem certeza? — ele fez careta.

— Parceiro! Assim você me ofende! — Eu ri.

— E depois o quê? — Rick perguntou, cruzando os braços e estreitando os olhos.

— Aí a gente junta os trapinhos, e vai rumo ao pôr do sol com Tap, Tyson e Zeus.

O queixo de Rick caiu, e ele me lançou um olhar engraçado.

— Você quer se casar com ela?

— Sim. — Eu sorri.

— Hum, não querendo cortar o seu barato, mas Grace sabe disso?

Assenti.

— Ela já foi devidamente avisada.

Rick coçou a cabeça.

— Hum, não é exatamente a mesma coisa que se ajoelhar e prometer amor eterno.

— Foi o que você fez? — perguntei, olhando-o com curiosidade enquanto pegava meu celular e abria o aplicativo de notas.

Ele suspirou.

— Vin, parceiro, você não *diz* a uma mulher para se casar com você; é preciso *pedir*. Implorar, se necessário.

Assenti, digitando o conselho no meu celular.

— Certo, entendi. Pedir primeiro... joelho no chão... depois dar uns pegas nela. Confere?

Ele fez careta e estendeu a mão para a garrafa.

— Quase isso.

Então saiu pelo quarto, carregando o terno no braço. E levou a garrafa junto. Que bom que eu tinha duas. Olhei a hora. Trinta minutos e contando.

Tirei a camisa, larguei a calça no chão, depois usei o espelho grande para fazer flexões. Fiquei lá com a cueca azul-marinho (a que eu mandei fazer com patinhas douradas), mais as meias combinando, e sorri. É. Irresistível demais, puta merda. Gracie não tinha a mínima chance.

Abri a capa com o terno Armani sob medida, e o olhei maravilhado. Não era um terno, era uma obra de arte que necessitou de mais de 120 horas de trabalho. Tio Sal teve uma performance e tanto. Eu teria que pensar em algo muito especial para agradecer a ele e à equipe pela dedicação.

Tudo encaixou com perfeição, e eu não esperava menos. Puta que pariu! Eu estava muito gato!

Prendi a faixa azul-marinho na cintura, mas deixei a gravata borboleta pendendo do colarinho. Tempo demais para ficar amarrado igual a um peru. Pobre peru.

Então olhei para a única peça que eu não tinha usado antes: o quipá azul-marinho. Rick e eu o usaríamos em respeito à religião de Cady e pela rabina Lisa, que realizaria a cerimônia.

Coloquei-o na cabeça, então fiz careta quando ele escorregou. Tentei de novo, mas depois de uma rápida volta, caiu de novo no chão. Encarei a peça, confuso, me perguntando como os caras a prendiam na cabeça. Meu cabelo era curto e espetado, e a bendita coisa continuava caindo, não importa o quanto eu tentasse prendê-lo.

Entrei no banheiro de Rick, fazendo-o pular enquanto se barbeava, mas, por sorte, ele não se cortou. Tão destrambelhado, tadinho.

Espremi gel nas mãos, tentei domar meu cabelo, mas a coisa parecia pelo de texugo e não ficava abaixada.

Desesperado, peguei a cola no meu kit de emergência e passei um pouco na beirada do quipá, então o coloquei na cabeça.

Resolvido!

Satisfeito com o improviso, me olhei no espelho. Eu estava pronto para fazer Gracie implorar. Então franzi a testa e verifiquei as anotações no celular. Ah, é, era *eu* quem deveria implorar. Melhor fazer do jeito certo ou acabaria na casinha do cachorro, e não seria tão confortável quanto a em que os meus dormiam.

Olhei para onde as duas caixas da Tiffany com as alianças esperavam na mesa de centro. Não consegui me segurar e precisei abri-la para dar uma olhada. Eram anéis de ouro simples e lindos, o do Rick mais largo e um pouco mais pesado. Meu melhor amigo, o homem que eu respeitava mais do que a qualquer outro nesse mundo, estava prestes a assumir um compromisso incrível e vitalício. Um ano atrás, isso teria me horrorizado. Mas, ao vê-lo com Cady, qualquer idiota diria que eles nasceram um para o outro, que se amavam.

Eu estava feliz por ele, mas talvez um pouco triste por mim. As coisas estavam mudando: era hora de finalmente crescer.

Eu estava pronto.

Grace

Passamos as últimas horas sendo pintadas, penteadas e polidas por uma fofa de uma cabeleireira chamada Nancy, pela maquiadora Nerissa e a manicure Naomi do *3 Ênes Serviços de Beleza.*

Nós rimos, choramos, trocamos histórias e bebi champanhe o tempo todo e já estava ficando altinha. A mãe de Rick, Sheila, saiu havia dez minutos para vestir o modelito de "mãe do noivo" e para pegar o marido. Ela também não parecia muito sóbria quando voltou para o próprio quarto.

Humm, hora de diminuir o álcool. Eu não queria cair de cara na chupá. E também não queria que Cady ficasse desidratada, então lhe entreguei uma garrafa de água com um canudo; assim ela não borraria o batom.

— Vou passar a tarde fazendo xixi se eu beber isso — Cady objetou. — Vamos estar no meio dos votos e vou gritar *pausa pro banheiro!*

Rachel riu e depois soluçou alto, pediu mil desculpas e se retirou. Observei a mãe da noiva pelo canto do olho, e a vi seguir para o banheiro, então, com discrição, deixei uma garrafa de água e um canudo perto da bolsa dela.

— Pode deixar que te levo no banheiro antes da cerimônia — assegurei a Cady.

— Você incluiu isso no itinerário? — provocou.

— Só para constar, incluí, sim, só que escrevi toalete e verificar maquiagem, porque sou elegante a esse ponto.

Cady sorriu.

— Você vai ser uma cerimonialista e tanto! Vou te contratar para todos os meus casamentos. — Então ela estremeceu e percebeu o que tinha dito. — Ah, droga! Não diga ao Rick que falei isso... ele é tão sensível.

— Minha boca é um túmulo. O que acontece na suíte da noiva fica na suíte da noiva.

Cady fechou os olhos e soltou um longo suspiro.

— Não achei que eu fosse ficar tão nervosa, mas minhas mãos estão tremendo.

Eu raramente via Cady tão vulnerável, mas sabia que minha amiga tinha tomado a decisão certa ao aceitar se casar com Rick. Segurei suas mãos, sorrindo para as nossas unhas azul-marinho combinando, superbrilhantes e resplandecentes.

— Cady, hoje você vai se casar com o homem que ama, o cara mais meigo, gentil e leal com quem já se envolveu e que por acaso está caidinho por você também. Estou tão, tão feliz por vocês dois. Vocês estão apaixonados, verdadeira e profundamente apaixonados. A cerimônia de casamento só vai durar umas poucas horas, seu casamento será pela vida inteira.

— Ah, sua cretina! — Cady fungou. — Você me fez chorar! Aff, um lenço, rápido!

Nós duas precisamos retocar a maquiagem depois da catástrofe do quase choro.

— Acha que os caras estão bebendo? — perguntou, ainda fungando um pouquinho.

— Rick escolheu Vince como padrinho. O que você acha?

— Tem razão. Por favor, me diz que você trouxe uma garrafa de tequila para minha mãe? — indagou, esperançosa.

— Você poderia pelo menos terminar de beber a água?

Ela fez beicinho para mim e bateu os cílios.

— Tudo bem — suspirei. — As garrafinhas estão na geladeira, mas só uma, e não deixe a sua mãe ver o resto. Ela já bebeu além da conta.

Cady me deu uma piscadinha. No passado, eu ficava impressionada com como ela conseguia permanecer de pé depois da quantidade de champanhe que bebia. A mulher era uma amazona. Eu estava embasbacada. Mas, bem, sempre fiquei, e eu a amava demais.

— Vamos lá, hora de se arrumar.

Nós duas nos viramos para olhar o belíssimo vestido Sophia Tolli pendurado na frente do armário. Não era um vestido branco comum, é claro, porque não havia nada de comum em Cady. Minha amiga era extravagante, tinha um coração imenso.

A estilista australiana era especialista em vestir mulheres voluptuosas iguais a Cady, e nós nos apaixonamos pela incrível criação dela.

Era feito de uma delicada renda azul-marinho aplicada sobre uma base contrastante de tule marfim com efeito enevoado, um vestido evasê com pedraria espalhada por toda a parte, um decote profundo em formato de coração que exibia os seios incríveis de Cady, uma semi-transparência nas costas e uma cauda de tule e renda que fluiria atrás dela. Ela também era removível, porque Cady planejava dançar bastante no próprio casamento.

Enquanto eu a ajudava a pôr o vestido e fechava os botões minúsculos de pérola, comecei a me sentir chorosa de novo.

— Não começa — Cady sussurrou, rouca.

— Estou tentando — devolvi, no mesmo tom.

Mas então Rachel voltou do banheiro e nós duas ouvimos um arquejo. Ela avançou e abraçou Cady com força.

— Você está tão linda. — Ela chorou, com a voz embargada. — Minha linda, linda filha. Estou tão orgulhosa de você: não só hoje, mas todo dia. Todos os dias da minha vida eu agradeço a Deus por ter me dado você. Você é a melhor filha que uma mãe poderia querer. Rick é um homem de muita, muita sorte.

Afastei-me para dar privacidade a elas e, sinceramente, eu também precisava. Estava me sentindo emotiva demais ao pensar na minha melhor amiga se casando.

Entrei no banheiro e, com cuidado, joguei água gelada no pescoço. Hoje era um dia maravilhoso, e eu estava feliz por ela, talvez um pouquinho triste por mim. Só um pouquinho.

Meu vestido de dama de honra tinha detalhes que combinavam com o vestido de Cady. Era uma peça linda até o joelho e de um ombro só, feito de chiffon azul-marinho com caimento suave, complementada com uma faixa larga marfim com um laço em forma de rosa. Era simples e elegante, e eu mal podia esperar para que Vince me visse nele.

Sim, eu havia tropeçado para o lado sombrio: eu queria que Vince Azzo, o "Cruzado Canino", me achasse atraente. Roguei para que ele não me decepcionasse. Várias celebridades estariam presentes no casamento de Rick e Cady, todas jovens e atraentes. Lá no fundo, eu sabia que ficaria devastada se ele flertasse com uma delas.

Respirei bem fundo: nesse vestido, eu me sentia linda.

Saí do banheiro e encontrei a mãe de Cady bebendo a garrafinha de tequila, e Cady estava rindo. Tirei uma foto com o celular.

— Para o Instagram! — Eu ri.

Fato fascinante: A Happily Ever Hashtagged *é uma empresa que inventa hashtags para casamentos — uma por quarenta, e três por oitenta e cinco dólares.*

— Todas prontas? — perguntei, baixinho.

Cady respirou bem fundo.

— Nunca estive tão pronta.

Uma batida suave soou à porta, e eu a abri e vi o pai de Cady lá já com o terno, parecendo lindo e nervoso.

Quando ele viu Cady, arquejou, seus olhos se arregalaram, aí seu rosto franziu e Cady correu para os braços dele.

— Não chore, pai — ela soluçou.

Os ombros dele sacudiram de levinho enquanto ele abraçava a filha, e me voltei para Rachel, que estava com os olhos marejados.

— Sandy — ela sussurrou, depois de um minuto. — Querido, você vai amassar o vestido dela.

O Sr. Callaghan se afastou da filha e assoou o nariz, alto. Ajudei Cady a secar as lágrimas e apliquei o pó do jeitinho que Nerissa tinha me ensinado. Fiquei tão feliz por ela e Nancy estarem nos esperando no toalete feminino do lado de fora do Rainbow Room. Todas precisaríamos de retoques.

O Sr. Callaghan lançou a Cady um sorriso aguado e estendeu o braço.

— Vamos para o seu baile, princesa.

Verifiquei se Rachel estava com a cauda de Cady, e levei o buquê de rosas brancas atado com fita de cetim azul, e meu próprio buquê ligeiramente menor.

Saímos da suíte e encontramos um funcionário segurando um elevador para o nosso grupo; ele parabenizou Cady discretamente e, no saguão, toda a recepção parou o que estava fazendo para aplaudir a minha amiga, que exalava felicidade.

Vários hóspedes se juntaram e outros nos filmaram com o celular.

O porteiro escoltou Cady e o pai até o Rolls Royce antigo e a ajudou a entrar sem amarrotar o vestido.

O 30 Rockfeller Plaza ficava de frente para o hotel, mas não dava para ir andando, não de salto e sem dúvida nenhuma não trajando um belíssimo vestido de noiva.

— A gente se vê lá! — gritei para ela.

— Melhor mesmo! — Ela riu.

— Já, já eu chego, amiga!

Os pedestres encararam o carro com as fitas brancas se agitando na frente, e Cady sorria e acenava.

Rachel e eu fomos em um carro muito confortável, seguindo a noiva e o pai.

Os familiares de Cady e o resto do cortejo já deviam estar lá. Peguei o celular e verifiquei o cronograma até Rachel pegar a minha mão e me fazer largar o aparelho.

— Tudo vai ficar bem, Grace. Você fez um trabalho incrível e o casamento vai ser lindo. Os cerimonialistas do Rainbow Room vão cuidar de tudo agora. É hora de você se divertir.

— Desculpa, não consigo evitar — falei, tímida. — Só quero que tudo saia perfeito.

— Eu sei, meu bem, e vai ser o mais perfeito possível, porque o prazer que se dedica ao trabalho leva à perfeição, e você se dedicou de corpo e alma pela Cady. Aconteça o que acontecer, todo o resto é simplesmente a vida, então aproveite cada momento.

22

Vince

Fiquei parado do lado de fora do Rainbow Room com Rick, que estava uma pilha de nervos.

— Você está com as alianças? — perguntou ele, pela centésima vez.

— Claro, parceiro, bem aqui — falei, e dei um tapinha no bolso.

Ele estava tão retesado que dava para ouvi-lo estalar. Não consegui nem fingir ter deixado as alianças no hotel ou que as tinha deixado cair na sarjeta.

Ele assentiu distraído, e olhou para a folha amassada em que tinha escrito seus votos. Eu sabia disso, porque o ouvi ensaiar pelo menos umas cinquenta vezes hoje de manhã, e eram só três linhas.

— Parceiro — chamei, com gentileza. — É hora de entrar. A mulher dos seus sonhos chegará em um minuto, e não vai ser um bom começo se ela te pegar aqui parecendo tão bom quanto o câmbio de um Ford Fiesta em um carro de corrida.

Rick piscou, então assentiu e endireitou os ombros.

— Você está com as alianças? — indagou, pela centésima primeira vez.

— Sim, ainda estou com elas, bem aqui no meu bolso, mais segura do que a noz de um esquilo.

Ele fez careta.

— E o que isso quer dizer?

— Quer dizer, seu idiota, que está na hora de você se casar. — E abri as portas para o salão e o empurrei lá para dentro. Em seguida, o puxei de volta quando me lembrei que, em um casamento judaico-inter-religioso, Rick precisava entrar em procissão com todos os pais.

— Só verificando se está todo mundo aqui — falei, de modo casual, conduzindo-o em direção à sala de espera onde a rabina Lisa conversava com os quatro carregadores da chupá: Ben, Leon, tio Gerald e um amigo de trabalho de Cady, um cara chamado Oliver, que também era produtor do programa de rádio dela.

— Oi, Rick — cumprimentou-o a rabina Lisa, de forma efusiva, e apertou sua mão. — E Vincent! Que prazer te ver de novo.

— Está gata, rabina — falei, e dei uma piscadinha para ela.

Ela me lançou um olhar esquisito, mas se distraiu com a chegada dos pais de Rick, assim como da mãe de Cady.

— Cady e o pai estão lá fora — disse Rachel, com um sorrisão —, mas ela não quer que Rick a veja antes da cerimônia.

— Bem, tudo bem. Estão todos aqui? — perguntou a rabina Lisa. — Preparados?

Ela liderou o caminho com os quatro carregadores da chupá que levavam a estrutura parecida com uma tenda. Ao que parecia, representava o Jardim do Éden, e eu tinha passado 35 anos da minha vida sem saber que Adão e Eva tinham inventado o conceito de acampamento.

Éramos os próximos do cortejo, com os pais de Rick e a mãe de Cady logo atrás. Por ser uma cerimônia inter-religiosa, os noivos haviam incluído partes dos ritos judaicos e cristão. Foi bom termos feito o ensaio ontem, porque o contingente britânico estava por toda a parte. Nenhum de nós tinha ideia de onde deveria ficar, e Sandy e Rachel precisaram nos indicar os lugares corretos.

Rick ficou na frente da sala, debaixo da chupá, com o rosto imóvel, e eu não tinha certeza de que ele estava respirando. Cutuquei-o nas costelas.

— O que foi? — sibilou, pelo canto da boca.

— Sorria, seu idiota!

Ele fez careta, mas então as portas do Rainbow Room se abriram de novo ao som da marcha nupcial, e Cady entrou no braço do pai, e aí Rick não conseguiu parar de sorrir. Ela estava mesmo muito bonita, não tão gostosa quanto a minha Gracie vindo logo atrás segurando um pequeno buquê de rosas brancas.

Parecia uma deusa, areia demais para o meu caminhãozinho. E então ela me viu e sorriu. Fiquei tão orgulhoso que me senti como o primeiro marciano a pisar na lua.

A rabina Lisa ergueu as mãos e todos atrás de nós se sentaram.

Sandy entregou Cady a Rick, e eles sorriram um para o outro como se não houvesse mais ninguém ali. Fiquei muito feliz por eles, o casal apaixonado.

— Queridos amigos e família, em nome de Cady e Rick, eu lhes dou as boas-vindas e lhes agradeço por estarem aqui — começou a rabina Lisa. — Eles estão empolgadíssimos por poderem compartilhar com vocês a alegria deste momento maravilhoso. A maior felicidade da vida é saber que somos amados, amados por quem somos.

Meu queixo caiu. Que incrível, puta que pariu! E verdadeiro: *ser amados por quem somos*. Senti as palavras por toda a parte. Sem dúvida nenhuma eu contrataria a rabina Lisa para o meu casamento.

Passei o resto da cerimônia atordoado, desejando que fôssemos eu e Gracie de pé diante dos nossos amigos e assumindo aquele compromisso. Viajei em um puta sonho acordado, e despertei quando Rick começou a falar:

— Eu, Rick, aceito a você, Cady, como minha esposa ao longo dos anos porvir. Eu vou te honrar, proteger, ajudar e apoiar, e jamais deixarei vazio o pote de biscoitos. Prometo que te amarei para sempre. É esse o meu voto solene.

Eu ri baixinho, mas Rick estava olhando nos olhos de Cady, ambos tinham o mais pateta dos sorrisos.

— Eu, Cady, aceito a você, Rick, como marido. Eu vou te honrar, proteger, ajudar e apoiar, vou malhar com você, fazer você rir todos os dias e sempre dividir contigo as minhas rosquinhas de limão. Prometo que vou te amar para sempre. É esse o meu voto solene.

A rabina Lisa sorriu para os dois.

— Vocês declararam seu consentimento perante os que estão aqui reunidos. Que o Senhor o fortaleça e os preencha com suas bênçãos. Vocês estão com as alianças?

Todos ficamos de pé em silêncio até Rick se virar e olhar feio para mim.

— Alianças! Certo! Desculpa, fui levado pelo momento. Belos votos, parceiro!

E coloquei as alianças na almofada de veludo.

A rabina Lisa as abençoou, então Rick e Cady fizeram o que tinham que fazer, e fomos para a parte das velas.

As mães avançaram e acenderam uma vela, e Rick e Cady acenderam uma terceira juntos. Eu gostava dessas tradições judias, eram muito legais.

A rabina Lisa deu um passo à frente e disse as palavras mágicas:

— E agora eu os declaro marido e mulher, podem selar os votos com um beijo.

Rick arrebatou Cady em um verdadeiro e antiquado beijo estilo Hollywood. Foi épico! Eu não sabia que ele era capaz disso. O homem devia ter captado algumas dicas minhas ao longo dos anos. Comemorei mais alto que qualquer um.

E então Rick jogou um copo no chão e Cady pisou nele até virar caquinhos.

— *Mazel tov*! — gritamos.

Já estive em casamentos com quebra-quebra, mas não deliberado assim. Mas bem, a noite ainda era uma criança.

Em seguida, o cortejo nupcial assinou o ketubá, o contrato de casamento, que listava os direitos e deveres da noiva e do noivo, e eu era testemunha, junto com Grace. Gostei de ver nossos nomes juntos. Gostei muito. Em seguida, Rick e Cady assinaram o registro oficial.

Eu tinha planejado dizer a Grace o quanto ela estava linda, mas as palavras ficaram presas na minha língua e não saíram pela boca. Fiquei parado lá, feito um tolo apaixonado, só olhando para ela.

— Gracie, Grace — engasguei. — Você... você... puta merda, você está tão gostosa que me deu até calor, e ainda falam do aquecimento global!

Ela franziu a testa antes de cair na gargalhada.

— Obrigada, Vince. Você também está muito bonito.

Não tinha sido bem o elogio que eu pretendia fazer a ela, mas até que foi bom, e ficamos lá de mãos dadas que nem um casal de marionetes, se marionetes tivessem mãos e não os fiozinhos... ou talvez fosse só o caso da Srta. Piggy. Ela também era uma gostosa.

Depois disso, posamos para milhares de fotos enquanto o fotógrafo se certificava de que todo o cortejo havia tirado fotos com Rick e Cady.

Por fim, terminamos, e todo mundo estava pronto para a festa começar. Eu tinha ouvido que casamentos judeus poderiam ficar bem descontrolados. Estava esperando por tudo isso, de verdade, e amando a coisa toda; até mesmo me perguntei se havia algum judeu na minha árvore genealógica. E então desejei não ter pensado nisso porque eu era órfão e não havia ninguém a quem perguntar. Mas antes que eu pudesse ficar triste demais, Grace tocou meu braço com carinho.

— Você está bem?

— Nunca estive melhor. — Sorri, e beijei a sua mão.

— Você pode me contar — insistiu. — Sabe disso, não sabe?

Dei de ombros.

— Só estava pensando nos meus pais — confessei.

Ela apertou os meus dedos, deixando sua calidez e bondade fluírem por mim. Eu me refastelei nela como um cão faminto.

Então a música começou, e algum cara começou a cantar *Hava Nagila*. Todos os homens foram para o meio do salão e começaram a acompanhar quando… opa! A pista de dança estava girando! Que incrível! Eu me aproximei da cerimonialista que havia se apresentado logo que chegamos; Jenna, se não me engano.

— Que legal! — falei, acenando para a pista que girava lentamente.

— Sim, sentimos muito orgulho dela aqui no Rainbow Room, foi instalada em 1934.

— Dá para ir mais rápido? — perguntei. — Seria muito engraçado.

Ela me lançou um olhar gélido antes de sair andando e declarar:

— Isso não é um parque de diversões, senhor.

Hum. Algumas pessoas não sabem mesmo se divertir.

Voltei correndo para o círculo lá no meio e abri caminho até chegar a Rick enquanto dançávamos ao redor da sala.

— Isso é brilhante! — gritei, acima do barulho.

Ele abriu um sorriso largo, mas seus olhos estavam em Cady sendo içada numa cadeira pelos carregadores da chupá, e enquanto eles a subiam e desciam, parecia que a cadeira dançava. Mais quatro de nós içamos Rick, e ele também não era nenhum peso pena. Meu parceiro tinha cem quilos de músculo, o desgraçado.

A cadeira subiu e desceu, e eu comecei a suar, dançando ao redor do salão. Vi Gracie rindo e comemorando, e consegui um sorriso passageiro quando cambaleamos por onde ela estava. Então Cady começou a balançar seu lenço no ar, e me lembrei de que Rick precisava pegá-lo para que eles pudessem dançar por lá atados.

Dançamos até lá, suando feito políticos no teste do polígrafo. Toda vez que Rick tentava pegar o lenço de Cady, ele se lançava para frente e quase caía da cadeira, então recuava e agarrava o assento, com olhos arregalados e desesperados.

Cady ria horrores, acenando o lenço para ele, furiosamente.

Pude ver que ela estava se inclinando, pude vê-la caindo, então larguei Rick com aqueles três otários que cambalearam sem mim, e mergulhei na direção de Cady.

Foi algo saído de um filme do Tarantino, a parte em câmera lenta antes de todo mundo ser congelado em detalhes bastante sangrentos.

Peguei Cady, mas acabei estatelado no chão com ela em cima de mim, arrancando o ar dos meus pulmões.

Rick veio correndo e a pegou no colo enquanto ela ria sem parar. Fiquei feliz por alguém estar se divertindo.

Fui largado no chão feito roupa suja, chiando mais que uma chaleira velha.

De repente, um anjo desceu do céu e me entregou uma taça de champanhe.

— Vince! Você está vivo aí embaixo? — perguntou Gracie, meio rindo, meio séria.

— Humpf — bufei, e me sentei sem derramar uma única gota.

— Você se mexe muito bem, senhor! — Ela riu.

— Mesmo? — devolvi, bambeando sob os pés. — Você não viu nada ainda. Sou culturalmente consciente! Olha só!

E virei o champanhe, saltei para o meio da pista de dança em movimento e comecei a fazer a dança judia que aprendi no YouTube.

— O que ele está fazendo? — Cady gritou para Gracie, que balançou a cabeça.

— Hum, parece sapateado — Rick respondeu, seu tom acima da música.

Chutei as pernas de novo, me perguntando se eu tinha assistido ao vídeo errado.

— Será que ele machucou a cabeça também? — Cady zombou.

— Essa dança é irlandesa! — Gracie gritou, enquanto Rick e Cady morriam de rir.

Parece que eu tinha bagunçado um pouco as coisas, mas já que tinha plateia, terminei a dança e fui aplaudido mesmo assim.

— O que você achou? — perguntei a Gracie ao secar o suor da testa.

— Você é doido! — Ela riu. — E completamente maravilhoso!

E, por concordar, eu lhe tasquei um beijaço e fui ainda mais aplaudido.

Então ofereci a ela o meu braço, e tive o extremo prazer de escoltá-la até a mesa em que nos sentaríamos com Rick, Cady e os pais deles, para que a refeição fosse servida.

— A gente quebra os pratos antes ou depois de comer? — perguntei. — Acho que depois faz mais sentido.

Gracie deu um tapa no meu braço e revirou os olhos.

— Pratos são quebrados em casamentos gregos. Por favor, tente não quebrar nada... cada um desses pratos custa setenta dólares. Eu verifiquei.

— Ah, certo. Justo. Mas que pena. Eu estava doido por um pouco mais de caos.

— Você já cuidou desse quesito. — Ela riu, o que tomei como cumprimento.

E então eu a beijei de novo. Só porque sim.

O lugar desapareceu em um turbilhão, e o único som que eu ouvia era o do sangue correndo para a minha cabeça e abastecendo o meu corpo. Eu conseguia sentir cada mecha do cabelo sedoso sob meus dedos, e sentir o calor estremecendo entre nós.

Por fim, a mãe de Cady tossiu, e Gracie se afastou, seus dedos trilharam pela minha bochecha.

— Nossa — sussurrei. — Eu quero muito mais disso.

— Veremos — rebateu, ligeiramente ofegante. — Pode tirar o quipá agora, se quiser. Estou surpresa por ele não ter caído, para ser sincera, com todos vocês pinoteando lá na pista de dança.

— Estávamos dançando, não pinoteando. — Pisquei para ela. — Só dou pinote na cama.

Ela riu de novo, mas ficou vermelha. Eu amava fazer essa mulher rir. E amava ainda mais fazê-la corar.

— Enfim — falei —, eu o colei. Depois corto fora.

Ela me olhou, boquiaberta, então bufou de um jeito nada elegante.

— Só você, Vincent. Só você.

Os garçons começaram a trazer nossa refeição, o que foi ótimo, porque eu estava morrendo de fome. Mas perdi um pouco do apetite quando vi as minicosteletas de cordeiro sendo colocadas na frente de todo mundo.

Tentei não fazer careta, mas Gracie prometeu que um menu vegano tinha sido feito especialmente para mim, e algo com beterraba e tofu foi posto na minha frente. Nada mal.

A rabina Lisa deu a bênção, e todos começamos a comer quando a bebedeira foi liberada. Gracie colocou sua mão gentil no meu braço quando esvaziei minha taça de champanhe de uma só vez, porque eu estava com sede.

— Melhor ir com calma, campeão; nós dois vamos precisar discursar durante a refeição, e você não vai querer falar arrastado!

Sorri para ela.

— Nada, vai dar tudo certo. Eu treinei. — E dei um tapinha no bolso. E aí bati de novo quando meu estômago despencou até meus sapatos veganos de marca.

— O que foi? — Gracie perguntou enquanto o mestre de cerimônia pedia silêncio.

— Deixei o meu discurso no bolso de trás da minha calça jeans! —

confessei, e o terror deixou a minha voz rouca.

— Você está brincando? — ela disse, entre dentes.

Balancei a cabeça, paralisado de vergonha quando o mestre de cerimônias sorriu para mim.

— E agora é a hora do discurso do padrinho — anunciou.

— Você vai ter que improvisar — Gracie sussurrou e me colocou de pé. — Só… Ah, Deus, só seja você mesmo, mas não demais!

— Vai primeiro — implorei, com um olhar de súplica —, e eu dou um pulinho lá no hotel para pegá-lo.

— Meu discurso não é tão longo assim!

Gemi.

— Por favor, Gracie. Só me dê alguns minutos e eu vou… vou tentar lembrar o que ia dizer. Vou escrever em um guardanapo.

Pigarreei quando todo mundo se virou para me olhar.

— Por eu ser um cavalheiro, ou isso foi o que minha mãe me disse uma vez depois de beber uma garrafa de Cinzano, vou deixar a bela madrinha, Gracie Cooper, ir primeiro.

Rick estava franzindo a testa, e Cady me encarava, curiosa. Abri um sorriso amarelo para ela.

Pondo-se de pé com graciosidade, minha garota sorriu para os ali reunidos e começou a falar sem nem pestanejar; ela era brilhante.

— Conheço Cady desde os dezoito anos, desde o primeiro ano da faculdade. Ela era barulhenta, divertida, confiante, ousada, aventureira e desafiadora… e nada disso mudou. O que eu não sabia de início, mas aprendi desde então, é que ela também é bondosa, considerada, absolutamente leal e completamente maravilhosa. Ela teve piedade de uma menina esquisita e desajeitada e me permitiu passar os próximos vinte anos ao seu lado. Fui bem-recebida em sua família, também, por Rachel, Sandy e Davy, e Cady se tornou a irmã que nunca tive. Acontece que ela tem duas fraquezas, ou talvez sejam três agora que está se casando com Rick! — E ela sorriu para ele.

Felizmente, Rick não estava mais me olhando feio como se eu fosse acabar acordando com a boca cheia de minhoca. O que era bom, porque eu tinha planos para essa noite.

— A primeira fraqueza de Cady é que você pode desafiá-la a fazer qualquer coisa, e ela vai fazer. Seja comer três dúzias de rosquinhas de uma só sentada antes de dançar tuíste em cima da mesa de um restaurante, ou nadar com tubarões, ou falar ao vivo para sete milhões de pessoas todas as manhãs! Qualquer coisa. Ano passado ela foi desafiada a correr uma maratona.

Ela passou meses aguentando as pessoas rindo dela e dizendo que não conseguiria, mas eles não conheciam a nossa garota. Ela não só terminou a maratona como angariou mais de duzentos e cinquenta mil dólares para projetos de caridade para veteranos. Incrível, não é?

Aplaudi junto com o pessoal, porque, caramba! Trinta e seis rosquinhas de uma só vez? A mulher era uma lenda.

— A segunda fraqueza de Cady são rosquinhas de limão, o que vocês já devem ter percebido a essa altura. Cady, meu bem, acho que não estou revelando segredo nenhum aqui! — E Gracie apontou para o bolo de casamento que era chocolate, decorado com uma montanha de rosquinhas multicoloridas, e com dois bonequinhos na cobertura de uma cama em formato de rosquinha gigante.

Cady riu e deu de ombros.

— E, claro, agora todos sabemos que a maior fraqueza de Cady é certo dono de academia de Manhattan, que por acaso também corre maratonas, e que foi introduzido à sociedade dos apreciadores de rosquinhas de limão.

Perguntei-me se isso existia, porque parecia divertido.

Gracie respirou bem fundo e se virou para falar diretamente para a noiva.

— Cady, obrigada pelo privilégio de ser a sua madrinha, mas, acima de tudo, obrigada pelo privilégio de ser sua amiga há tantos anos. Eu te amo, meu bem.

As duas se abraçaram e sussurraram chorosas uma para a outra enquanto a multidão aplaudia. Quis pegar Gracie e abraçá-la também, mas sabia que ela tinha mais a dizer.

Secando as lágrimas, mas ainda sorrindo, ela se virou para os convidados.

— E obrigada a todos vocês por estarem aqui hoje, comemorando com Cady e Rick. Acho que todos podemos concordar que temos um gosto ótimo ao escolher amigos. — Então se virou para o casal feliz, com mais lágrimas nos olhos e a voz embargada. — Cady, Rick, quando olho para vocês dois, vejo o amor que sentem um pelo outro; vejo a felicidade que compartilham em momentos bem comuns do dia a dia; e vejo um futuro longo e feliz para vocês como marido e mulher. Senhoras e senhores, por favor, ergam as taças para brindarmos aos noivos, Cady e Rick. *Mazel tov*!

Todo mundo se levantou e gritou o nome deles. Ben e Leon ajudaram as avós a ficarem de pé porque elas já estavam mais para lá do que para cá.

— Você foi brilhante — falei, beijando as lágrimas da bochecha de Gracie enquanto ela se sentava.

Ela sorriu e correspondeu ao beijo.

Grace

Por fim, sem ter mais nada a dizer, me recostei na cadeira, observando, impotente, Vince se levantar e ficar parado diante dos convidados. Roguei para que sua exuberância natural e seu carisma dessem as caras, e não deixei de notar que metade do pessoal esteve falando sobre o Cruzado Canino como se ele fosse uma lenda urbana moderna, mas, no momento, a lenda não estava se mexendo... a menos que contássemos o bambear e o soluço alto, igual a um homem que tinha passado a noite acordado na balada e bebido o dia inteiro... que foi basicamente o que ele fez.

Vince piscou, abriu a boca e soluçou de novo.

— Você consegue — sussurrei, encorajadora, encarando seu rosto congelado.

Ele olhou para mim, então abriu um sorrisão.

— Senhoras e senhores, família, amigos e penetras...

E lá foi ele, invencível, com tudo, e relaxei na cadeira, respirando fundo algumas vezes para acalmar os nervos em frangalhos enquanto reunia minhas emoções espalhadas por toda a parte.

— Estamos hoje aqui reunidos...

— Ah, cara! É o Cruzado Canino! — gritou um dos convidados. — Você é incrível, cara.

Vince olhou para o fã, abriu o sorriso que era sua marca registrada e ergueu a taça.

— Sim, sou eu! Viva!

Todo mundo ergueu a taça com Vince enquanto ele tomava outro gole de champanhe. Esfreguei a testa.

— Puta merda! O que eu estava dizendo? Puta que pariu. Hum, desculpa, eu falei isso em voz alta? Merda! Desculpa! Ah, caramba, é melhor eu ser franco já que reconheço alguns rostos entre os convidados por causa das peripécias no jantar de ensaio ontem à noite. Vovó Dubicki, o que você estava fazendo com uma garrafa de conhaque na bolsa? Vovó Callaghan, desculpa por não poder ter te acompanhado até em casa ontem à noite, tenho uma reputação a zelar. Mas que noite... loucura total! O Canino Cruzado gosta de uma festa, é o que dizem as vovós, totalmente *hardcore*! E é verdade, tive todas as boas intenções de escrever um discurso bem bacana ontem à noite, como qualquer padrinho faria, e foi o que fiz. Eu o segurei essa manhã, mas uma coisa levou à outra e, em vez disso, acabei metendo os pés pelas mãos, e, sim, vocês estão certos ao pensar que não andei dormindo... direito, mas nada de bebida! É assim que o Cruzado Canino funciona! — e ele uivou que nem um lobo.

Metade dos convidados riu com vontade, a outra parecia completamente perplexa.

Rick cobriu o rosto e resmungou:

— Ai, meu Deus, alguém faça o homem calar a boca.

— De jeito nenhum. — Cady riu. — Seu amigo maluco está totalmente fora de controle. Amo!

Vince deu um tapa na cabeça de Rick.

— Mas me deixem dizer algo sobre esse cara. Ao olhar para ele, seria de se pensar que manteiga não derreteria em sua boca, ele é tão, tããããão fresco, mas me deixa contar para vocês sobre o dia que o ajudei a limpar o apartamento depois de uma festinha envolvendo um fetiche com chocolate que ele e a noiva...

Cady se engasgou e levantou as mãos como se dissesse: *É, você me pegou nessa, é tudo verdade.*

— *A fantástica fábrica de chocolate* ficaria impressionada com o pequeno espetáculo, é só o que vou dizer — prosseguiu Vince, um rolo compressor arrebentando tudo nesse casamento luxuoso, com um sorriso no rosto que faria anjos chorarem. — Chocolate e frutas por toda a parte: lençóis, chão, parede. — Ele abaixou a voz como se contasse um segredo para os convidados. — Veja bem, o Cruzado Canino adora uma festa, mas limpar aquela, caramba! Foram dois dias para dar um jeito naquele apartamento. Um conselho, galera, lençol descartável da próxima vez, seus chocosexomaníacos tarados.

Vince deu uma piscadinha para Cady, que se levantou e fez uma reverência, aplausos e gargalhadas trovejaram ao redor dela. Rick ainda estava com a cabeça baixa, gemendo baixinho.

— Se o primogênito deles se chamar Cacau, já sabemos a razão... até mesmo porque chocosexomaníacos é longo demais!

Ele riu da própria piada enquanto os pais de Rick olhavam ao redor em perplexa confusão.

— Mais champanhe, por favor, amigão! — Vince ergueu a taça para um garçom de passagem. — Obrigado, senhor — disse, esvaziando metade em um único gole. — E continuando... onde foi mesmo que eu parei? Estamos reunidos aqui hoje para celebrar a união de Cady e Rick, também conhecidos como chocosexomaníacos. Agora, tenho certeza de que todo mundo vai concordar comigo, olha só como a Cady está bonita. Ergam a taça para a noiva sexy.

Metade dos convidados brindou, a *Noiva Sexy* e o resto simplesmente disseram: *à noiva*, seja porque não pensavam que Cady estava sexy ou mais provavelmente porque a conheciam desde que ela usava fraldas, e aí não seria apropriado.

— E não vamos nos esquecer da mãe do Rick! — Vince berrou. — Sheila, você está linda como sempre, e se eu fosse quarenta anos mais velho, Rick, parceiro, você poderia ser meu filho. Por favor, ergam a taça para os pais dos noivos.

Mais uma vez, os convidados obedeceram, embora vários estivessem balançando a cabeça em desaprovação. O resto só riu, e vi vários secando as lágrimas e se engasgando com as bolhas do champanhe.

— Obrigado por todos terem vindo pela refeição e o champanhe de graça, seus fominhas. — Vince sorriu para a sua plateia. — Brincadeirinha! Agora, vamos nos dirigir ao elefante na sala, ou devo dizer leão? A despedida de solteiro de Rick foi agitada: casas de strip, bebida, shows da Broadway, leões... mas, só para constar, nós não roubamos o leão. Sério!

Vince fez sinal para o garçom abrir as portas, e um leão macho completamente crescido entrou no salão, fazendo uma pausa para bocejar e sacudir a juba.

Rick e Cady ficaram lá, boquiabertos, basicamente como eu, enquanto Vince avançava e dava um abraço na criatura, fazia carinho no pelo e falava com ele em voz baixa. Então ele se virou para a cabeceira da mesa.

— Rick, parceiro! Eu não poderia deixar passar a oportunidade de convidar *todos* os que estiveram na sua despedida de solteiro. Esse é o Jabari, pessoal!

Não fui a única que quase se mijou quando o leão soltou um rugido que sacudiu as vidraças. Os convidados quase caíram da cadeira para se afastar do animal imenso, mas Vince simplesmente se ajoelhou e enfiou o rosto no pelo grosso. Observei impressionada enquanto o animal imenso se aninhava nele, batendo em Vince com a cabeça pesada.

Felizmente, o treinador do leão apareceu e o levou embora, mas não antes de Vince o ter alimentado com três coxas de frango.

Vince voltou para o assento com um sorriso imenso no rosto.

— Como presente para o belo casal, que, apesar das piadas, eu amo como uma família, o Cruzado Canino fez arranjos para o elenco do premiado musical *O rei leão* vir apresentar uma canção especial, *We are One*, em honra do casamento de Cady e Rick.

A música preencheu o salão enquanto cantores e dançarinos do famoso show da Broadway invadiam o salão, nos arrebatando com suas vozes, e todo mundo soltou ooohs e aaahs de surpresa.

Baixinho, Vince cantou junto, e pareceu estar cantando para mim quando se virou e sorriu.

"Numa só direção
Temos um só coração
Não temos mais medo algum..."

Cady cantava também, olhando nos olhos de Rick, e eu soube que ela tinha amado cada minuto do discurso desenfreado de Vince.

Quando cantores e dançarinos fizeram a reverência e saíram do salão com aplausos emocionados, Vince se levantou de novo.

— Fico feliz por vocês, senhoras e senhores, terem gostado da apresentação. Agora, vamos erguer mais uma vez nossas taças e brindar ao lindo casal: ao Sr. e à Sra. Roberts!

Ele fez uma reverência enquanto todo mundo aplaudia e se juntou ao brinde. Então sussurrou para Rick:

— Preciso ir mijar, parceiro. — E saiu às pressas.

Rick não sabia o que dizer, mas Cady simplesmente deu de ombros e sorriu... até o momento que Vince tropeçou no cabo do microfone e caiu de cara na fonte de chocolate.

Um silêncio perplexo se seguiu até ele emergir, pingando. Minhas mãos voaram para a boca, e prendi a respiração. Mas Vince simplesmente limpou o rosto em um guardanapo, pegou o microfone e falou:

— Acho que acabei de me unir à sociedade dos chocosexomaníacos!

Todo mundo caiu na gargalhada, aplaudindo um Vince sorridente. Ele sempre tirava algo da cartola quando era necessário. Mais uma vez, fiquei impressionada com sua habilidade de triunfar mesmo no desastre.

Ele fez outra reverência e saiu do salão, provavelmente para lavar o chocolate que pingava de seu rosto.

Eu sabia que jamais poderia ser igual a ele: impulsiva, desorganizada, fazer tudo na cara e na coragem, mas sentia inveja dele também, de verdade. E, de alguma forma, de algum modo, esse palhaço complexo, esse idiota de coração mole, essa alma sensível, havia cambaleado, tropeçado, rolado e caído na minha vida, e eu estava muito feliz por isso. O mundo era um lugar melhor porque Vince estava nele: essa doce confusão.

Enquanto eu ponderava essa revelação imponderável, ele voltou para o seu assento, com o rosto ligeiramente rosado e a camisa molhada.

— Eu teria deixado você me lamber até eu ficar limpo — sussurrou —, mas aí eu ia querer dar umazinha no bufê, e Cady me daria um chute no saco.

Ri e balancei a cabeça. Só havia uma manchinha de chocolate no colarinho, mas o que era isso entre amigos?

Os discursos se seguiram, e enquanto o pai de Cady falava de forma tocante sobre a filha, dei a mão para Vince, e vi seu rosto sorrir, gargalhar e assentir, apreciando as palavras de Sandy.

Ele ainda era doido, ainda podia ser irritante, ainda podia se meter em mais confusão que qualquer um na história do mundo, mas era verdadeiro e amoroso e, depois que o julgamento acabasse, eu esperava que ele fosse meu.

Rick e Cady se levantaram e agradeceram à rabina Lisa e a todos os convidados, em seguida o mestre de cerimônias anunciou a dança pai e filha e mãe e filho.

A bela letra de *Child of Mine*, de Carole King, soou do outro lado da sala, vindo da banda.

Fato fascinante: A Thousand Years, *de Christina Perri, tomou o título de* Can't Help Falling in Love, *de Elvis, como canção mais tocada em casamentos.*

Meu coração começou a galopar quando percebi que a dança da madrinha e do padrinho vinha logo em seguida, e ainda não tínhamos discutido o que faríamos. Bem, eu tentei, mas toda vez Vince me dizia para não me preocupar e que seria mais fácil que escorregar em casca de banana. Eu *não* queria escorregar na frente de toda essa gente. Tentei não entrar em pânico mesmo que eu sempre tivesse planejado as coisas com antecedência. Sempre.

Mas aí Vince pegou a minha mão, apertou-a me passando segurança, e forcei-me a me concentrar nos dançarinos. Cady sorriu com amor para o pai quando os olhos dele marejaram, e Rick segurava sua mãe minúscula nos braços enquanto ela ria baixinho de algo que ele dizia. Os dois casais se balançavam ao som da música, e meus olhos se encheram de lágrimas. Eu não era a única.

— Eu não sou filho de ninguém. — Vince suspirou, enquanto observávamos nossos amigos darem volta na sala, Rick sorrindo para a mãe, e Cady com a cabeça no ombro do pai. — Desde que minha mãe morreu ano passado. — Então se virou para mim. — Você tem sorte.

— Eu sei — sussurrei. — Sou muito sortuda mesmo. — E esperava que minhas palavras tivessem transmitido várias camadas de significado.

Vince abriu um sorriso triste e voltou o foco para os casais na pista de dança.

— Puta merda — ele suspirou. — Metade dos convidados está chorando. Vamos ter mesmo que trazer a diversão de volta.

Meu olho teve um espasmo.

— Você vai me dizer o que tem em mente? — perguntei, nervosa.

Ele se virou e sorriu para mim.

— Não!

— Mas Vince! — arquejei. Não estou de brincadeira, *eu não sei dançar mesmo!*

Ele me beijou na bochecha, tentando me acalmar. Não estava dando certo.

— Vai ficar tudo bem — garantiu. — É só me seguir.

— Por favor, não me faça passar vergonha na frente de toda essa gente — sussurrei, com lágrimas de desespero ardendo em meus olhos. — Eu não vou aguentar.

A expressão dele suavizou.

— Nunca, Gracie. Jamais faria algo assim contigo. Prometo que vai ficar tudo bem.

E isso teria que bastar, porque Rick e Cady estavam vindo na nossa direção, cheios de expectativa.

Vince me conduziu até a pista de dança enquanto todos os olhares se voltavam para nós. Comecei a suar, e meu rosto ficou congelado em um sorriso rígido de medo. Então Vince assentiu para a banda e pegou a minha mãe direita, me puxando com firmeza de forma que seu braço me envolveu pela cintura.

— Sorria — sussurrou, na minha bochecha. — Vai ser brilhante. Segure firme!

Fechei os olhos e lambi meus lábios secos.

— Tudo bem — coaxei ao levar minha mão esquerda ao seu ombro na posição clássica de dança. — Eu confio em você.

Mas aí quase vomitei quando a famosa abertura de violino e acordeão soou nos acordes iniciais de *La Cumparsita*, tã-tã-tã pã-nã-rã-rã-rã.

— Tango! — Vince sorriu.

Ele começou a me conduzir pela pista com passos longos e suaves, me arrastando consigo, meu corpo rígido agia em meu favor para variar. Enquanto a música mergulhava e descia, subia e fluía, Vince a acompanhava passo a passo. Eu me movi com ele, fazendo o meu melhor para não pisar em seus pés. Pé esquerdo, pé direito, pé esquerdo, pé direito... eu conseguia. Eu estava dançando?

Vince me mergulhou bem baixo para o chão depois me puxou de volta devagar, olhando nos meus olhos com pura paixão. Ah, caramba, isso na pista de dança chegou a dar calor. Então ele passou pela fonte de chocolate, enfiou o dedo lá e o ofereceu a mim. Minhas bochechas pegaram fogo, suguei seu dedo e observei suas pupilas dilatarem de desejo.

Os convidados assoviaram, aplaudiram e bateram os pés, e algum espertinho puxou uma rosa vermelha de um vaso e a jogou na pista. Vince a pegou e colocou entre os dentes, piscando para os convidados que caíram na gargalhada.

E eu entendi: ele preferia bancar o palhaço e ser motivo de riso do que *me* ver fazendo papel de boba.

Outra parte do meu coração pendeu para o #TeamVince.

Dançamos o tango pela pista como se tivéssemos passado a vida fazendo isso, e quando ele jogou a rosa para a vovó Dubicki, ela se derreteu todinha. É claro, vovó Callaghan ficou mais raivosa que uma caixa de marimbondo, então Vince roubou outra rosa de um vaso e a presenteou a ela, ficando ajoelhado enquanto os últimos acordes da música soavam.

Honrarias até para vovós competitivas.

E minha honra preservada.

Eu me sentei com um sorriso enorme no rosto.

Cady se inclinou sobre a mesa e pegou a minha mão.

— Uau! O que foi isso? Você andou se segurando, garota. Você *sabe* dançar! — Ela apertou os meus dedos. — Você estava incrível.

Eu abri um sorriso resplandecente.

Depois disso, todos os convidados encheram a pista de dança, rebolando, gingando, girando e até mesmo dançando tango. Talvez tivéssemos lançado uma tendência. Vince me arrastou de volta para a pista de dança, mais disposta dessa vez, e nós nos embaralhamos e balançamos ao som da música enquanto minhas mãos seguravam a sua nuca e ele apoiava as suas na minha cintura.

— Não quero que essa noite acabe — ele sussurrou.

Olhei dentro dos seus olhos e sorri, desejando muito que fosse o caso.

— Eu também. Mas...

Ele não me deixou terminar, sorrindo como se tivesse ganhado na loteria.

— Vai ter que ser na minha casa — prosseguiu, confiante, enquanto eu balançava a cabeça —, por causa das crianças.

— Espero que elas estejam se comportando com o tio Erik.

Vince riu.

— Eles já devem ter convencido o homem a dar cada petisco da casa para eles, e talvez o estejam prendendo no sofá; Tyson ama o Erik, mas isso o faz pensar que ele é um cachorro de colo, e tentar subir lá.

Ri com a imagem, calidez preenchendo o meu peito.

O mestre de cerimônias interrompeu nosso momento ao anunciar que era hora de os noivos cortarem o bolo.

Todos nos viramos para olhar a lateral da sala onde o bolo estava resplandecente em uma montanha de rosquinhas em toda a sua glória chocolatuda.

Juntos, Cady e Rick pegaram uma faca de prata brilhante para cortar uma fatia enquanto os convidados sorriam, aplaudiam e batiam fotos.

— Eu não vou esmagá-lo no rosto do Rick — Cady anunciou — porque bolo bom não deve ser desperdiçado... e porque levou duas horas para a minha maquiagem ficar pronta!

Aprovei de coração: eu odiava bagunça.

— Como assim? — Vince falou, triste. — Eu adoro essa parte nos casamentos daqui.

— É claro. — Eu ri. — Mas já não tivemos mais que o suficiente disso?

Brindamos ao casal feliz com mais champanhe, então com vivas barulhentos, Cady jogou o buquê. Várias mulheres saltaram na direção dele, mas Vince pulou mais alto, e com seus um e noventa e três, superou todas elas.

— O buquê é só para mulheres! — Eu ri.

— É, mas eu queria que você o tivesse. — Vince sorriu, me presenteando o buquê de Cady. — Você sabe o que isso quer dizer, não sabe?

— Sei, vou ter que encontrar um vaso para guardá-lo.

Vince chegou mais perto.

— Quer dizer que você será a próxima a se casar.

— Humm, veremos!

Enquanto a noite se aproximava de seu auge, com muitos casais ficando acalorados e suados na pista de dança, e o irmão de Cady dando uns amassos bem públicos com uma das celebridades convidadas, o mestre de cerimônias anunciou que os noivos estavam de saída.

Levou vinte minutos para reunir todos os convidados no saguão, e perdi Vince no meio da multidão.

Mas quando ouvi risada alta e Cady xingando toda nervosa, supus que Vince tinha uma última brincadeira para fazer.

Sim, lá estavam os noivos no veículo nupcial coberto de fitas brancas, tilintando com latinhas e ferraduras... preso a um riquixá que Vince estava pedalando.

Rick olhou sério para ele, mas não conseguiu prender o sorriso.

— Não! De jeito nenhum, não mesmo! — Cady começou, enfática. — Não vou entrar nessa coisa, Vincent. Dá um jeito. E rápido.

— Qual é! — ele provocou. — É divertido demais. Rick amou na nossa despedida de solteiro, não foi, parceiro?

Rick só estava casado há oito horas e já sabia bem que não deveria contrariar Cady em algo assim.

Ele balançou a cabeça e cruzou os braços.

Vince suspirou, enfiou dois dedos na boca e assoviou tão alto que cachorros a dois quarteirões de distância começaram a latir.

E parado na esquina estava um belo Aston Martin vintage, igualzinho a algo que James Bond dirigiria, arrematado com fitas nupciais.

Os olhos de Rick se iluminaram, e Cady suspirou de felicidade.

— *Bem* melhor, Vince. — Ela sorriu. — Vou te deixar ficar vivo, no fim das contas.

O casal feliz se virou para os convidados, sorriu, acenou, abraçou e beijou, então por fim saiu de lá e entrou no carro.

— Amo você! — gritei para Cady.

Ela soprou beijos pela janela enquanto o veículo arrancava.

Olhei para Vince e sorri.

— Que ideia maravilhosa.

— O riquixá ou o Aston Martin?

— Ambos. — Sorri. — Você estava inspirado.

Devo ter dado a resposta certa, porque ele me beijou com vontade antes de me levar para dentro.

Naquele momento, eu teria ido de bom grado para casa em um estupor de exaustão feliz, mas parte dos deveres dos padrinhos era fazer com que a noite terminasse sem intercorrências. Além do que, eu também tinha planejado o casamento de Cady, então me sentia responsável.

Circulamos falando com todo mundo, organizando táxis com Jenna, a planejadora de eventos do Rainbow Room, até que restou apenas a gente.

— Uma última dança? — Vince perguntou.

— A banda já foi — pontuei.

— Mas, quando eu olho para você, ouço música. — Sorriu.

— Que cafonice!

— Não faz ser menos verdade. — E estendeu a mão. — Posso ter o extremo prazer de uma última puta de uma dança? — perguntou.

— Que doçura de palavras. — Sorri e aceitei a sua mão.

Enquanto os garçons limpavam as mesas, Vince e eu nos abraçamos, balançando ao som de uma melodia que ninguém além de nós conseguia ouvir.

Então, baixinho, Vince começou a cantar:

When I need you,
Quando preciso de você,
I just close my eyes and I'm with you,
Apenas fecho os olhos e estou contigo,
And all that I so want to give you, babe,
E tudo que quero te dar, amor,
Is only a heartbeat away.
Está a apenas uma batida de coração de distância

E eu ouvi com atenção à letra tocante, mas precisava admitir que nunca tinha ouvido a música.

Vince deu de ombros, com os pensamentos perdidos no passado, meio fixos no presente.

— É uma música dos anos setenta, de um cantor britânico chamado Leo Sayer. Minha mãe amava.

Enquanto Vince cantarolava a melodia, as luzes foram se apagando uma a uma, e fomos deixados na escuridão, com apenas as luzes neon de Manhattan lançando um brilho suave através das sombras da pista de dança vazia.

— Hora de ir — Vince suspirou.
— Obrigada pela noite mágica — falei, baixinho.
— Criei a maior confusão com a dança irlandesa.
— Você foi fantástico.
— E mais confusão ainda quando esqueci meu discurso.
— Você foi incrível e todo mundo amou o que você disse.
— Eu caí na fonte de chocolate.
— Melhor parte da noite.
— E trouxe um leão.
— Memorável, sem sombra de dúvida.
— E desculpa por...
Estendi a mão para pressionar os dedos em seus lábios.
— Vince, foi perfeito. Você foi perfeito.
Ele sorriu e beijou a palma da minha mão.
— Você vai para casa comigo?
— Pergunte de novo depois do julgamento.
Ele fez careta.
— Pensei que isso já estivesse resolvido. Um acordo judicial ou algo assim?
Aquilo me fez fazer careta. Eu não queria mesmo dizer nada para estragar a noite.
— Era o plano, sim, mas o promotor está dizendo que quer que vá a julgamento. Ele está com medo de que outras pessoas te imitem. Bem, é o que ele diz, eu acho que ele só quer publicidade de graça, e você é muito popular.
— Bem, isso é meio merda.
— Bem mais que meio — concordo. — Não está decidido, mas é uma possibilidade para a qual devemos nos preparar.
Ele esfregou as bochechas.
— E se a gente não disser a ninguém que você foi para casa comigo?
Não consegui deixar de sorrir.
— É só com isso que você está preocupado?
— Bem, é. — Ele sorriu. — Com o que mais?
— Esse é o meu Vince. — Sorri também. — Só pensa em uma coisa.
— Você vai mesmo me fazer voltar para os meus filhos sem a mamãe Gracie deles?
Sorri ao me afastar.
— Vou sim.
— Nossa, durona. Mas posso esperar.

Descemos em silêncio no elevador, a quietude vinha com uma promessa para o futuro.

Vince me deixou pegar o primeiro táxi que chegou e me beijou com carinho.

— Cuide dela — pediu ao motorista. — É carga preciosa.

O homem resmungou e não respondeu, mas eu sorri para Vince.

— Eu te ligo.

— Vou esperar.

— Boa noite, Vince. Dê um beijo nas crianças por mim! — Mas o motorista já estava arrancando, e minhas palavras se perderam na noite novaiorquina.

Voltei para o meu apartamento vazio, já sentindo saudade de Vince, dos cachorros, do companheirismo fácil e da eletricidade que havia surgido entre nós essa noite.

Com um suspiro, pendurei meu belo vestido e coloquei meus dois lindos buquês em vasos, então tirei a maquiagem.

Caí na cama com um sorriso no rosto, então cerrei os dentes quando lembrei que não havia verificado minhas mensagens; eu não tinha nem olhado o telefone a noite toda. Revirei o fundo da bolsinha de casamento e o peguei. Fui marcada em uma tonelada de posts sobre o casamento da Cady, e já estava me sentindo um pouco nostálgica, mas então ouvi a caixa de mensagens.

Havia uma do promotor, Randolph Barclay, ele estava recusando o acordo e nos levando a julgamento. E o filho da mãe sorrateiro adicionou um recado:

— A juíza conseguiu um horário na agenda para antecipar a audiência, já que é de interesse público conter a onda de imitadores que estamos enfrentando em todo o Estado. Espero que entenda, advogada.

Senti o sangue se esvair do meu corpo.

Eu tinha uma semana para me preparar para o julgamento de Vince.

Vince

— Liberdade para o Cruzado Canino! Nada empata as quatro patas! Justiça para o melhor amigo dos cães!

Cady ria enquanto eu cantava, e parou na mesma hora quando viu o olhar sério no rosto pétreo de Grace.

— Desculpa. — Ela sorriu. — É bastante divertido.

— Hilário — Grace rebateu, rígida. — Sou a única aqui que entende que Vince pode ir preso?

— Desculpa — Cady murmurou de novo.

— É, não é tão ruim assim. — Sorri para ela. — Eles não vão mandar o Cruzado Canino em cana. Não se atreverão!

Grace se virou para mim com uma expressão de dor.

— Vincent, é isso que estou tentando explicar: eles *querem* fazer de você um exemplo. *Querem* que você vá preso, porque pensam que isso vai impedir a onda de crimes por imitação que está assolando a costa leste.

— E ninguém quer uma coisa dessas. — Pisquei para ela.

Ela soltou um bufo frustrado.

— Você pode, por favor, levar isso a sério? Estou preocupada! Você deveria estar preocupado também. E acho mesmo que é hora de ligar para um especialista em criminalística, eu só faço fusões e aquisições, pelo amor de Deus! Nunca defendi um crime em toda a minha vida! Não consigo…

Balancei a cabeça, sério, para variar.

— Não, tem que ser você, Gracie. Ninguém me conhece como você; ninguém me entende como você. *Tem* que ser você. E eu sei que você será brilhante.

— Concordo com o Vince — disse Cady. — Palavras que jamais pensei que falaria. Mas ele está certo. Você o conhece melhor que qualquer um, que Deus tenha piedade de ti. E você é uma advogada excelente, Grace. Só não se dá tanto crédito. Você tem feito pesquisas sobre o caso desde que Vince foi preso, e já tem um plano, não perca a coragem agora, meu bem.

O rosto de Grace ficou vermelho.

— Isso não é nenhuma brincadeira! — ela gritou, balançando os braços e perdendo a calma de um jeito muito pouco Graceoso. — Isso aqui não é um jogo em que Vince ganha uma carta de "direito de saída livre". Assalto à propriedade é crime contra o patrimônio, é grave, a punição pode ir de um a sete anos de prisão e uma multa de até cinco mil dólares.

As narinas dela dilataram. Ela estava me deixando muito excitado.

— E ainda tem a acusação de apropriação indébita — continuou, entre dentes, mastigando as palavras e cuspindo-as. — Que é quando uma pessoa se apodera de coisa alheia móvel sem o consentimento do proprietário, com a intenção de privar o proprietário do que é seu por direito.

— Mas eram cães resgatados — falei. — Não pertenciam a ninguém.

— Eram propriedade do canil — Grace rilhou. — Se a perda do canil foi menos que quinhentos dólares, talvez você se safe com uma contravenção, mas algo que valha quinhentos dólares ou mais já é enquadrado como crime.

Ela suspirou, e a voz ficou mais baixa.

— Estou confiante de que seremos capazes de nos livrar da acusação de apropriação indébita, já que teoricamente você não saiu do prédio, então é suposição que você planejava roubar os cães... mesmo tendo seis filhotes no bolso.

— Eu não estava roubando os cachorrinhos — insisti. — Estava arranjando outro lar para eles, que era o que o canil deveria fazer. E não consigo acreditar que aqueles idiotas não retiraram a queixa depois de tudo o que fiz por eles.

— É — comentou Rick, do sofá em que Tyson estava sentado com ele. — Idiotas.

— Isso aí, parceiro! — Sorri para ele.

A boca de Grace se contorceu.

— Eu sei — ela disse baixinho. — Acho que foram convencidos a isso. Ouvi um rumor, completamente infundado, mas provavelmente verdadeiro, de que eles foram ameaçados de fechamento por algum problema de licença. O promotor está jogando duro. É por isso que estou tão preocupada, Vince. Eles não estão sendo justos porque pretendem te condenar.

— Puta merda — soltou Rick, resumindo toda a situação para nós.

Pela primeira vez desde que fui preso dois meses atrás, senti o nervosismo revirar nas minhas entranhas. Ainda não acreditava que tinha feito algo errado, mas a lei parecia dizer o contrário. E eu também não gostava de ver a Gracie tão nervosa, queria fazer a vida dela ser melhor, não pior. Foi um chute na bunda perceber que eu estava armando a maior confusão na vida dela... de novo.

— Terá um júri? — Cady perguntou.

Grace assentiu, incerta.

— Sim. Vince tem a opção de ser julgado por um júri ou por um juiz. Acho que a popularidade e, bem, o encanto dele podem funcionar a nosso favor. Quando formarmos o júri, vou pedir por aqueles que têm animais de estimação, e tentar escolher mulheres... por razões óbvias...

Tive que sorrir com o olhar dela ao dizer isso.

— E você está preocupada por quê...? — incita Cady.

— Porque Randolph Barclay fará as mesmas perguntas e descartará qualquer um que parece favorável à causa do Cruzado Canino.

— Igual a uma série de televisão — eu disse, me perguntando se poderia apresentar a ideia para algum canal.

Grace me lançou um daqueles seus olhares feios sexys pra cacete.

— E minha preocupação é — prosseguiu ela, mordaz, me ignorando e se dirigindo a Cady — que a gente termine com um júri de doze homens hétero que foram mordidos por cachorros quando criancinhas e que odeiam animais.

Todos ficamos quietos enquanto eu contemplava meu futuro usando o macacão de prisão e me perguntando se a peça faria minha bunda parecer gorda.

— Tudo bem — falei, derrotado e desalentado —, qual é o plano? Tenho certeza de que você tem um.

Grace assente, brusca.

— Vamos repassar cada pergunta possível e cada resposta, e você vai decorar tudo para que não haja improvisos. Vou redigir tudo, e Rick e Cady vão treinar com você.

— Parece bom. O que você vai fazer?

— Vou pensar como um promotor, procurar cada precedente que poderia te mandar para a cadeia... e pensar em como derrotá-los no tribunal. É isso que vou fazer.

— Para mim, pareceu um discurso pré-luta. — Sorri.

Grace se levantou e colocou as mãos nos quadris.

— Só estou começando — afirmou, séria. — Ninguém mexe com o *meu* namorado!

— Namorado? — repeti, esperançoso.

— Quando esse caso chegar ao fim, você vai ficar me devendo uns cinquenta cafés da manhã, almoços e jantares — disse ela. — E eu *vou* cobrar. E se vamos fazer tudo isso, acho que é melhor você ser meu namorado, ou vai dar fofoca. — Ela sorriu.

Eu me levantei e a puxei para um braço, então lhe dei o beijo que ela tanto merecia, mas Gracie estendeu a mão que nem uma guarda de trânsito.

— Nada de beijo até o caso estar encerrado — insistiu.

— Mas Gracie…

— Não! — Ela foi firme. — É muito… distrativo.

Sorri para ela, gostando muito de ela ficar distraída pelos meus beijos.

— Mas Gracie…

— Não! — gritou, me queimando com um olhar de laser, então me sentei de novo. — Nada de beijos, nada de toques, nada de carinhos de nenhum tipo.

Cady bufou ao fundo, e logo disfarçou com uma tosse quando Grace lhe olhou bem feio.

— Isso vale para os dois também — continuou, apontando para Cady e Rick. — Enquanto estão aqui, vão trabalhar no caso. E se concentrar em deixar Vince fora das grades. Nada de erros, nada de desculpas e absolutamente nenhum beijo.

— Era para estarmos em lua de mel — murmurou Rick.

— E aonde você quer chegar? — Gracie rebateu, férrea, e Rick se encolheu.

Acenei com o braço para cima.

— Sim, Vincent?

— E dar as mãos?

— Não.

— Massagem nos pés depois de um dia longo?

— Com certeza não.

— Bem, posso pensar em beijar você enquanto estou no banho?

Grace esfregou a testa.

— Vou trabalhar no meu apartamento. Cady, mais tarde, vou te mandar por e-mail a lista de perguntas e respostas. Vincent, espero que tenha tudo na ponta da língua até amanhã de manhã. — Ela olhou feio para todos nós. — Estamos ficando sem tempo.

Zeus saltou para o meu calo, e Tap deu batidinhas com o nariz no meu tornozelo, parecendo tão preocupada quanto o resto dos meus amigos.

Depois que Gracie foi embora, toda a energia se esvaiu da sala.

Grace

Eu estava nervosa. Aterrorizada, na verdade. Havia feito uma cacetada de pesquisas sobre o caso de Vince, e sabia que havia uma chance de nos livrarmos da acusação de apropriação indébita, mas também sabia que não seria o bastante. O julgamento não seria vencido com o uso da lei, não tinha nem a ver com justiça: se tratava do promotor necessitando de publicidade positiva para ser reeleito, e usando Vince para conseguir isso, por mais irônico que pareça. Ele queria ser um promotor linha dura; rígido com as causas do crime, com zero tolerância com praticamente tudo. Seria de se pensar que não cairia bem na moderna Nova Iorque, mas ele estava angariando um monte de votos.

Então, mesmo que minha defesa tivesse seu mérito, eu também sabia que era o elo fraco do caso de Vince: eu só precisava do carisma necessário a um ótimo advogado de tribunal. A advogada de Vince precisava cair nas graças e na confiança do júri, e eu sabia que transpassava frieza e falta de emoção, e não podia evitar. Se, por um segundo, eu deixasse minhas emoções me dominarem, desabaria... porque me importava demais.

Eu tinha feito a melhor preparação possível, mas ainda podia não ser o bastante. Vince iria para a prisão, e o mundo seria muito menos colorido por causa disso. Quanto a mim, eu perderia minha melhor chance de ser feliz.

Mesmo a seleção do juiz estava contra nós, e parecia que o destino nos odiava: o trabalho tinha sido dado à juíza Herschel, a mulher que já havia recebido uma dose de Vince no dia de sua audiência de acusação, e do seu desajeito. Seria mais difícil convencê-la de que ele era um cidadão sóbrio, honesto e útil do que a alguém que nunca o vira antes.

Encarei o espelho, lábios finos e emaciados, com mais maquiagem do que normalmente usaria no tribunal, tentando disfarçar as olheiras. Mas nada esconderia os três quilos que perdi essa semana, o que me deixou parecendo abatida e adoentada. Eu mal tinha comido até Cady e Rick aparecerem e me forçarem a ingerir uma omelete vegana bastante nutritiva ontem, antes do meu primeiro dia no tribunal, e hoje de novo.

A seleção do juri tinha sido terrível. O promotor Randolph Barcley e seu adjunto, a juíza Herschel e eu tínhamos passados quatro infelizes horas interrogando jurados em potencial, esperando detectar se seriam ou não parciais a nosso favor. Tanto Barclay quanto eu sabíamos que selecionar o júri certo durante o *voir dire* poderia aumentar as chances de alguém em prever 78% dos veredictos. Mas, em vez dos jurados amigos dos animais que eu esperava, parecia que havia conseguido a família malvada de Cruella de Vil: todos os abraçadores de árvore fãs de Vince tinham sido erradicados e mandados para casa. Eu queria chorar. Mas todo mundo estava contando comigo, especialmente Tap, Zeus e Tyson.

Respirei fundo e juntei coragem para o primeiro dia do julgamento.

Hoje seriam as declarações de abertura, dando uma visão geral do caso. A promotoria sempre começava, então precisei me sentar e ouvir a arrogância de Barclay, mas era a minha chance de analisar como o promotor planejava levar o julgamento. Também significava que eu teria uma breve chance de alterar meu plano de defesa.

Recebi a lista de testemunhas de acusação, e tinha treinado as perguntas que faria a elas. Vince estivera determinado a falar em própria defesa, embora eu ainda não achasse que fosse boa ideia, dado seu histórico de improvisação, mas ele havia me prometido que não faria isso. Então, relutante, eu o chamaria como testemunha. Minha última testemunha. A ultimíssima. Que Deus tenha piedade de nós.

O oficial de justiça, o escrivão e os funcionários do tribunal já estavam sentados quando entrei na sala de audiências número cinco da Suprema Corte com Vince. O júri estava alinhado de um lado.

Dez homens bem-vestidos, apenas duas idosas. Não eram as probabilidades que eu esperava. Queria um monte de mulheres hétero e homens gay, todos com carteirinha da sociedade protetora dos animais.

Fato fascinante: a Sociedade Americana para Prevenção da Crueldade aos Animais, também conhecida como ASPCA, foi fundada em 1866 na cidade de Nova Iorque. É a mais antiga organização de proteção aos animais do país, e foi inspirada pela Sociedade Britânica de Prevenção da Crueldade aos Animais, a RSPCA, fundada no Reino Unido em 1824.

Cady, Rick, o encanador Erik e inúmeros apoiadores de Vince estavam sentados na área pública, junto com o que parecia ser vários jornalistas que se ocupavam fazendo anotações.

Vince sorriu e estava prestes a acenar para os amigos quando o agarrei pela manga.

— Não! — sibilei.

— Desculpa — Vince murmurou. — Puta merda, eu esqueci.

— Bem, não volte a esquecer! — disparei. — Você só tem uma chance para causar uma boa primeira impressão. Sério, sóbrio, sensato… lembra?

— A juíza ainda não chegou — ele disse.

— Você tem que impressionar o júri também. Não se esqueça.

— Droga — suspirou.

Randolph Barclay nos ouviu e deu um sorrisinho, então afagou a gravata do jeito que um vilão de 007 afagaria um gato. Ele parecia empertigado, elegante e insuportavelmente presunçoso.

Acompanhei Vince até o assento e me acomodei ao lado dele, tentando transpassar calma, tranquilidade e equilíbrio em vez de calor, suor e agitação.

O oficial de justiça ficou de pé e instruiu que todos nos levantássemos enquanto a juíza Herschel entrava na sala. Na pior das hipóteses, ela parecia ainda mais séria do que há dez semanas.

Ela arranjou as vestes e se sentou, franzido a testa com o arrastar de pés enquanto todos se sentavam.

— Bom dia, senhoras e senhores. Abrindo agora o caso do Povo do Estado de Nova Iorque *versus* Vincent Alexander Azzo sob as acusações de assalto à propriedade e apropriação indébita. O Sr. Azzo está sendo representado por Grace Cooper, e o Estado de Nova Iorque pelo promotor Randolph Barclay. Ambas as partes estão prontas?

O promotor Barclay abriu um sorriso ofuscante ao se levantar, parecendo estar em um teste para um comercial de pasta de dentes, curvando ligeiramente a cabeça em deferência.

— A promotoria está pronta, meritíssima.

Respirei fundo, abri um leve sorriso profissional, me levantei e falei com clareza.

— A defesa está pronta, meritíssima.

A juíza Herschel me olhou por cima dos óculos de meia-lua, então lançou aqueles olhos que tudo veem ao redor da sala.

— O representante do tribunal, por favor, poderia fazer o juramento com o júri?

O funcionário se levantou, obediente.

— Por favor, os membros do júri poderiam se levantar e erguer a mão direita? Juram que farão um julgamento justo do caso diante desta corte, e que darão um veredicto baseado nas evidências e instruções do tribunal? Por favor, digam "eu juro".

Todos falaram: alguns murmuraram, alguns pigarrearem, e o funcionário assentiu.

— Podem se sentar.

Enquanto eles se acomodavam, me inclinei para Vince e falei pelo canto da boca:

— Não importa o que Barclay disser, não abra a boca, não reaja a nada. Você vai ouvir coisas de que não vai gostar ou das quais discordará. Mas, Vince, feche a matraca.

Ele fez um gesto de passar o zíper na boca, e meu coração se contorceu. Ele poderia mesmo manter a boca fechada? Parecia improvável.

Barclay se levantou e encarou o júri, a presunção se foi de seu rosto, substituída por uma pressão séria e sincera.

— Meritíssima, senhoras e senhores do júri: o réu foi acusado de dois crimes graves… — Barclay moveu o braço na direção de Vince, com o rosto sério e advocatício, pontuando cada acusação com mais ênfase. — Assalto de propriedade a uma instituição de caridade… — fez uma pausa dramática — e apropriação indébita, roubo. A evidência mostrará que o réu, de modo deliberado, calculado e violento invadiu uma instituição de caridade, uma ONG, senhoras e senhores! Quebrou duas portas, dois conjuntos de trancas e danificou uma terceira, uma instituição que mal pode pagar pelos reparos; que é mantida pelas doações dos contribuintes, isso é, as *suas* doações e, claro, pela generosidade de desconhecidos. Além disso, na noite de 4 de janeiro, o réu tentou roubar dezessete valiosos animais e foi preso com seis deles em sua própria pessoa, com a clara intenção de remover outros onze sem a permissão do dono. As digitais do réu estão em todas as três portas, nas duas trancas e em onze coleiras, e, devo reiterar, ele foi preso na cena do crime, em flagrante. A evidência que apresento a vocês atestará que o réu é culpado da acusação.

"E devo adicionar: o comportamento grosseiramente negligente e autoengrandecedor do réu desde sua prisão, seu flagrante desrespeito à lei, causou um aumento significativo de imitação de crimes do mesmo tipo: uma onda de crimes em todo o Estado e além. Tal conduta não deve ser tolerada e, de fato, deve ser punida com toda a força permitida pela lei."

Barclay ajustou a gravata e encarou Vince, que o observava com a testa levemente franzida, então se voltou para o júri.

— Notoriedade, celebridade, é algo curioso no mundo moderno: curioso que podem estar tão intimamente ligados ao ponto de parecerem inseparáveis, mas, senhoras e senhores, *não* são a mesma coisa. O réu buscou influenciar as opiniões quanto aos seus crimes, apoiando-se em palhaçadas, mas imagine, por um momento, um jovem sendo influenciado por semelhante façanha: escalar um muro alto, invadir e se arriscar a acabar com um ferimento sério, por exemplo. Isso seria imperdoável. Mas a verdade é ainda pior: por todo o Estado de Nova Iorque e, de fato, em toda a costa leste, outros criminosos tentaram imitar esses crimes perigosos aliados ao uso de violência para emular o homem perante vocês, o homem preso na cena de seus crimes.

"Este é um tribunal da lei, não um concurso de popularidade. Trarei testemunhas para prestarem depoimento contra ele, e vocês ouvirão evidências incontestáveis de especialistas para provar a culpa do réu, e espero que cumpram seu dever como cidadãos responsáveis e considerem o Sr. Azzo culpado das acusações. Obrigado."

Aquilo não soou nada bem, e Barclay estava fazendo exatamente o que tinha acusado Vince de fazer: incitar um concurso de popularidade entre ele mesmo e o réu. Ele buscava influenciar a opinião do júri por causa dos chamados "crimes" por imitação, sendo a imitação resgatar animais de canis, quando ele sabia muito bem que seria impossível colocar isso na conta de Vince. Ele estava brincando com a audiência, e eu não esperava nada menos. Tinha me preparado para isso.

Lancei a Vince um sorriso encorajador e me levantei.

— Meritíssima, e senhoras e senhores do júri: perante a lei, o réu é considerado inocente até que se prove o contrário. A promotoria está correta:

este é um tribunal da lei, e, ainda assim, os senhores não ouviram evidências reais contra o réu. Vocês virão a saber a verdade: Vincent Azzo é um homem de fortes princípios e de ética incontestável. O chamado "crime" de que ele está sendo acusado é o de ter um bom coração; ele é um homem que ama os animais, um homem que se importa com aqueles que não podem cuidar de si mesmos, com aquelas criaturas que não têm voz. Ele simplesmente desejou salvar a vida de animais inocentes que tinham entrado na lista da eutanásia; aos olhos dele, para serem mortos por não terem onde morar. Ele queria salvá-los.

Dou uma olhada teatral para Barclay.

— E já que o promotor Barclay alegou que o réu angariou publicidade, eu lembraria a ele que este apaixonado amante dos animais trabalhou incansavelmente para levantar mais de meio milhão de dólares para canis do Estado. — Virei-me para o júri. — Meio milhão de dólares para...

— Objeção! — Barclay gritou, ficando de pé. — Repetição e relevância. Esforços para arrecadar fundos para que isso lançasse uma boa luz sobre ele não desfaz o crime original e, além disso...

— Objeção deferida. Por favor, continue com cuidado, Srta. Cooper.

Dois pontos de cor surgiram nas minhas bochechas. Era tradicional que declarações de abertura fossem feitas sem interrupções. Barclay havia me irritado de verdade, e a juíza Herschel aparentemente fez vista grossa para a grosseria dele.

Barclay abriu um sorrisinho satisfeito e se sentou.

— Eu vou provar — retomei, falando com o máximo de calma possível, como se a interrupção dele não significasse nada —, por meio de evidências e depoimentos de testemunhas, que o réu é inocente de todas as acusações, e estou confiante de que vocês também chegarão à mesma conclusão.

Retomei o meu assento ao lado de Vince.

— O cara é um idiota — ele sussurrou. — E você estava gostosa pra cacete.

Reprimi o sorriso e assenti com sabedoria. Tudo era questão de como se apresentar.

A juíza Herschel olhou feio para Vince.

— A promotoria pode chamar a primeira testemunha.

Barclay se levantou com bastante fluidez.

— O Povo chama Benson Luft.

O oficial de justiça levou a testemunha até a tribuna, e o escrivão falou em seguida:

— Erga a mão direita. Você jura pela sua honra que o testemunho que dará perante este tribunal será a verdade, apenas a verdade e nada mais que a verdade?

— Eu juro — disse Benson Luft, em uma voz esganiçada e nervosa.

Com um sorriso tranquilizante, Barclay caminhou em direção à sua testemunha.

— Obrigado por vir, Sr. Luft. Por favor, diga aos senhores do júri seu cargo e função.

— Eu, hum, sou o diretor do Abrigo de Animais Bicharelado. Recebemos, todos os anos, mais de seis mil animais abandonados e desabrigados que foram encontrados ou trazidos para nós. Em um único dia, podemos ter entre vinte e quarenta animais esperando por um lar. Tenho um funcionário em tempo integral e dois em meio período, mas contamos com uma equipe de voluntários para alimentar e exercitar os animais. Fazemos nosso melhor por todos e cada um deles, mas a verdade é que nunca há dinheiro suficiente, ainda mais para pagar veterinários. Cada centavo é gasto para fazer os animais viverem melhor. Não temos orçamento para marketing. Um voluntário cuida do nosso site. Cada centavo conta.

— Uma tarefa muito digna, interessante e laboriosa, sem dúvida — disse Barclay, e deu um tapinha cálido e fraternal no ombro de Benson Luft.

Aff.

— Por favor, diga ao tribunal, Sr. Luft, o que aconteceu na noite de 4 de janeiro.

— Eu jantei com a minha mulher e estava colocando nosso filho, Oscar, na cama. Ele gosta de ouvir historinhas para dormir. Hum…

— E o senhor teve sua rotina doméstica interrompida, não foi?

— Sim, o telefone tocou, e Sylvia, minha esposa, disse que era a polícia.

— E quando você falou com o policial, o que ele disse?

— Que alguém havia invadido o canil e estava roubando os nossos cães!

— Roubando os cães de vocês — repetiu Barclay, lançando um olhar cheio de significado para o júri.

— Sim! Foi ele! O Cruzado Canino.

— O senhor se refere ao réu, o Sr. Vincent Azzo — Barclay o repreendeu com tato, e uma chama de irritação no olhar.

— Sim, ele.

— Entendo. E quando o senhor chegou ao canil, pode me dizer o que encontrou?

— O lugar estava uma bagunça! Havia fita da polícia por toda a parte, e duas das nossas portas pareciam ter sido arrombadas a chutes, as trancas estavam penduradas. Os cães latiam e estavam fora das jaulas. Havia mer... hum, fezes de cachorro e urina espalhadas por toda a parte. Alguém havia pisado e espalhado pelo carpete. A cadeira do meu escritório foi roída!

Ele parecia prestes a chorar.

— E o que o senhor sentiu ao ver a extensão dos danos?

— Eu me senti desalentado — disse Luft. — Não sabia onde arranjaríamos dinheiro para fazer os reparos.

Vince abaixou a cabeça, e tive que lhe dar um cutucão para lembrar a ele que parecesse otimista o tempo todo.

— E, desde o ocorrido, o senhor fez as contas de quanto seria necessário para os reparos?

— Sim, por volta de quinhentos dólares.

— Uma quantia expressiva para um canil de caridade.

— Sim.

Barclay lançou um olhar cheio de significado para o júri antes de continuar.

— E o senhor poderia dizer ao tribunal o que se passou na manhã seguinte?

— Só consegui ir para casa às três da manhã, porque precisei lidar com os reparos emergenciais para conseguir fechar o canil. Voltei às oito e...

— E?

— Mais tarde naquela manhã, comecei a receber ameaças de morte de pessoas dos direitos dos animais! Como se eu *quisesse* mandar os cães abandonados para a eutanásia. Eu não queria! Odeio essa parte, mas não temos espaço, e os cães mais velhos ou doentes... ninguém quer levá-los para casa. Às vezes é difícil conseguir um lar até mesmo para os maiores, eles esperam meses e mais meses para conseguir uma família. Nós fazemos o nosso melhor.

— Ameaças de morte para um homem de família trabalhando duro em um canil — Barclay suspirou, balançando a cabeça, com mais piedade do que raiva. — Sem mais perguntas.

— Deseja interrogar a testemunha? — a juíza Herschel perguntou a mim.

— Sim, meritíssima — falei, então me levantei e fui até o homem, conjurando a confiança de que eu precisava. — Sr. Luft, na noite de quatro de julho, o senhor tinha três cachorros que iriam para a eutanásia no dia seguinte, correto?

— Sim.

— E há quanto tempo esses cães estavam com o senhor?

— Eu... eu não lembro bem. Precisaria olhar os nossos registros e...

— Bem, permita-me refrescar a sua memória, já que, ao que parece, estudei esses registros mais que o senhor recentemente. — A juíza Herschel me deu um olhar de aviso, mas continuei: — Um labrador chocolate de nove anos chamado Amendoim estava lá há dez dias; um akita misturado com pastor-alemão de um ano chamado Monty, há catorze dias; e Bronco, um bull terrier de sete anos, estava lá há três semanas. Isso lhe soa correto?

Luft assentiu, infeliz.

— Por favor, diga claramente para os altos do tribunal — entoou a juíza Herschel.

— Sim, soa correto. — Luft tossiu.

— Obrigada — falei, tranquila. — É comum mandar para a eutanásia cães que estavam com o senhor há tão pouco tempo?

Luft ficou vermelho ao puxar a gravata.

— É muito difícil mesmo arranjar um lar para cães mais velhos e maiores; akitas estão banidos em cinco estados e...

— Sr. Luft — eu o interrompi. — A pergunta foi se é comum mandar cães para a eutanásia depois de tão pouco tempo.

Ele pigarreou, nervoso, olhando repetidamente para Barclay.

— É uma questão de espaço e saber quais cães podemos ajudar...

— Por favor, responda à pergunta, Sr. Luft — a juíza Herschel instruiu.

— Não — cedeu Luft, por fim. — Não é incomum.

— Obrigada — falei, seca. — E desde a intervenção do Sr. Azzo, quantos desses cães ainda estão esperando um lar?

Parei, no que esperava ser uma forma dramática, esperando pela resposta.

— Nenhum — disse ele, baixinho.

— Nenhum! — repeti, mais alto. — É ou não verdade que, nas dez semanas desde a ajuda do Sr. Azzo o senhor não teve um único animal esperando por um lar?

— Objeção! — bufou Barclay, saltando de pé. — O réu está sendo acusado de um crime sério, não de "ajudar"!

— Por favor, reformule a pergunta, Srta. Cooper — a juíza ordenou.

— É claro, meritíssima. Sr. Luft, quantos animais estão atualmente no canil esperando por um lar?

— Nenhum.

— Nenhum! Que bênção! Quando foi a última vez que isso aconteceu? — Luft ficou calado. — É verdade, Sr. Luft, que essa é a primeira vez em quatro anos de mandato que o senhor não tem um único animal para arranjar um lar?

— Objeção! — Barclay repetiu, levantando-se outra vez. — Relevância! O Sr. Luft não está em julgamento. Foi o Sr. Azzo que foi preso por assalto à propriedade e apropriação indébita.

— Concedido — entoou a juíza, pondo fim à minha melhor linha de interrogatório.

E assim foi pelo resto do dia. Toda vez que eu abordava o bem que Vince tinha feito, Barclay vinha mais rápido que Tyson atrás de um sanduiche de bacon. A juíza Herschel ficava do lado dele todas as vezes.

Em seguida, ele chamou um especialista em digitais que confirmou que as de Vince foram encontradas em vários lugares dentro do canil; eu não tinha perguntas para ele. Então Barclay chamou a policial que tinha prendido Vince no local, e depois de vários minutos, eu tive a oportunidade de interrogá-la. Eu a tinha como fã de Vince, então estava esperançosa.

— Policial Sharon Tomás, a senhora prendeu o réu no Abrigo de Animais Bicharelado na noite de quatro de janeiro, correto?

— Sim, senhora — disse a policial, estudando o bloquinho embora fosse óbvio que ela não precisava dele, o evento incomum estava claro em sua mente, ainda mais quando Vince não conseguiu se conter e deu uma piscadinha para ela.

A policial sorriu, então se lembrou de que estava no tribunal e sua expressão ficou séria.

— Permita-me ser clara, policial Tomás, a senhora prendeu o réu *dentro* do Abrigo de Animais Bicharelado.

— Sim, senhora.

— Algum dos cães tinha sido removido do canil para a rua?

— Não, senhora.

— Algum dos cães tinha sido removido das salas dentro do canil?

— Não, senhora.

— Sem mais perguntas.

Barclay se levantou de uma só vez.

— Policial Tomás, algum dos cães tinha sido removido da jaula quando a senhora prendeu o réu?

— Sim, senhor.

— Quantos foram removidos da jaula, policial?

— Dezessete, senhor.

— Dezessete! E não eram esses, na verdade, *todos* os cães do canil?

— Sim, senhor.

— E quantos desses cães eram filhotes?

— Seis, creio eu, senhor.

— E quantos filhotes o réu carregava consigo quando foi preso?

— Todos eles, senhor. Todos os seis.

— Obrigado, policial — disse Barclay, lançando um sorriso presunçoso para mim.

Amaldiçoei o promotor. Eu tinha a esperança de deixar claro que os cães não tinham sido removidos do canil e, assim sendo, roubo nenhum aconteceu; agora ele havia destruído completamente a minha linha de interrogatório.

— Mais perguntas, advogada? — a juíza Herschel perguntou a mim.

— Não, meritíssima. Sem mais perguntas para a testemunha.

Eu praticamente conseguia ouvir a porta da prisão batendo às costas de Vince.

Vince

Todos nos sentamos em silêncio ao balcão de café da manhã. Eu observava Tyson correr em círculos ao redor do pátio minúsculo. Levei-o para uma corrida logo que acordei, antes de ir para o tribunal, mas ele já estava mais do que pronto para outro passeio.

Olhei para frente e vi Cady encostada no ombro de Rick, e ele com o braço ao redor dela. Eles haviam adiado a lua de mel para estar no tribunal todos os dias, eu tinha uns puta de uns amigos incríveis. Mas queria parar de ferrar as coisas para eles; só que parecia que eu não conseguia evitar.

Meus olhos foram atraídos para Gracie, e ela nunca ficava longe dos meus pensamentos. Neste momento, a mulher escrevia furiosamente e franzia a testa, parando só para empurrar os óculos quando eles escorregavam por seu nariz. Ela estava usando uma calça minha de moletom velha e uma camiseta da NYU, já que trocou seu terno poderoso assim que chegamos em casa. Seu cabelo estava preso naquele rabo de cavalo de gente séria que eu achava sexy pra cacete, mas aquele franzido agora estava permanentemente marcado entre seus olhos cansados.

Distraído, afaguei Tap enquanto Zeus roncava alto no sofá. Eu não conseguia não sorrir da algazarra que ele armava. Sempre pude contar com meus cachorros nos meus momentos mais difíceis, e agora não era exceção. Se você nunca foi reconfortado por uma bola quente de pelo enrodilhada no seu colo, ou uma cabeça peluda apoiada em seus joelhos, pode acreditar, está perdendo uma das melhores formas de conforto desde que o primeiro lobo decidiu que passar tempo com um humano bem-alimentado parecia uma boa ideia.

Mas eu estava preocupado com Gracie. Ela parecia exausta e, pior que isso, dava para ver que não vinha comendo, e isso foi um soco na boca do estômago. Eu tinha causado isso a ela, e sabia que, para a maioria das pessoas que alguma vez teve anorexia e parou de comer, isso se tornava um hábito perigoso e complicado para se restaurar um relacionamento saudável com a comida.

Determinado de que ela não ia mais ficar sem algo nutritivo, abri no celular o site do meu restaurante vegano preferido e pedi basicamente tudo do cardápio. Certificaria-me de que Gracie comeria mesmo se não tivesse mais nada que eu pudesse fazer para ajudá-la.

Amanhã ela chamaria Greg Pinter, o direto do zoológico do Central Park, para testemunhar. Ela já tinha me avisado que Barclay ficaria gritando "objeção" e "relevância", pulando para cima e para baixo feito uma criancinha cagada. Eu não desgostava de muita gente, porque era desperdício de energia, mas aquele filho da mãe presunçoso com certeza conseguiu entrar na minha curta lista.

A comida chegou em uma montanha de caixas soltando fumacinha e aroma de especiarias que me fizeram aguar antes mesmo de elas chegarem à mesinha de centro. Os cães olharam cheios de esperança para Rick e Cady, que começaram a abrir a comida na mesma hora, e fui até o balcão e aproveitei a oportunidade para massagear os ombros de Grace.

Ela gemeu baixinho, e o meu João-bobão ficou em posição de sentido, prestando atenção. Dei de ombros. Ele estava solitário e sentindo falta do toque de uma boa mulher. Bem, ele poderia escolher entre a minha mão direita ou a esquerda até Gracie decidir fazer de mim um homem decente. Esperava que não levasse muito mais tempo. Será que eu poderia morrer por bolas azuis? Ou talvez a pergunta que eu deveria estar fazendo fosse: eu poderia me casar na prisão?

— Ah, que delícia — ela suspirou.

— Você tem mais nós aí que um bíceps de pedreiro — murmurei, empurrando os polegares nos músculos tensos da base do seu pescoço.

— Não sei o que isso quer dizer, mas não pare.

Massageei aqueles músculos tensos até Cady e Rick desembalarem toda a comida, e Grace estar macia e relaxada, recostada para trás no meu peito.

Beijei sua bochecha.

— Bora! Hora de comer.

Seus músculos ficaram rígidos de novo, e ela balançou a cabeça enquanto pegava o caderno e a caneta.

— Não, tenho que trabalhar.

A essa altura, nem me dei o trabalho de discutir, só a peguei no colo e a levei para a sala, coloquei-a no sofá e quase acertei Zeus, cujos olhos magoados me assombraram enquanto me desculpava com ele.

— Vincent! Mas o que é isso? — Grace estrilou ao se desvencilhar de uma pilha de cobertores de cachorro.

— Você precisa comer, Gracie — falei, com tato. — Precisa de proteína e carboidratos e só um pouco de comida, caramba. Não quero minha advogada desmaiando.

Ela resmungou um pouco, mas ignorei ao servir pequenas porções de tudo um pouco em seu prato. Eu sabia por experiência que anoréxicos não suportavam ver um prato cheio de comida: a coisa precisava parecer gerenciável.

Nós todos enchemos a pança enquanto Rick devorava a comida, e Cady parecia bastante entusiasmada também. Gracie ficou remexendo a dela, mas não falei nada porque pelo menos ela estava comendo. Tentei não observá-la também, porque isso poderia causar ansiedade nos anoréxicos, e não queria que ela pensasse que eu a estava julgando pelo que comia (ou deixava de comer). Eu não poderia fazer da comida um campo de batalha.

— Preciso deixar o júri a par do fato de que Pinter queria te recrutar como advogado dos animais do zoológico — ela informou, anotando com uma das mãos enquanto empurrava a comida de lá para cá com a outra. Ela olhou para cima. — Ele ainda quer, não é?

— Sim, não se preocupe — falei. — Ele acha que eu sou as bolas do cachorro. — Pausei quando ela me olhou boquiaberta. — Ele acha que eu sou a mostarda, o pão fatiado do mercado, o brilhinho das pedrinhas para virilha.

— Ceeeerto — falou, devagar. — Vincent, me promete que você não vai mencionar as, hum, bolas de cachorro enquanto estiver diante do tribunal ou do júri.

— Ah, pode deixar. — Sorri para ela. — Ser o Santo Vin. Uhum, eu consigo.

Meu sorriso ficou mais largo quando ela balançou a cabeça. Mas, se eu fosse sincero comigo mesmo, me perguntava o que o amanhã me reservava.

E jamais diria a Gracie, mas estava preocupado também.

Grace

— Não está indo bem, né? — Vince indagou baixinho, sem erguer o olhar enquanto afagava Tap.

Isso era dizer pouco. O terceiro dia de julgamento tinha sido um desastre.

Barclay gritou "objeção" e "relevância" com tanta frequência enquanto eu fazia perguntas a Greg Pinter, o diretor do zoológico, que faltou coerência à narrativa que eu tinha planejado, e o júri ficou confuso e entediado. Eu estava prestes a conseguir avançar para dois fatos importantes: que ofereceram a Vince uma função (não remunerada) como advogado dos animais e que ele havia devolvido Jabari para o zoológico.

Barclay tinha sido rápido ao apontar que Vince não tinha aceitado a função, e enquadrou o segundo ponto como "golpe publicitário barato". Eu queria que ele pudesse ter visto como Vince tinha interagido com Jabari no casamento de Cady e Rick.

Eu podia dizer que Vince ficou furioso, mas, para seu crédito, manteve a calma no tribunal, assim como me prometera que faria.

Cady tinha ido para casa, furiosa, jurando que transformaria seu programa de rádio em um "Vince livre", caso o pior acontecesse. Não sabia se deveria agradecer a ela pelo apoio a Vince ou ficar amuada por saber que minha amiga pensava que eu perderia o caso.

Observei Vince acariciar Tap, com Zeus adormecido ao seu lado e Tyson deitado aos seus pés, tirando conforto de seus cães.

— Não — admiti, com um suspiro suave. — Não está indo bem.

Ele assentiu, mas não olhou para cima.

— Se eu não voltar para casa amanhã, você vai tomar conta dos meus cachorros, não vai, Gracie?

Ele parecia tão triste e derrotado que me senti a pior advogada da história, a pior amiga e a pior quase namorada do mundo.

Ele ergueu a cabeça, me olhou nos olhos, então abriu um sorriso cansado e apertou a minha mão, não havia um grama de culpa em seus profundos olhos azuis.

Nós nos sentamos de mãos dadas, lágrimas se juntando nos meus olhos.

Era simplesmente errado esse ser humano incrível, esse homem doido, bondoso e generoso, estar encarando a possibilidade de ser preso. Era *errado*! Não era justiça, mesmo sendo a lei. Como era possível alguém tão doce e genuíno acabar atrás das grades? Alguém que só queria fazer o bem? Um homem que os outros batizaram como Cruzado Canino?

Como ele…

Espera…

ESPERA!

Só um minutinho. Inês não é morta! Eu estava tendo uma ideia…

Não, não uma ideia, uma epifania de verdade… uma revelação, não do tipo com corais de anjos e querubins lançando flechas de amor para mim, mas uma crença sincera de que poderíamos vencer esse caso.

Fato fascinante: o ditado "Inês é morta" vem do século XIV, quando Inês Castro foi executada por ordem do rei D. Afonso IV, pai de seu amante, D. Pedro I de Portugal, e quer dizer "agora é tarde".

— Não! — soltei um gritinho, disparei do sofá e comecei a andar para lá e para cá na sala.

— Não? — Vince me encarou, seu trio peludo me observando com preocupação. — Você não vai cuidar dos meus cachorros?

— Não! — Eu ri alto. — Não, não vou cuidar deles porque *você* vai fazer isso!

— Vou?

— Vai!

— Eu vou! — ele gritou, e se levantou com Tap debaixo de um braço e Zeus debaixo do outro enquanto Tyson latia de surpresa e felicidade.

Por vários minutos, foi um caos adorável com Vince correndo atrás dos cães, pegando-os no colo e beijando-os, e recebendo uma centena de lambidas no processo enquanto eu pulava no sofá, gritando feito uma louca, como se já tivéssemos ganhado.

Vince me tirou do sofá, me girou pela sala e plantou um beijo firme nos meus lábios, um que ficou suave, doce e sensual até demais.

— Me coloca no chão — falei, com a voz abafada, e, obediente, ele me colocou de volta no sofá, rindo enquanto eu pulava.

Então seu sorriso resplandecente deu uma escorregadinha.

— Então, hum, há um minuto você estava pensando que a gente ia perder, e agora está pensando que vamos ganhar? — ele perguntou, com tato. — Sei que não sou o cara mais inteligente do mundo, mas como vai ser isso?

— Eu sei como a gente vai ganhar. — Sorri para ele. — Tenho uma arma secreta!

— Tem?

— Tenho.

— Fabuloso, puta merda! — Ele sorriu para mim, enquanto eu continuava rindo feito uma lunática. — Tudo bem, você vai me dizer o que é?

— Você — falei, sorrindo de orelha a orelha.

— Eu o quê? — ele perguntou, e um franzido confuso maculou seu rosto bonito.

— Você! — Eu ri. — Você é a minha arma secreta! Eu estava lidando muito errado com esse julgamento! Te disse para se comportar, ficar quieto, ser um cidadão sério e sensato. Tudo errado!

— Peraí, ser sério e sensato não pega bem?

— Não! Porque você *não* é sério e sensato! Você é meio que... que... um pateta fofo... que invade um canil para impedir cães de irem para uma eutanásia! Você é o tipo de herói que doa meio milhão de dólares para ajudar a conseguir um lar para os cachorros de todo o estado de Nova Iorque! Você é aquela pessoa muitíssimo estúpida que invade o zoológico do Central Park para ajudar um leão idoso a encontrar o caminho de casa! Você é completamente doido, e meia Manhattan está apaixonada pelo Cruzado Canino!

— Isso inclui você? — perguntou, com um sorriso esperançoso.

— Eu me recuso a responder a essa pergunta porque poderia me incriminar — falei, toda empertigada. — Recorro ao meu direito de permanecer calada. Mas volte a perguntar semana que vem.

— Pode apostar sua calcinha e sutiã que vou fazer isso! — Ele sorriu. — Então, qual é o grande plano para ganhar o caso?

Respirei bem fundo.

— Seja você mesmo.

Ele piscou um olhar de confusão que foi fofo demais.

— Ser eu mesmo?

— Isso! Seja no tribunal essa pessoa maravilhosa e maluca que você é. Deixe os jurados verem o verdadeiro Vincent Azzo, o verdadeiro Cruzado Canino. Deixe que eles vejam a sua paixão; que eles vejam o homem que arrisca a própria liberdade para assegurar que cães indesejados, que cães abandonados, são desejados por *ele*. Mostre a eles o seu verdadeiro eu, Vince.

— Tem certeza?

— Cem por cento.

Ele coçou a cabeça, seu sorriso começou a diminuir e depois ficou mais largo.

— Ser eu mesmo. Posso fazer isso. — Ele sorriu. — Sem dúvida nenhuma!

— E use sua roupa de Cruzado Canino.

— Sério?

— Sério.

— Com a capa?

— Isso mesmo.

— E o rabo?

— Sem dúvida nenhuma.

— E as orelhinhas?

— Mas é claro que sim!

Então ele me arrebatou em seus braços e nos beijamos com paixão, felicidade e amor enquanto os cães latiam em aprovação.

Vince

— Você perdeu completamente o juízo? — gritou Cady. — Pirou de vez? Talvez o estresse com o caso tenha acabado te pegando de jeito. Ou talvez um alien tenha entrado no seu corpo e assumido a sua mente!

Ela pegou Grace pelos ombros e a sacudiu.

Grace riu e se virou para sorrir para mim.

— Eu acho que o Vince está maravilhoso.

Eu me erguia alto, resplandecendo de orgulho no meu traje de Cruzado Canino feito de lycra dourada com o meu logo no peito, a longa capa vermelha e verde fluindo atrás de mim e uma cauda peluda que espiava por debaixo da capa. Eu não estava usando o capuz no momento, mas tinha uma quedinha por aquelas orelhas. Assim como a Gracie, diga-se de passagem.

— Você *quer* ir para a cadeia? — Cady se lamuriou, com as mãos nos ombros de Grace, ainda a sacudindo até Rick a tirar de lá.

— É claro que não — respondeu Grace, mordaz, com os olhos brilhando. — Mas, até o momento, o júri só ouviu palavras, muita coisa vindo das testemunhas, de mim e do Barclay; preciso que eles *vejam* o Vince; eles têm que entender que ele não é igual ao resto de nós. — E ela moveu a mão diante de mim igualzinho o showman P.T. Barnum fazia quando chamava uma nova apresentação de "elefante de bicicletinha".

— É, eu sou único. — Sorri. — Quebraram o molde quando me fizeram.

— Sempre me perguntei se o molde já não estava quebrado quando te fizeram — Rick resmungou ao fundo.

— Ah, cara! E que coisa é essa que você fez no cabelo? — lamentou-se Cady.

Olhei no espelho, para os tufos que restavam na minha cabeça careca e que mostrava dois C's entrelaçados e uma patinha, meu logo de Cruzado Canino.

— Maneiro, né?

— Eu ajudei — disse Gracie, orgulhosa. — A patinha foi o mais complicado.

— Mas por quê? — Cady gemeu.

— Eu disse para ele ser ele mesmo e ele queria raspar a cabeça com o logo, então... — Grace deu de ombros.

— Mas por que você está dando ouvidos ao Vince? — Cady gemeu mais alto ainda. — Ele é um grandessíssimo idiota! Um cabeça de vento bobo! Sem ofensa.

— Não me ofendi. — Eu ri.

— Exatamente — Grace disse, com calma. — Eu vinha tentando mostrar Vince como um cidadão são e sensato quando, na verdade, ele é um adorável maluquinho. Até o momento, este tem sido só mais um caso para a juíza e o júri; eles precisam ver quem Vince realmente é.

Rick coçou a barba.

— Pode funcionar.

— Ou ele pode acabar na cadeia! — Cady gritou.

— Ai, não sabia que você se importava — provoquei.

— Não tanto assim, otário — ela rosnou. — Mas Grace é minha melhor amiga, e eu me importo com *ela*. Ela vai ficar devastada se perder.

Grace pegou a mão dela.

— Obrigada pelo "se"; eu também te amo, meu bem. Agora, precisamos de um favor. Quem está te substituindo no seu programa essa semana?

— Um cara chamado Ragin1 Rob. Ele é bem bom.

— Você consegue invadir o programa por uns dez minutos antes de começarmos no tribunal?

Cady se animou.

— Claro que posso — afirmou, com os olhos brilhando.

— Ótimo! Fale do caso. Quero o máximo possível de fãs do Cruzado Canino do lado de fora da Suprema Corte. Use seus contatos para trazer a TV e a imprensa também.

Cady mal esperou o fim da frase antes de pedir um Uber para levá-la à rádio.

— Vince, entre nas redes sociais e convoque seus fãs para virem à Suprema Corte, com faixas e placas, de preferência. Se não puderem vir em pessoa, quero que tuitem e postem com a hashtag #JustiçaProCruzadoCanino.

— Estou nessa! — Sorri, peguei o celular e enviei um SOS para os meus quinhentos mil seguidores.

— Rick, tem pessoas bastante importantes frequentando a sua academia, você poderia enviar um e-mail pedindo apoio a eles?

Rick assentiu e pegou o telefone, concentrando-se em digitar.

— O que eu esqueci? — Grace murmurou consigo mesma, olhando as anotações.

— Esqueceu de me beijar — sussurrei em seu ouvido, o que a fez se sobressaltar.

— Mais tarde! — Ela riu.

— Agora — insisti.

Ganhei a discussão. Eu sabia que não ganharia sempre com a minha advogada sexy, mas hoje era um bom dia, eu tinha certeza.

Quando chegamos à Suprema Corte, soube que meus fãs tinham vindo por mim. Não só estavam lá aos milhares, mas um bom número veio usando macacão de cachorro, e pelo menos uns cinquenta vestiam a própria fantasia de Cruzado Canino (que eu estava vendendo na internet a US$ 74,29 incluindo cauda, orelhas, capa e entrega).

Mas essa não foi a melhor parte: muitos trouxeram seus belos pulguentos junto: grandes, pequenos, peludos, de pelo curto, de pelo grosso, jovens, velhos e todos incríveis do seu próprio jeito, mandando amor para seus *aumanos* enquanto ficavam ali pela entrada da Suprema Corte, contidos por uma fina linha azul de dois policiais espantados e um rolo de fita de cena do crime. Enquanto observávamos, uma segunda patrulha parou cantando pneu e mais quatro policiais saltaram de lá para ajudar com a multidão enquanto meus seguidores avançavam.

— Esse é o seu momento, Vince — Gracie disse, me cutucando de levinho. — Vá se encontrar com seus fãs dedicados.

Dei humildemente de ombros e sorri para ela.

— São só amantes dos cães, assim como eu.

O motorista do Uber estava balançando a cabeça.

— Não consigo passar, cara. Tem alguma loucura acontecendo lá. São as suas pessoas?

Assenti, feliz.

— É, é a minha tribo.

Assim que saí do carro, a cantoria ficou mais alta, e o barulho estava incrível quando milhares de cachorros começaram a latir ao mesmo tempo. Joguei a cabeça para trás e uivei que nem um lobo, rindo pra caramba quando milhares dos meus seguidores fizeram o mesmo.

Os repórteres tentavam falar para a câmera, mas tiveram que desistir e só filmar o caos fabuloso que acontecia enquanto eu me movia pela multidão, apertava mãos, patinhas, afagava amigos peludos e dava centenas de biscoitos caninos até meu saco de guloseimas ficar vazio.

— Desculpa, amigão — falei para um pitbull que sorria e mostrava todos os dentes.

Fiz um carinho nele, então, e só saí quando Gracie me puxou pelo braço e bateu em seu relógio de pulso.

Subi os degraus da Suprema Corte e me virei para os meus fãs.

— Nada empata as quatro patas! — gritei.

Ouvi, embasbacado, enquanto as palavras eram gritadas da multidão, e soquei o ar em triunfo. Eu podia não ser bom em muita coisa, mas reconhecia amigos amantes dos animais quando os via.

Um microfone foi enfiado no meu rosto quando um repórter com um topete feio abriu caminho em meio à multidão.

— Vince Azzo, o Cruzado Canino, você está preocupado com a possibilidade de ir para a prisão hoje? Tem algo a dizer aos seus fãs?

Assenti e sorri.

— Não estou preocupado com a prisão porque estamos nos Estados Unidos, terra da liberdade, e embora esta venha sendo uma batalha épica entre as forças das trevas e a verdadeira justiça, sei que o júri tomará a decisão certa. Nenhum cão merece ser posto na prisão, todos merecem um lar, e cada amante de animais sabe que eu fiz a coisa certa. E, além do que — sorri e dei uma piscadinha para Grace —, esta é a minha advogada, Gracie Cooper, e quando ganharmos o caso, ela prometeu que será minha namorada também.

A multidão rugiu, e milhares de uivos ecoaram pela manhã de Manhattan.

As bochechas de Gracie ficaram rosadas e havia um sorrisão em seu rosto.

— Não poderia ter sido melhor — ela disse, apertando meu braço. — Agora vamos lá esmagar esse caso sob o calcanhar da justiça!

— Puta merda, você fica gostosa quando dá uma de advogada para cima de mim!

Gracie abriu um sorriso presunçoso.

— Levarei isso em consideração. — E deu uma piscadinha.

Eu não conseguia superar o quanto ela mudou nessas vinte e quatro horas. Ontem, a mulher estava para baixo, derrotada, mas agora tinha voltado à luta. Por mim. Fazia muito tempo que ninguém lutava duro assim por Vince Azzo.

Quando entrei na sala de audiência, meus apoiadores lá aplaudiram, e a imprensa estava ocupada tomando notas. O oficial de justiça parecia preocupado e falava com os dois seguranças à porta.

Tomei meu assento ao lado de Gracie e coloquei o capuz, balançando a cabeça para que as orelhas batessem no meu rosto, o que fez as pessoas ao nosso redor rirem.

Exceto a cria de Satã, Randolph Barclay, que fazia cara de quem estava com a bunda ardida. Como sempre.

Gracie manteve o sorriso quando foi ordenado que todos se levantassem para a chegada da juíza Herschel.

Assim que ela me viu, seus olhos se estreitaram e os lábios franziram. Ela parecia o tipo de mulher que deixaria Barclay com a bunda ardida e diria que ele gostou.

— Advogada, aproxime-se da tribuna — deu a ordem.

Grace avançou com confiança.

— Meritíssima?

— Me dê uma boa razão para eu não acusar o réu de desacato ao tribunal. Seja cuidadosa com sua resposta, Srta. Cooper, porque estou cogitando acusar *você* de desacato ao tribunal!

Prendi o fôlego.

— É claro, meritíssima — Grace disse, com a voz clara e segura. — Pedi ao Sr. Azzo para ser ele mesmo hoje, nada mais, nada menos. O júri não conseguiu ver o quanto ele é apaixonado por salvar animais, só ouviram; e devo adicionar que não foi o Sr. Azzo que se batizou de "o Cruzado Canino", foi obra de seus apoiadores. O promotor Barclay está certo quando diz que o caso dele tem repercussões muito maiores do que os eventos de quatro de janeiro, muito, muito maiores. Nunca se tratou de tentar roubar os cachorros, mas de resgatá-los. É *isso* que o Sr. Azzo faz; é *isso* que ele é.

A juíza encarou Gracie por tanto tempo que comecei a suar no meu traje de lycra, minha virilha começou a ficar úmida, e não de um jeito bom.

— Muito bem, Srta. Cooper — a juíza declarou, por fim. — Vou permitir que o réu use essa fantasia, mas, lhe aviso, *não* teste ainda mais a minha paciência.

— Não, meritíssima — disse Gracie, cruzando os dedos ao se virar para voltar para o assento, com um sorrisinho triunfante no rosto enquanto Barclay ficava da cor de um picles de beterraba.

Ele também devia ter o cheiro de um, o babaca com cara de limão.

Gracie respirou bem fundo e empurrou os ombros para trás, seus olhos brilhavam para mim, cheios de fé.

— A defesa chama Vincent Alexander Azzo.

Ela estava tão gostosa naquele terno cinza-escuro e a blusa vermelha com laço na frente que eu ainda a encarava quando ela pigarreou e me deu um olhar aguçado.

— Ah, certo! Sou eu. Desculpa, Gracie.

As pessoas ali presentes riram, mas a juíza lhes lançou um olhar bastante gélido. Ah, poxa, será que ela tinha achado a calcinha na geladeira hoje de manhã?

Fui até o banco das testemunhas, dei um breve giro com a capa no caminho, fiz o juramento, então abaixei meu capuz para ouvir melhor.

— O réu gostaria de se declarar inocente no que diz respeito à inumanidade — Gracie disse, alto.

— O réu já fez a sua declaração, e com certeza você quis dizer "insanidade", Srta. Cooper? — a juíza Herschel perguntou.

— Discutível, sem dúvida, mas não hoje, meritíssima. — Gracie sorriu. — Ele é inocente no que diz respeito a inumanidade, porque a forma como os animais são tratados não é humana.

— Objeção! — estrilou Barclay. — Esse não é um pleito verdadeiro! Ela está se exibindo!

— Deferido — disse a juíza, parecendo desalentada. — Faça a sua primeira pergunta, Srta. Cooper.

— É claro, meritíssima. — Grace se virou para mim. — Sr. Azzo, em suas próprias palavras, por favor, diga às damas e aos cavalheiros do júri o que aconteceu na noite de quatro de janeiro.

— Bem, eu estava dando um trato, meritíssima — comecei, confiante.

— Como é que é? — a juíza Herschel interrompeu.

Eu ia repetir, mas Gracie se adiantou.

— Ah, hum, ele estava fazendo algumas coisas de casa, não era, Sr. Azzo? — respondeu, incisiva. — Antes de sair para jantar.

Certo. Não mencionar o encontro pelo Tinder!

— Condução da testemunha — Barclay falou, emburrado.

— Indeferido. Por favor, continue, Sr. Azzo.

— Certo! Então, depois de eu ter, hum, feito as coisas de casa, fui me encontrar com uma amiga e depois jantar. Saí do hotel Roxy às nove da noite e perguntei a Alf, o porteiro, se ele conhecia algum bom restaurante vegano ali na vizinhança. Ele me cantou a pedra e eu paguei com...

— O Sr. Azzo é britânico, como o tribunal já sabe a essa altura — Gracie disse, com uma risada falsa. — Creio que ele está dizendo que recebeu a informação que pediu e deu uma gorjeta de vinte dólares ao porteiro.

— Objeção! — Barclay ganiu. — Ele nem sequer está falando inglês!

— Ele está falando do jeito que eles falam na Inglaterra — Gracie rebateu, fria —, o que, creio eu, é inglês. Só estou traduzindo uns poucos coloquialismos para benefício do tribunal, mas posso parar.

— Por favor, continue. — A juíza Herschel suspirou.

— Certo! Então, eu estava a caminho do restaurante tailandês quando ouvi os cães chorando. Não só latindo ou uivando, mas chorando de verdade como se seus coraçõezinhos estivessem partidos. Foi um som terrível — expliquei, engasgado com as palavras quando me lembrei daquela noite. — Pensei que um deles talvez estivesse ferido, mas, quando me aproximei, percebi que o choro não vinha de um cachorro de rua, mas de um canil.

— Objeção — Barclay disse, ríspido. — Cachorros não conseguem chorar.

— Você foi mordido nesse seu traseiro ossudo quando criança? — rebati. — Cachorros choram. É um som que se alguma vez você ouvir, jamais vai esquecer.

— Indeferido — a juíza Herschel disse de novo.

— Toquei a campainha e bati com força suficiente para acordar os mortos — continuei —, mas ninguém apareceu. Caramba! Que tipo de canil não tem um cuidador noturno no caso de algum dos animais ficar doente? Então eu, hum, pulei o muro, o que foi fácil, segurança horrorosa, e fiquei batendo na porta do escritório e ela, hum, cedeu. Quase caí de cara no chão. Fechaduras frágeis. Muito pouco seguras. — Pigarreei com a maneira que estiquei a verdade, sabendo muito bem que eu tinha escalado um muro de três metros e arrombado a porta interna. — Havia onze cachorros adultos nas gaiolas, e outra com seis filhotes sem a mãe. Eles pareciam estar com fome e tentando sair da gaiola para chegarem a mim. Pensei que conseguiria encontrar comida para eles.

— Objeção! — Barclay gritou. — As digitais do Sr. Azzo não foram encontradas nos sacos de ração, mas nas maçanetas e nas gaiolas dos animais. Os filhotes foram encontrados em sua pessoa... obviamente, ele pretendia roubá-los.

Grace se levantou.

— Objeção, meritíssima! O promotor Barclay está impedindo a testemunha de falar, e o réu não estava tentando roubar os cachorros, apenas lhes dar consolo. Ele é um grande amante dos cães e tem três cachorros resgatados na própria casa. Ele sentiu dó deles, sozinhos lá, no escuro, rodeados por cachorros desconhecidos e...

— Sim, obrigada, advogada. Consegui imaginar — a juíza Herschel disse, ácida. — Por favor, retomem os assentos, advogados, vocês dois. Quero ouvir o que o Sr. Azzo tem a dizer. — Então resmungou consigo mesma, mas eu consegui ouvir. — Deve ser divertido.

— Certo, então, não havia ninguém lá para dar comida aos filhotes. Eles são, tipo, bebês, precisam de leite a cada poucas horas, não achei certo. E aí três dos adultos estavam programados para irem para a eutanásia; abatidos por uma injeção letal. Isso é assassinato! Eles estavam saudáveis, eram amigáveis pra c... e não consegui ficar parado ali e deixar acontecer. Todos os meus cachorros foram resgatados, dona. Quer dizer, juíza Hershey...

— É juíza Hers*chel*, não Hershey!

Sorri para ela.

— Certo, certo! Porque a senhora já é doce o bastante.

Grace

Ele acabou mesmo de dizer isso? Ai meu Deus, ele disse!

Vince se referiu à juíza com o nome de uma das marcas de chocolate de que Cady mais gostava e foi lá e a chamou de “doce”.

Fato fascinante: Milton S. Hershey fundou sua famosa fábrica de chocolate em 1894. É uma das maiores produtoras de chocolate do mundo.

Engoli em seco. Ah, bem, eu disse para ele ser ele mesmo.

A juíza Herschel olhou Vince da cabeça aos pés e ele continuou sorrindo para ela.

— Vou fingir que o senhor não disse isso, Sr. Azzo — entoou, enquanto as pessoas na plateia escondiam o riso com as mãos, e notei que vários dos jurados disfarçavam o sorriso. Então a voz da juíza abaixou para um murmúrio que só a mesa da defesa conseguiu ouvir. — Mas com certeza vai entrar na minha autobiografia.

Ela gostava dele! A juíza estava sendo conquistada pelo charme único e peculiar de Vince.

Eu havia assumido um grande risco ao dizer a Vince para ser ele mesmo, mas precisava fazer alguma coisa para agitar o julgamento, porque as provas em si não dariam bossa, como Vince diria.

Parecia que a aposta estava se pagando, mas eu ainda não contaria com o ovo no rabo da galinha. *Ai, meu Deus! Eu estava começando a falar igual ao Vince também!*

— Obrigada, Sr. Azzo — falei, voltando às perguntas. — E o que aconteceu?

— A polícia chegou e me levou em cana, e aí você chegou e salvou o meu couro! Couro vegano, no caso.

— E no dia seguinte, você voltou ao canil?

— Sim.

— Por quê?

— Eu queria ver como os filhotes estavam. E se eles ainda planejassem mandar os três cachorros para a eutanásia, eu os adotaria.

— Mesmo você já tendo outros três cachorros resgatados? — pressionei.

— Sim, com certeza. — O rosto de Vince ficou sério. — Eu não poderia permitir que aqueles cães fossem assassinados. Não é certo matar cães saudáveis. Não deveríamos ser os civilizados?

Deixei suas palavras no ar antes de fazer a próxima pergunta.

— Entendo — prossegui, lançando um olhar para os jurados, um olhar carregado de significado. — Então você voltou para adotar os três cães mais desesperados, mas o que descobriu quando chegou ao canil?

Vince sorriu.

— Eles já tinham sido adotados! Cada um deles. Cada cachorro no canil! Foi fabuloso pra cac... caramba! Havia uma multidão lá na frente e, quando me viram, começaram a me chamar de Cruzado Canino! Foi épico.

Eu sorri para os jurados.

— Cruzado Canino? E por que você acha que eles escolheram esse título?

Vince deu de ombros.

— Porque eu estava tentando salvar os cães. Não sei, na verdade; só achei bem legal.

— Sim, é bem legal — falei, com um sorriso seco. — E você disse que todos os cães foram adotados repentinamente, mesmo aqueles que iriam para a eutanásia? E por que acha que isso aconteceu?

— Ah, bem, o diretor do canil, Benson alguma coisa, disse que a mensagem do que eu tinha feito havia se espalhado e eles receberam ligações a manhã toda de gente querendo adotar os cachorros. Ele disse que todos os canis da cidade estavam esvaziando mais rápido que um peido em restaurante vegano! Foi fantástico!

— Deixe-me esclarecer — comecei, devagar e claramente, enquanto tentava não rir. — O Sr. Luft, o diretor do Abrigo de Animais Bicharelado disse que *você* foi o responsável por *todos* os cachorros terem ido legalmente para novos lares? Não só no canil dele, mas em toda a cidade de Nova Iorque?

— Sim — Vince respondeu, e pura alegria brilhava em seus olhos. — Ele disse que foi por minha causa.

— Então você ficou feliz com esse resultado?

— Bem, eu estourei de felicidade com essa parte, sim. Fiquei feliz por todos os cachorros terem conseguido um lar, mas Benson disse que eles estavam sem verba… que nenhum dos canis tinha dinheiro: eles não recebiam o suficiente para fazer melhorias, e nada mesmo para marketing ou arrecadar fundos. O que significa que eles não poderiam arcar com despesas de publicidade quando havia cães precisando de um novo lar. Foi quando tive a ideia do desfile do Cruzado Canino para angariar fundos. A gente acabou conseguindo meio milhão de dólares, e foi tudo para os canis da cidade. Fabuloso pra cac… caramba!

— Você ganhou algum dinheiro com essa arrecadação, Sr. Azzo?

— Não, e todos os envolvidos doaram o seu tempo. Hum, mas eu vendi roupas casuais para sadomasoquismo com inspiração canina no meu Instagram. Isso conta?

— Não — tratei de falar. — A defesa não tem mais nada a dizer, meritíssima.

Barclay se levantou com uma cara azeda.

— Que conto de fadas fascinante, Sr. Azzo, quase crível em alguns momentos.

— Com certeza teve um final feliz — Vince garantiu, e várias pessoas riram baixinho.

— Parece uma coincidência extraordinária você ter decidido levantar fundos para o abrigo só *depois* de ter sido preso por assalto à propriedade e apropriação indébita, e só *depois* de precisar de um pouco de boa publicidade para recuperar a sua imagem.

— Na verdade, não — Vince disse, com calma. — Eu só estava em Nova Iorque há umas poucas semanas, não sabia que os abrigos tinham problema com verba. Já angariei fundos para abrigos de animais em outros lugares em que morei. O que não entendo é por que ninguém mais fez isso em Nova Iorque antes.

Barclay descartou a resposta com um sorriso de escárnio.

— Que nobre. E o que você pretendia fazer com os seis filhotes e onze cães adultos que tirou das gaiolas?

Vince pareceu confuso.

— Levá-los para casa.

— Todos eles?

— Bem, sim! Nenhum homem ou cão fica para trás, né?

— E o que pretendia fazer com eles depois que chegasse em casa?

— Dar comida, carinho e depois encontrar um lar para eles morarem para sempre.

— E por que você achava que tinha a capacidade de fazer o que o canil não conseguiu? — ele pressionou. — Certamente você pretendia vendê-los?

Vince deu de ombros.

— Não. Todos os meus amigos amam cachorros, e sou bom em publicidade, e o canil não tem orçamento para marketing. Eu encontraria um lar para eles.

— O senhor certamente é bom em publicidade — Barclay declarou, desdenhoso. — Publicidade autointeressada, poderia se dizer.

— Objeção! — estrilei, ao saltar de pé.

— Deferida — entoou a juíza.

— E suponho que você teria aceitado dinheiro para esse serviço de arranjar lares? — Barclay pressionou.

— Não! — Vince bufou. — Eu não ia vender os cães! Só queria encontrar famílias que os amassem.

— Que nobre.

— Você já disse isso, estou tirando pontos por repetição, camarada, mas amar um cachorro não é nobre, e não é unilateral, porque eles retribuem esse amor dez vezes mais e…

— Obrigado, Sr. Azzo.

— Disponha, mas os cães amam incondicionalmente. E eu consigo falar com eles.

— Como é que é? — disse Barclay, erguendo as sobrancelhas.

— É, eu consigo falar com os animais. Igual ao Dr. Doolitllte.

— Você… conversa com os animais?

Barclay parecia não acreditar na própria sorte, e eu não tinha certeza de como aquilo acabaria. Mas eu havia dito a Vince para ser ele mesmo…

— É. Sou um encantador de animais.

— Os cães te contam o que sentem? — zomba Barclay.

— É claro — Vince fez pouco. — Não é difícil saber o que eles estão sentindo quando você ouve. Mas, se está me perguntando se eles me ajudam com as palavras cruzadas, eu sou um cara que prefere bingo.

A plateia caiu na gargalhada, e alguns dos jurados estavam rindo.

Mesmo Barclay teve que dar as costas para o júri para esconder o sorriso.

— Você sabia que há pessoas copiando as suas ações por todo o estado, causando caos e estragos, instigados por *você* e os seus comentários inapropriados nas redes sociais? — ele fingiu bufar, como se estivesse pessoalmente afrontado.

— São a minha gente — disse Vince ao mesmo tempo que eu saltei de pé gritando objeção, tentando abafar o comentário dele.

— Indeferido — disse a juíza Herschel. — Eu gostaria de ouvir a resposta para essa pergunta, mas tenha cuidado, advogado.

— Sr. Azzo — Barclay entoou —, você sabia que há pessoas imitando você?

— Fiquei ciente de que outros amantes dos cães estão trabalhando para salvá-los nos canis — Vince disse e deu de ombros. — Nada empata as quatro patas! — gritou de repente, me causando um sobressalto, então soltou seu icônico uivo de lobo e várias pessoas ali o imitaram. — Petiscos liberados para todos os cachorros!

A juíza Herschel bateu o malhete várias vezes.

— Ordem! Ordem! Oficial de justiça, mais rompantes como esse, e vou mandar evacuar a área pública. E o senhor, Sr. Azzo, está esgotando a minha paciência. Nada mais dessas palhaçadas!

— Vou tentar, dona, mas às vezes eu simplesmente abro a boca para tropeçar. Pergunte a Gracie, ela te confirma.

Dessa vez, era eu quem tentava não rir, mas a juíza Herschel bateu seu malhete pedindo silêncio de novo. Vince deu uma piscadinha para ela, e me lançou um olhar tão abrasador que pensei que fosse derreter.

— O tribunal entrará em recesso de uma hora para o almoço — a juíza informou, meio cansada, coçando a testa.

Vince provavelmente estava lhe dando dor de cabeça. Eu costumava ter essa reação.

Sentei-me com ele, Rick e Cady na pequena cafeteria da Suprema Corte. Tivemos que usar uma porta dos fundos para evitar os fãs de Vince, e insisti para que ele cobrisse a fantasia com um moletom e uma camisa, orelhas abanando não estavam permitidas, não importa o quanto fossem fofas.

Observei enquanto ele engolia um sanduiche de manteiga de amendoim com geleia.

— Que combinação estranha que vocês daqui inventaram, para ser sincero — franziu a testa, falando de boca cheia —, mas estou começando a gostar disso aqui.

Cady havia pedido meia dúzia de blintzes de maçã e mirtilo, ofereceu para todo mundo e ficou com dois para si.

— Estou estressada — murmurou, entre mordidas. — E como quando estou assim.

— Queria eu conseguir — suspirei, mordendo uma banana que eu parecia estar levando uma eternidade para comer.

— Não importa — Vince disse, dando a última mordida no sanduíche e limpando as migalhas que caíram no seu traje de lycra enquanto pegava um blintz —, vou te levar para um jantar de comemoração essa noite. — Ele faz uma pausa. — Não vou?

— As coisas estão melhores hoje — admiti —, mas não, a causa não está ganha. Barclay não é nenhum bobo, então não o subestime. Ele já destroçou mais do que uns poucos advogados em suas alegações finais.

Vince me encarou, então se inclinou para frente.

— Diga de novo.

— Sobre o Barclay? Eu só estava falando que…

— Não, a outra parte. Está me dando uma ideia.

E então Vince me contou a ideia e eu senti o sangue se esvair do meu corpo.

— Vince, não! — sussurrei, profundamente horrorizada. — Mesmo para você, é loucura! É perigoso! Cady, Rick, me apoiem aqui!

— É, loucura de carteirinha. — Cady tossiu, brandindo um blintz para Vince. — De jeito nenhum você consegue se safar com essa!

Nós nos viramos para encarar Rick, o homem quieto que pesava as palavras.

— Sei que parece loucura — Rick disse, devagar —, mas já vi isso em ação, todos vimos. É inacreditável… pode ser exatamente do que esse caso precisa.

Balancei a cabeça, mal acreditando que o sensato e confiável Rick estava concordando com Vince.

— É! — gritou Vince. — Vamos!

Balancei a cabeça de novo e a larguei nas mãos.

— O que de pior pode acontecer? — Vince riu, feliz.

— Além de perdermos o caso e você acabar na cadeia? Eu poderia perder a minha licença! — Suspirei. — Mas, bem, nunca gostei muito de ser advogada.

— Você está de sacanagem! — exclamou Cady. — Você deu tão duro! Pensei que planejasse se tornar sócia?

— Ah, e planejava mesmo. E consegui — confessei. — Eles me ofereceram sociedade com um aumento salarial e uma parte dos lucros. Eu recusei e entreguei meu aviso de duas semanas.

— O quê? — Cady arquejou. — Por que você faria isso? *Quando* você fez isso?

Dei de ombros e sorri para Vince.

— Faz dois dias. Decidi me tornar planejadora de eventos. Alguém me disse que a vida é muito curta para a gente não gostar do que faz, e planejar o desfile do Cruzado Canino foi muito mais divertido do que cuidar de fusões e aquisições. Então e daí? Vamos seguir com a ideia maluca do Vince.

Ele soltou um uivo feliz e me beijou.

Isso selava o acordo.

Vince

Grace me lançou um olhar contundente, que eu retribuí, então encarou a juíza, com o corpo rígido e hostil. Ela ainda me excitava, mas o que eu podia fazer? Eu não era uma pessoa ruim só porque fantasiava com ela me dando uns tapinhas de amor. Grace, não a juíza, embora sem dúvida nenhuma a mulher passava a impressão de que sabia usar um chicote direitinho.

— Meritíssima, tenho permissão para tratar o Sr. Azzo como uma testemunha hostil? — Grace pôs para fora e as palavras soaram como açoites.

— Mas ele é seu cliente, Srta. Cooper! — A juíza Herschel tossiu.

— Infelizmente, sim.

— Hum, bem, isso é muito inusitado.

— Ele é um cliente inusitado — retrucou.

Barclay pau-pequeno parecia mais feliz que camelo no dia de cruzar quando viu que eu e Gracie estávamos brigando.

— Eu gostaria de chamar uma nova testemunha — declarou Grace, fria.

— Objeção! Eu não fui previamente notificado de alguém que não estava na lista durante a descoberta — o babaca giriníco reclamou.

— Advogados, aproximem-se da tribuna — a juíza Herschel ordenou. — Por favor, explique-se, Srta. Cooper.

Os dois se apresentaram diante da juíza, havia uma expressão obstinada no semblante de Barclay, e uma furiosa no de Grace.

— Meritíssima, não sabíamos que precisávamos dessa testemunha, mas a aparição dela pode contribuir com um depoimento importantíssimo para o caso, embora eu não tenha certeza se ele... bem, ele pode não... hum...

Ela tentou aparentar incerteza e hesitação, e Barclay mordeu a isca, transparecendo muita satisfação com a aparente falta de confiança de Grace quanto à nova testemunha.

A juíza olhou por cima dos óculos, com os olhos estreitados. Ou ela estava com tique no olho ou muito puta da vida.

— Muito bem, Srta. Cooper. Como o promotor não tem objeções, vou permitir que chame sua nova testemunha.

Grace fez cara de paisagem.

— Obrigada, meritíssima. A defesa chama Jabari.

Soquei o ar e esperei, expectante.

O oficial de justiça ficou paralisado (ou talvez bambo) de susto quando um leão gigante, meu velho amigo Jabari, entrou na sala de audiência, balançando a juba e bocejando. Os jurados arquejaram e praticamente subiram um em cima do outro para se afastarem dele, ficaram todos amontoados e grasnando feito patos em uma fábrica de travesseiro. O pessoal da plateia causou algazarra, gritando e bradando, e até mesmo Jabari os ouviu, apesar de ele ser praticamente surdo. Eu achava que ele lia os meus lábios quando eu falava com ele.

Barclay pareceu estar prestes a molhar as calças, e até mesmo Grace parecia apreensiva, apesar de ter visto Jabari no casamento de Rick e Cady. A juíza Herschel ficou atônita, sua boca se movia, mas nada saía.

— Está tudo bem — falei, assentindo para o cuidador do Jabari —, você é um velho amigo, não é, Jabari?

Eu me ajoelhei, e o velho leão me banqueteou com sua cabeça pesada, me fazendo cair de bunda, depois bocejou no meu rosto e se deitou ao meu lado com um suspiro pesado. Eu me sentei, passei o braço ao redor do seu pescoço e sussurrei em seu ouvido. Essa parte foi mais para o espetáculo, mas eu sabia que Jabari gostava porque fazia cócegas. Ele coçou a orelha e fechou os olhos, sorrindo feliz, em seguida virou de costas para ganhar carinho na barriga.

— Eu sou o Cruzado Canino — anunciei, ao ficar de pé e olhar para o júri, que ficou subitamente silencioso. — Sou um encantador de animais e consigo falar com eles. Aquele outro advogado — apontei para Barclay — diz que eu sou mentiroso e que ajudar Jabari a voltar para casa depois de ele ter ido dar uma volta na cidade foi um golpe de publicidade. Bem, ele pode ficar à vontade para mandar Jabari voltar para casa. Vamos lá, Bérg-ly! Venha dizer ao Jabari para ele sair daqui. Não? A verdade é que eu estava comemorando a despedida de solteiro do meu melhor amigo quando vimos Jabari vagando pelo Central Park sozinho, não foi, Rick? — Eu me virei para Rick, que assentiu, sorrindo de orelha a orelha enquanto Cady parecia ter se empoleirado no colo dele. — Ele parecia perdido, então decidi levá-lo de volta ao zoológico do Central Park, onde ele mora. Mas quando cheguei lá, os portões estavam trancados. Precisei pular o muro para abri-los e deixá-lo entrar. Poupei-o de levar um tiro no traseiro disparado por uma arma de tranquilizantes. O pessoal do zoológico ficou grato, e também o Jabari, não foi, parceiro?

Então fiz o truque do Crocodilo Dundee e coloquei Jabari para dormir. Infelizmente, funcionou para meio júri também.

— Tirem esse animal daqui! — disse a juíza, com a voz rouca. — Tire-o do meu tribunal! Agora!

Eu tinha dito o que precisava dizer, e o júri tinha me visto com o Jabari, a parte que ainda estava acordada, então não me importei pela juíza parecer estar prestes a escalar o Monte Santa Helena.

— Claro, juíza. — E dei uma piscadinha para ela.

Acordei Jabari com um cutucão e segurei sua juba enquanto o levava até o cuidador; em seguida, deu um beijo nele, recebi uma lambida que mais pareceu uma lixa, e prometi que o visitaria em breve. Jabari, não o cuidador. Embora ele parecesse ser um rapaz bem legal, mas só apertei sua mão.

Assim que Jabari se foi, o tribunal entrou em um burburinho.

— Ordem! Ordem! — A juíza bateu o malhete com tanta força que ele voou de sua mão e atingiu a nareba de Barclay.

— Boa mira, juíza! — Eu ri, enquanto Barclay gemia alto.

Só isso já faria valer a pena ser mandado para trás das grades por desacato ao tribunal. Infelizmente, foi Gracie a enquadrada.

— Hum, é, talvez não tenha sido minha melhor ideia — admiti, enquanto ela se sentava na caixa fedorenta de concreto com barras na porta, com uma latrina que parecia não ser limpa desde que Prince cantou *1999*.

Por mais estranho que pareça, ela não parecia estar muito brava, simplesmente deu de ombros enquanto eu estava do outro lado das grades. Foi gentil da parte do oficial de justiça me deixar ir falar com ela, e ele disse que nunca havia se divertido tanto no tribunal. Fez tudo lá parecer um pouco mais humano de alguma forma.

— Eu sabia que era arriscado — comentou Gracie, ao pegar a minha mão através das grades e me abrir um sorriso preguiçoso. — Mas valeu a pena, mesmo que só para ver a cara do Barclay.

— É, aquela fuça feia que ele tem — falei, cheio de sabedoria.

Gracie se levantou e também me abraçou como pôde através das grades, seu cabelo ficou de pé por causa da estática causada pelo meu traje de lycra.

— Ele só estava fazendo o trabalho dele.

Aquilo me fez me eriçar e rilhei os dentes.

— Ele é um panaca de pau pequeno!

Gracie riu.

— Se você diz. Você foi incrível com aquele leão, a propósito. Eu não achei... bem, nunca vi nada assim. Quer dizer, sei que você fez isso no casamento, mas eu tinha tomado bastante champanhe então não tinha certeza se tinha imaginado metade da coisa. Mas você é mesmo um encantador de animais! Eles fazem tudo o que você diz!

— Se eu te encantar, será que vai funcionar? — perguntei, esperançoso.

— Bem — disse Gracie, com cuidado —, não estou prometendo que vou ficar de costas com as pernas para cima... mas, bem, pode acontecer.

Gemi com a imagem e acabei com uma ereção que a lycra não conseguiria esconder nem conter.

Os olhos de Grace se arregalaram.

— Acho melhor a gente falar de outra coisa — sugeriu, ofegante.

— Hum, é, melhor — falei, me movendo desconfortavelmente com as grades pressionadas entre nós. — O que acontece agora?

— Cady usa meu cartão de crédito para pagar a minha fiança e a gente volta para o tribunal para encerrar o caso. Geralmente, a juíza me fazia passar uma noite aqui para me encorajar a pensar no meu erro — Gracie sorriu —, embora eu esteja gostando bastante de ser a má influência, mas tenho certeza de que ela quer encerrar o caso ainda hoje. Ouvi rumores de que ela vai sair de férias e não quer que as coisas se arrastem.

Trinta minutos depois, voltamos para o tribunal, e Gracie teve que parecer arrependida.

— Peço desculpas ao tribunal, ao júri e à senhora, meritíssima — começou, parecendo sincera. — Percebi que não me comportei de um jeito apropriado. Na hora, acreditei ser o melhor para demonstrar a habilidade e o laço especial que o réu tem com os animais. Sei que causei aflição, e não foi a minha intenção.

— Sem mais gracinhas, advogada — a juíza Herschel demandou, firme — ou você vai passar mais do que uma hora atrás das grades por desacato ao tribunal. Pode continuar. Está pronta para as alegações finais?

— Sim, meritíssima.

— Promotor Barclay?

— Pronto, meritíssima.

Então era isso: o último rolar de dados, e Barclay ia primeiro.

— Senhoras e senhores do júri, vocês têm um caso bastante claro aqui: lei é lei, não a lei de acordo com Vincent Azzo. Ele descumpriu a lei. Isso aqui não é um concurso de popularidade.

— Vale o mesmo para você, parceiro — eu o interrompi, com um sorriso —, porque, se você perder, vai ficar todo bravinho.

A juíza apontou um dedo para mim e fez sinal para eu fechar a boca. Mas não contou, porque eu cruzei os dedos.

— Ele não é um herói — Barclay continuou. — É um justiceiro desgovernado que não demonstrou remorso nenhum por suas ações.

É, bem, essa parte é bem verdade.

— Ele se refastela em seu papel de transgressor.

Verdade também.

— E não sente respeito nenhum pela lei.

É, isso já está indo um pouco longe demais. Depende de que lei estamos falando.

Barclay continuou com a tagarelice, o panaca mala, dizendo aos jurados que eu era um rebelde incurável, do que gostei bastante. Perguntei-me como aquilo ficaria em uma camiseta como novo slogan do Cruzado Canino.

Por fim, ele se sentou com os braços cruzados, feliz igual pinto no lixo.

Então Gracie encarou o júri, parecendo tão séria quanto era fabulosa pra cacete.

— As leis foram criadas para servir à justiça; leis foram criadas para servir às pessoas, para proteger os mais fracos e mais vulneráveis na nossa sociedade. Vincent Azzo luta por justiça para os animais; dá voz àqueles que não tem nenhuma. Ele é escandaloso, exibido e se destaca em meio a uma multidão; também é bondoso, prestativo e um salvador para animais preteridos, não amados e marginalizados dessa cidade, de todo o estado e além. Ele fez o que achou ser certo; lutou por justiça pelos cães que seriam mandados para a eutanásia, cães que, graças a ele, agora estão em lares amorosos. Senhoras e senhores do júri, perguntem a si mesmos por que estamos aqui hoje: para seguir a lei à risca ou se para fazer verdadeira justiça. Peço a vocês agora que façam *apenas* justiça por Vincent Azzo e pelos animais que ele salva.

Minha garganta queimou. Era isso que Gracie pensava de mim? Gracie. Minha Gracie.

Seus olhos encontraram os meus e ela não os afastou. Eu vi amor. Vi tanto amor. E soube, naquele momento, que jamais haveria outra mulher para mim senão ela. Ela era a dona do meu coração.

A minha Gracie.

Ela se sentou ao meu lado, bem pertinho, e eu conseguia ver os batimentos rápidos em seu pescoço, a gota de suor na testa e o tremor nas suas mãos.

Então a juíza falou:

— Senhoras e senhores do júri, agora que ouviram todas as evidências e argumentos dos advogados, é meu dever lhes passar as instruções que concernem à lei que governa este caso. É dever de vocês, como jurados, seguir a lei conforme eu lhes digo, e aplicar a lei aos fatos conforme os viram quando as evidências foram apresentadas. Independentemente da opinião que possam ter quando ao que a lei é ou deveria ser, seria uma violação ao seu juramento basear um veredicto tendo como base uma interpretação da lei que não seja a que lhe foi instruída pela legislação, assim como seria uma violação do seu juramento, como juízes de fatos, basear o veredicto em algo que não sejam as evidências apresentadas durante o julgamento.

Ela respirou fundo e encarou os jurados, cheia de propósito, e minhas mãos começaram a suar.

— Vocês devem considerar todas as evidências. Isso não significa, no entanto, que devem aceitar todas como se fossem verdadeiras ou precisas. Vocês são juízes apenas da credibilidade de cada testemunha. O júri agora vai se retirar para decidir o veredicto. — Ela bateu o malhete e todos ficamos de pé enquanto ela saía da sala, com cara séria.

— Ah, merda — falei baixinho. — Eu vou para a cadeia.

— Vou começar a trabalhar na apelação essa noite — disse Grace, e quando me virei para olhá-la, ela estava secando uma lágrima da bochecha.

Segurei a sua mão, apertei de levinho, mas o que eu queria mesmo fazer era puxá-la para os meus braços e impedir que ficasse tão triste, mas eu já tinha causado estrago bastante ali, para ela, para mim, para o meu futuro. Então eu simplesmente segurei a sua mão, mas as palavras que eu queria dizer saíram aos trancos e barrancos mesmo assim.

— Hum, provavelmente não é a hora, mas eu só queria dizer uma coisa.

Ela se virou para me olhar, seus olhos estavam vidrados de tristeza e pelas lágrimas.

— Então, o que eu queria dizer é isto: eu te amo, Gracie Cooper.

A cabeça dela disparou para cima, seu rosto estava em choque. Então ela sorriu em meio às lágrimas.

— Eu também te amo.

Grace

Eu tinha me apaixonado por Vicent Azzo, algo que jamais pensei que seria possível quando o conheci, algo em que acho difícil de acreditar até mesmo agora. Mas foi o que aconteceu. Eu amava cada parte maluca dele. Amava a sua força e a sua suavidade, seu senso de humor e as gracinhas, a voz que ele dava para os necessitados, sua crença de que o mundo era um bom lugar, mas que poderia melhorar ainda mais. Eu amava a sua impulsividade, a forma como ele saltava de cabeça na vida; eu amava sua lealdade e bondade. Amava a forma como ele via o mundo, e a doce confusão que sempre armava.

Cady interrompeu o turbilhão feliz dos meus pensamentos.

— É bom sinal o júri demorar pouco tempo para deliberar? — ela perguntou, comendo, por ansiedade, a rosquinha de limão que Rick tinha comprado.

Fato fascinante: a deliberação mais longa de um júri nos Estados Unidos aconteceu em 1992 em um julgamento na Califórnia. O caso demorou onze anos para ser julgado, e o júri levou seis meses para ouvir os depoimentos. Então eles deliberaram por quatro meses e meio antes de chegarem a um veredicto.

— Sim, eu acho que sim. Sugere que estão achando difícil chegar a um acordo, o que quer dizer que pelo menos alguns jurados estão do lado de Vince. Espero.

Falei baixinho enquanto ele respondia mensagens no celular e postava conteúdo novo para os fãs. Eu havia espiado lá fora pela janela do fórum, e a multidão de seguidores dele tinha aumentado. Havia bastantes policiais agora também, e consegui ver pelo menos uma meia dúzia de novos canais de televisão, todos esperando pelo veredicto. Eu não era de roer unha, mas aquela parecia uma boa hora para começar.

— Então há esperança? — Cady perguntou, baixinho.

Abri um sorriso rígido, minha boca se arqueou com relutância.

— Estamos falando do Vince, rei das reviravoltas. Sim, sempre há esperança.

— Você sabe que a gente faz qualquer coisa por esse maluco, né? — Cady sussurrou, com urgência. — Qualquer coisa mesmo: é só dizer, e pronto. Você é minha melhor amiga, Grace, e o que machuca você machuca a mim. Eu faria qualquer coisa para manter o Rei da Confusão fora da cadeia. Eu farei qualquer coisa por você. Rick e eu, *nós* faremos qualquer coisa por você e pelo Vince.

— Eu sei — falei, sentindo a calidez de seu amor e apoio. — Eu sei que sim. Você é uma amiga maravilhosa. Eu amo você, Cady Callaghan. Ou é Cady Roberts agora? Você não chegou a dizer.

— Nada, tenho sido Cady Callaghan a vida toda; seria estranho mudar o nome a essa altura. Mas, devo dizer, me diverti bastante com a equipe do hotel dizendo “Sra. Roberts” no dia do nosso casamento.

Sorri com um pouco de tristeza. Aquele dia maravilhoso tinha acabado com as notícias do julgamento. Por que as boas notícias sempre são acompanhadas pelas ruins?

Eu estava prestes a mergulhar em autopiedade quando fomos informados de que o júri chegara ao veredicto.

— Lá vamos nós — falei, e respirei fundo, tentando parecer otimista.

Nós quatro trocamos um abraço em grupo, então Vince me deu um longo beijo doce antes de voltarmos correndo para a sala de audiências.

A juíza Herschel parecia seu eu severo de sempre, e me perguntei o que ela estava achando disso tudo.

— Senhoras e senhores do júri, chegaram a uma decisão?

— Sim, meritíssima — disse o primeiro jurado.

A juíza assentiu devagar, então se virou para Vince.

— Que o réu se levante, por favor.

Vince ficou de pé, com o queixo erguido, recusando-se a parecer derrotado, mesmo agora. Fiquei ao lado dele, em silêncio.

— Quanto à acusação de assalto à propriedade, a qual conclusão o júri chegou?

— Culpado, meritíssima.

Ouvi Vince respirar fundo, já eu parei de respirar.

— Quanto à acusação de apropriação indébita, a qual conclusão o júri chegou?

— Inocente, meritíssima.

Inocente! O que esse veredicto misto significava para a gente?

A juíza Herschel se virou para Vince.

— Vincent Alexander Azzo, você foi considerado culpado de assalto à propriedade do Abrigo de Animais Bicharelado na noite de quatro de janeiro. Esse tem sido um caso incomum e com significante interesse público. O tribunal reconhece que você é apaixonado pelo bem-estar dos animais, mas não podemos tolerar a violação da lei para abalizar as suas crenças. Você foi considerado culpado por um júri de seus pares. Geralmente, haveria um relatório pré-sentença, no entanto, depois de ouvir os depoimentos quanto às circunstâncias, a corte decidiu seguir adiante, e, sendo assim, sentenciá-lo a oito semanas de serviço comunitário, a ser cumprido no Bicharelado, e uma multa de cem dólares. O tribunal está dispensado.

Vince soltou um grito alto e me puxou para os seus braços antes de me beijar em cheio na boca enquanto Cady e Rick e os fãs de Vince ali presentes comemoravam alto.

Barclay pareceu estupefato, depois irritado, em seguida me abriu um sorriso amargurado e parabenizou Vince. Ele não era mesmo um cara ruim.

A juíza Herschel se levantou para sair da sala, mas Vince gritou:

— Juíza Hershey, você nos casaria?

O tempo parou enquanto eu encarava Vince. Eu era a única fazendo isso; cada homem e mulher ali estava com os olhos fixos nele.

A juíza o prendeu com um olhar perscrutador.

— Vou te lembrar, pela última vez, que é juíza Herschel. E isso é muitíssimo irregular, Sr. Azzo. — Então ela virou o olhar incisivo para mim. — Você *quer* se casar com esse... essa pessoa, advogada?

— Claro que ela quer! — Vince interrompeu com uma risada.

— Estou perguntando à Srta. Cooper.

— Ela vai dizer que sim.

— Srta. Cooper, por favor, controle o seu cliente.

— Não andei tendo muita sorte com isso, meritíssima — falei, com sinceridade.

A juíza Herschel suspirou.

— O senhor é muito irritante, Sr. Azzo.

— De um jeito fofo, né, juíza?

— Não, de um jeito irritante. O senhor pelo menos perguntou à sua advogada se ela desejava se casar? Ela parece uma mulher inteligente, então talvez diga não.

— Ah, tem razão — disse Vince, e ficou de joelhos e abriu os braços. — Gracie, amor, quer se casar comigo? Vamos nos atar… juntar as escovas de dentes. Vamos!

— Isso é alguma brincadeira? — perguntei, com a voz fraca, tentando mandar ar o suficiente para os meus pulmões para conseguir falar.

— Ah, qual é! — Ele sorriu, seus olhos azuis brilhavam. — Eu sei que você quer. Tenha piedade e reduza os seus padrões. Você é o amor da minha vida. Casa comigo?

— Tudo bem — falei, enquanto ele avançava de joelhos e passava os braços ao redor dos meus quadris, esmagando o rosto na minha barriga. — Levanta! — falei, entre dentes.

— Eu vou te beijar agora — avisou, apertando meus quadris com mais força. — Esteja avisada, Gracie. Depois disso, não vou te soltar nunca mais. Vou até fazer para você uma fantasia do Cruzado Canino combinando com a minha, você vai ficar uma puta gostosa nela!

Eu gargalhei.

— Claro, por que não? Se eu sou doida o suficiente para me casar com você, acho que sou louca o suficiente para ter a minha própria fantasia de Cruzado Canino.

Vince se levantou e se virou para a juíza Herschel.

— A senhora poderia nos casar, juíza?

— Muito bem, se é isso que os dois querem. Tem certeza, advogada? — E ela me lançou um olhar incisivo.

— Tenho. — Sorri, balançando a cabeça para a virada bizarra nos acontecimentos.

A juíza Herschel soltou um longo suspiro.

— Vincent Alexander Azzo, você aceita esta mulher, Grace…?

— Grace Beatrice Cooper — sussurrei.

— Você aceita esta mulher, Grace Beatrice Cooper, como sua legítima esposa, para estar contigo na saúde e na doença até que a morte os separe?

— Ela está de brincadeira?

— Só diga sim — sibilei.

— Sim, sim! Eu aceito! — Vince falou, alto.

— E você, Grace Beatrice Cooper, aceita este homem, Vincent Alexander Azzo, como seu legítimo esposo, para estar contigo na saúde e na doença até que a morte os separe?

— Aceito!

— Pelo poder a mim investido pelo Estado de Nova Iorque, eu os declaro marido e mulher. Pode beijar a noiva. De novo.

A sala de audiência irrompeu em vivas e aplausos, mas eu só conseguia ouvir o sangue correndo pelas minhas veias enquanto Vince me beijava e eu o beijava de volta, com nossa boca e corpo se unindo e se fundindo.

— Cof-cof — disse a juíza Herschel, nos interrompendo, com um sorriso em seu semblante geralmente severo. — Torço para eu ser capaz de me privar do prazer de ter o senhor de novo no meu tribunal, Sr. Azzo.

— É, pode apostar, juíza! — Vince sorriu para ela. — Tenho fé que Gracie vai me manter longe de confusão.

A juíza Herschel balançou a cabeça e se virou para ir para a sua sala.

— Até mesmo o Senhor Todo-Poderoso não foi capaz de conseguir tal milagre.

Quando Vince parou no topo dos degraus da Suprema Corte, ele socou o ar e soltou o uivo que era sua marca registrada. Precisei cobrir as orelhas quando umas mil pessoas e cães uivaram de volta.

— A justiça foi feita! — gritou, e a voz foi carregada pela multidão quando um emaranhado de microfones surgiu na frente dele. — O Cruzado Canino está saindo como um homem livre… sentenciado a uma vida toda ao lado de Gracie Cooper, minha advogada e agora esposa!

Uivos preencheram o ar, quase nos ensurdecendo, e Vince me puxou para o seu lado, e segurou a minha mão com firmeza.

— A luta continua! — berrou. — E seguirei nela, continuarei lutando pelo direito dos cães e de todos os animais que temos em casa. Vocês estão comigo?

— SIM! — a multidão gritou de volta.

— Yee-rá! — Vince comemorou. — Eu amo os Estados Unidos!

Então Rick nos colocou em um táxi e, de lá, paramos na Tiffany's para comprar as alianças, então paramos no bar mais próximo para tomar champanhe com Cady e Rick, e com mais e mais dos fãs de Vince que nos rastrearam, o que não foi difícil, considerando que ele usava o traje de lycra dourada e postava no Instagram a cada poucos minutos.

Comemoramos a vida, a liberdade e a busca pela felicidade. Comemoramos nosso amor e a nossa decisão louca e impulsiva de nos casarmos. Meus pais me matariam por me casar sem a presença deles, mas eu os recompensaria. Vince ia amar Minnesota. Assim como Tap, Tyson e Zeus.

Nosso lar seria cheio de vida, cheio de amor e cheio de cães.

Fizemos em silêncio o percurso para Brooklyn Heights, a casa de Vince, a minha casa, a nossa casa, e uma corrente baixa de eletricidade faiscava entre nós. Demos as mãos e olhamos pela janela, vez ou outra trocando olhares e compartilhando sorrisos secretos.

Estávamos cansados e abalados e não de todo sóbrios. No apartamento de Vince, entramos o mais silenciosamente possível, os passos baixos mascarados pelos roncos trovejantes de Erik. Ele tinha se oferecido para ficar de babá dos cachorros e passara o dia com eles.

Quando espiamos a sala, ele estava no sofá, com Tyson esparramado em cima dele e a cabeça pesada descansando em seu peito. Tap se enrodilhara na poltrona e ergueu os olhos aguados para a gente, e eu jurava que ela tinha sorrido. Zeus havia se levado para a cama, e estava aconchegado no travesseiro de Vince.

Tossi baixinho, mas prccisou quc Vincc tapassc o nariz dc Erik para que ele acordasse.

O homem se sentou bocejando, como se fingisse que tínhamos acabado de entrar.

— Vincenzo! Srta. Cooper! Você está livre! Feliz?

— Sim, muito, obrigada — respondi, ao mesmo tempo que Vince dizia:

— Puta merda, foi maravilhoso. A gente se amarrou também!

Erick começou a chorar, bateu nas costas de Vince e beijou a minha mão muitas vezes. Todos os cães acordaram e vieram com tudo, exigindo carinhos, afagos e beijos peludos.

— Você vai precisar de mais petiscos — Erik disse, tímido. — Vou comprar para vocês como presente de casamento!

Vince simplesmente sorriu e o acompanhou até o táxi à espera.

E então ficamos sozinhos com nossa família peluda, que estava um pouco agitada enquanto nos observava com interesse.

— Hum, não tenho certeza se quero plateia — falei, logo que Vince me abordou com um olhar ardente.

Ele virou para os cães.

— Certo, pessoal! Hora do xixi e depois cama. E nada de pedir mais petiscos, porque acabou.

E ele os deixou fazer o que precisava enquanto eu me sentava em sua cama, me sentindo ligeiramente mais sóbria e muito mais nervosa. Fazia bastante tempo que eu tinha gostado o suficiente de um cara para chegar a esse ponto.

Quando Vince voltou, ele logo carregou a cama de todos os cães para a sala.

— São novinhos demais para ver pornô ao vivo — falou, sorrindo.

Então tirou o traje e a cueca mais rápido do que alguém largava uma batata quente. Recuei na cama, até o outro lado.

— Nossa! Hum, é coisa demais a que se aferrar com unhas e dentes!

Vince se encolheu e se afastou cobrindo sua considerável masculinidade com ambas as mãos.

— Gracie! Você não faria isso!

— O quê? Ah! Não quis dizer assim! Bem, talvez uma mordidinha.

— Não provoque — ele choramingou, me olhando com suspeita.

— Não tenho intenções de causar dano — falei, e fiz o sinal da cruz, o que levou um sorriso preocupado ao rosto de Vince. — Mas acidentes acontecem.

E então saltei em seus braços, derrubando-o de costas na cama.

— Cuidado com a cenoura e os ovos, Sra. Azzo — alertou, me virando de costas.

Ah, esse meu homem doce com suas palavras doces.

— Eu tenho toda a intenção de tomar *muito* cuidado com a cenoura e os ovos. — Sorri. — Você foi considerado culpado por ser fofo demais para o seu próprio bem, Vincent Alexander Azzo, e a sentença vai ser perpétua.

Vince

Gracie estava irritada. Não era o jeito que eu queria começar nossa viagem de quatro semanas. Já tinha sido ruim deixar as crianças com Rick e Cady por um mês, mas agora a mulher que era minha esposa há 72 horas me olhava feio. Embora, para ser sincero, não fosse nenhuma novidade…

— Sério, Vince? Uma equipe de gravação vai nos acompanhar na lua de mel?!

Ela cruzou os braços, o que empurrou seus peitinhos lindos para cima. Sorri comigo mesmo. Eu estive pertinho deles ontem à noite. E na noite anterior. E na noite anterior a essa, assim como na hora do almoço, depois do café da manhã, antes, durante e depois do nosso banho matinal, e de novo quando… bem, você já entendeu.

No momento, ela me olhava com uma expressão que dizia que eu nunca mais transaria de novo. Então olhei para a simples aliança de ouro no quarto dedo da minha mão esquerda. É, ela foi lá e se casou comigo, então cederia em algum momento. Além do mais, Gracie era louca pelo meu *sex appeal*. Mulher esperta.

— É, bem, é assim. Me ofereceram um montão de dinheiro.

— E? — ela disse, fria.

— E isso significa que eu vou poder pensar em abrir meu próprio canil sem fins lucrativos depois que voltarmos. E esse poderia ser só o começo! Se a série se popularizar, o Cruzado Canino vai partir para o mundo!

Ela balançou a cabeça, e um sorriso relutante lutava para dar as caras.

— Tudo bem, mas a equipe de filmagem *não* tem autorização para entrar no nosso quarto no hotel.

— Hum, sim, sem problema. Hum, Gracie, a gente não vai ficar em um hotel.

Eu sorri para ela, mas sua expressão fria não foi encorajadora.

— Por que não? Você alugou uma casa?

Balancei a cabeça.

— Um apartamento?

— Não.

— Um motorhome?

— Não exatamente...

— Vincent! Em que droga eu vou ficar na minha lua de mel? — Gracie ganiu.

— É mais uma lua de *grana* — brinquei, então tratei de continuar quando ela não sorriu de volta. — Vamos acampar enquanto saímos em um safari. Em tendas. Tendas bem grandes. As melhores tendas... com, hum, zip... é... zíperes e tudo.

Gracie fechou os olhos, depois piscou algumas vezes antes de a voz sair em um sussurro.

— Chuveiros?

— Quando terminarem as filmagens, sim!

— Mas... mas a equipe de filmagem disse que as gravações durariam um mês?

— Isso! Não é fabuloso?

— Sem chuveiro por um mês? — indagou, com a voz fraca, depois sorriu. — Manda ver.

— Essa é a minha garota!

Grace

Estávamos parados à margem do rio Chobe, no norte de Botsuana, enquanto o sol poente transformava a água em vermelho-sangue, e o céu queimava laranja e dourado no que, calados e impressionados, encarávamos a manada de elefantes, ao passo que os animais imensos afundavam as patas enormes na lama escura e grudenta da beirada.

O produtor cutucou Vince, lembrando-lhe de que ele tinha um trabalho a fazer.

Vince foi até o nosso guia, Baruti, um homem bem velhinho com cabelo branco e um sorriso sempre a postos, que usava o uniforme composto por bermuda cáqui e camisa. Ele trabalhava com os elefantes selvagens de Botsuana há mais de quarenta anos, e não havia nada que não soubesse sobre essas criaturas magníficas.

Levou Vince até a fêmea que estava parada sozinha e observava os dois homens conforme balançava o toco de cauda.

— Essa é a Nkechi — disse Baruti. — O nome significa "leal". Quando ela só tinha um mês, a mãe foi morta por caçadores ilegais. Ajudei a criá-la até ela estar com idade o bastante para voltar à manada. Ela é muito amigável, e gosta de você. Viu? Está balançando o rabinho, igual a um cachorro.

— E que baita cachorro ela é. — Vince riu. — Imagina só limpar o cocô!

— Vamos ter que cortar essa parte — o câmera resmungou, mas o produtor discordou.

— Isso é ouro — ele disse.

Vince e Baruti foram direto até a fêmea enorme, e mesmo depois de todos esse tempo e sabendo que ele era mesmo um encantador de animais, meus nervos ficaram em polvorosa enquanto Vince passava a mão pela pele sulcada do animal de quatro toneladas.

Ele a afagou mais algumas vezes, então virou para fazer sua parte para a câmera.

— Os elefantes me amam, não é, amor? — disse para Nkechi, me fazendo sorrir com nervosismo. — Consigo falar com eles. Todos os animais me entendem... a gente tem uma quedinha um pelo outro. Como está, linda? Pronta para dar o seu close?

Não sei por que eu ficava surpresa, mas a série de TV de Vince tinha sido um grande sucesso quando o programa semanal foi exibido pela internet, e várias horas de filmagem ao vivo foram transmitidas toda semana. Milhões de pessoas estavam assistindo a *Azzo na África: falando e caminhando com elefantes*. Ele tinha mais ofertas de trabalho e de patrocínio do que podia imaginar, e logo ficou claro que minha ideia de me tornar planejadora de eventos teria que ficar em espera enquanto eu cumpria o papel de empresária dele e repassava as dezenas de ofertas que ele recebia a cada dia.

Meu marido loucamente pateta estava se tornando um dos apresentadores mais famosos de programas de vida selvagem desde sir David Attenborough, só perdendo para Bindi Irwin. Quem teria imaginado? Mas esse era o mundo do Vince, e ele era ótimo nessa confusão.

Meu coração se encheu de amor enquanto eu o observava. Vince tinha me ensinado isto: a planejar menos e a curtir mais a vida, a valorizar a pura felicidade de aceitar o que a vida nos proporcionava, juntos. Ele havia me ensinado a abrir o meu coração, e tinha me ensinado a ter esperança. Acima de tudo, ele me ensinara a ir atrás do sol, a procurar o lado bom, mesmo quando a vida parecia obscura e assustadora. Ele havia me ensinado que ser feliz era uma escolha que fazíamos todos os dias, procurando as menores coisas para nos fazer rir.

Eu tinha rido bastante no nosso safari, até consegui esquecer que a equipe de filmagem seguia cada passo que dávamos.

A produtora já estava falando em uma série para substituir essa: *Azzo no Ártico: falando e caminhando com pinguins*, que eu preferia muito mais à ideia original que foi caminhar e falar com ursos polares, que teria sido muito mais perigoso. Vince até mesmo estava planejando fazer um traje do Cruzado Canino nas cores dos pinguins.

Ele sorria feliz enquanto afagava o enorme elefante.

— Meu parceiro aqui, Baruti, me contou que muitos elefantes se juntam ao seu parceiro pela vida toda, o que basicamente somos Gracie e eu. — Vince sorriu. — Mas preciso ver se consigo roubar um beijo da Nkechi enquanto Gracie está bem ali. Dê um beijo na gente, Nkechi!

O elefante passou a tromba amorosamente pela cabeça de Vince, o que o fez rir, e seus olhos brilharam de felicidade.

Então Nkechi jorrou uma tromba de água bem na cabeça dele, e eu juro que ela riu enquanto Vince uivava igual a um lobo.

Esse é o meu cara, pensei comigo mesma. A vida nunca era entediante, não desde que Vince estivesse trazendo confusão para o meu mundo.

Fato fascinante: elefantes ronronam que nem os gatos quando estão felizes. Eles também têm senso de humor.

Nós amamos avaliações! Outros leitores, também, porque elas os ajudam a decidir se o nosso livro é tão incrível quanto você diz (é o que esperamos!). Então, por favor, deixe sua avaliação no seu site preferido, nós agradeceríamos imensamente!

Nossa imensa gratidão a Tonya Bass Allen e seu chefe Gary Burbank, advogado, pela ajuda com as questões legais, embora não tenhamos seguido à risca as leis e as regras de acordo com as da vida real. Por sorte, este é o mundo de Vince, então elas não contam.

Tonya também foi a editora-chefe da versão em inglês deste livro.

Como parceira no crime, Lara Herrera foi a revisora-chefe do idioma original.

Aqui, Lara e eu estamos unidas em um abraço triplo com o querido Gergo Jonas.

Obrigada a Sharon Tomás por dar um *up* no meu site e por me emprestar o seu nome para a policial que prendeu Vince, e a Elisabetta Finotello, pelo italiano do tio Sal, assim como pela apropriação indevida do seu sobrenome.

E, por fim, obrigada a Rachel Williams pelos conselhos para o casamento interreligioso de Rick e Cady, esperamos não termos exagerado na licença poética!

Contra todas as probabilidades, Vince é uma pessoa de verdade. Stu o conheceu em uma sessão de fotos nos Estados Unidos, e depois eles se encontraram quando ele e Jane viajaram para o Brasil. Muito do que você leu sobre ele neste livro realmente aconteceu: ele era mesmo modelo de passarela da Armani, e modela um monte de roupas íntimas de sadomasoquismo em seu Instagram, e seu dente caiu de verdade enquanto ele e Stu dividiam um quarto. Era mesmo branco-gelo, e eles realmente lutaram para encontrá-los entre os lençóis brancos.

Ele realmente resgata cachorros, e Tap é um animalzinho de verdade também.

Felizmente, Vince não é o cabeça de vento retratado neste livro, mas um cara muito gente boa que emprestou seu nome e sua imagem para a história. Nós agradecemos, Vince! (Ou talvez… foi mal, Vince!).

A The Gift Box é uma editora brasileira, com publicações de autores nacionais e estrangeiros, que surgiu no mercado em janeiro de 2018. Nossos livros estão sempre entre os mais vendidos da Amazon e já receberam diversos destaques em blogs literários e na própria Amazon.

Somos uma empresa jovem, cheia de energia e paixão pela literatura de romance e queremos incentivar cada vez mais a leitura e o crescimento de nossos autores e parceiros.

Acompanhe a The Gift Box nas redes sociais para ficar por dentro de todas as novidades.

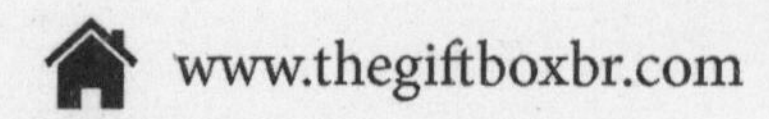

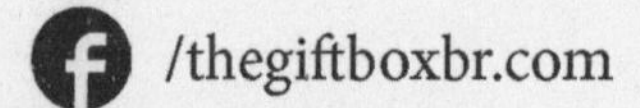

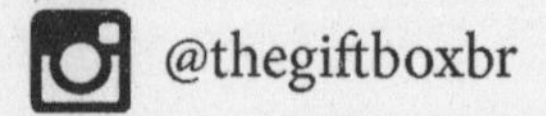